Grace et le chirurgien

*

La folle nuit de Lola

EMILY FORBES

Grace et le chirurgien

Traduction française de
ÉLISA MARTREUIL

Blanche

HARLEQUIN

Collection : Blanche

Titre original :
REUNITED WITH HER BROODING SURGEON

HARPERCOLLINS FRANCE
83-85, boulevard Vincent-Auriol, 75646 PARIS CEDEX 13
Service Lectrices — Tél. : 01 45 82 47 47

www.harlequin.fr

ISBN 978-2-2804-1450-0— ISSN 0223-5056

1.

— Vous m'avez trouvé un rein ? C'est bien ce que vous avez dit ?

Grace sourit à l'autre bout du fil. Elle savait qu'à cette première réaction d'incrédulité succéderaient très vite soulagement et euphorie lorsqu'elle aurait expliqué en détail la situation à Connie Matera.

— Oui, c'est bien ça, répliqua-t-elle.

— Un décès ?

En tant que coordinatrice des transplantations rénales dans l'un des plus grands hôpitaux de Sydney, Grace avait appris que la joie des bénéficiaires d'une greffe se teintait souvent de culpabilité à la pensée qu'ils devaient leur survie à la mort de quelqu'un. Ce qui n'était pas le cas, en l'occurrence.

— Non. Un donneur vivant.

— Mais comment ? Pourquoi ?

Sous le choc, Connie peinait à formuler sa pensée et à poser les bonnes questions.

— Comment est-ce possible ? ajouta-t-elle tout simplement.

— Vous avez entendu parler du programme de dons croisés, je suppose ?

— Oui. Si quelqu'un, comme moi, ne peut recevoir un rein d'un proche pour des raisons d'incompatibilité, il peut y avoir un échange avec deux autres personnes dans le même cas à condition que les receveurs de chaque couple soient compatibles avec les donneurs. Enfin, c'est ce que j'ai compris.

— Effectivement, c'est ainsi que les choses fonctionnent. D'habitude… Mais la chance vous a souri. Pas besoin d'un autre couple pour vous car un des malades du programme dons croisés a finalement reçu le greffon d'un donneur décédé, et le donneur vivant ne se retire pas pour autant de l'échange. Vous êtes la candidate la plus compatible de la liste d'attente.

— Un inconnu m'offre un de ses reins sans contrepartie ?

— Oui.

— Cela s'est-il déjà produit ?

— À ma connaissance, non.

Grace crut déceler des doutes, voire de la peur, dans la voix de Connie. Elle devait la convaincre de saisir cette occasion probablement unique.

— C'est votre jour de chance, Connie !

Connie prit une si profonde inspiration que Grace l'entendit.

— Oui, bien sûr, répondit-elle après un court silence. Comment procédons-nous ?

— Je sais que vous avez rendez-vous pour votre dialyse demain, mais pouvez-vous venir aujourd'hui pour un bilan préopératoire ? J'espère programmer l'intervention pour la semaine prochaine.

— Déjà ?

— Il était prévu de prélever votre donneur mercredi prochain dans le cadre du don croisé. Tout est réservé dans les différents hôpitaux. Alors, si je peux libérer un bloc supplémentaire ici et si vos analyses le permettent, nous vous ajouterons à la liste.

— Et j'en aurai terminé avec les dialyses ?

— Si tout se passe bien, à cette heure-ci, la semaine prochaine, vous en serez libérée, dit Grace. Rendez-vous à 14 heures.

— Entendu.

— Ah ! Connie, achetez un billet de loto sur la route ! ajouta gaiement Grace.

Elle souriait toujours quand elle raccrocha. Dans ses fonctions au sein de l'équipe de dons d'organes, l'occasion gratifiante de n'apporter que de bonnes nouvelles, sans ombre au tableau, ne se présentait guère que dans le cadre du programme de dons croisés puisqu'il faisait appel à des donneurs vivants. Grace adorait cet aspect-là de son travail et profitait sans réserve de ce moment privilégié où elle n'avait rien de triste à annoncer.

Oui, aujourd'hui était un jour béni. L'appel téléphonique à Connie était la dernière pièce du gigantesque puzzle dont elle avait la charge : la planification de douze interventions chirurgicales réparties dans cinq hôpitaux dans trois villes différentes. La plus importante expérience de dons croisés jamais organisée en Australie et elle y participait alors qu'elle venait juste d'être promue coordinatrice de l'unité de transplantation d'organes où elle travaillait depuis deux ans ! Elle avait déjà mis sur pied des opérations de ce type, mais jamais à si grande échelle. En principe, dans une semaine, six malades auraient reçu un nouveau rein. Par expérience personnelle, elle savait ce que cela représentait pour les familles concernées.

Il ne lui restait plus qu'à croiser les doigts pour que les analyses de Connie soient bonnes et qu'aucun des autres receveurs et donneurs ne tombe malade d'ici la semaine prochaine. Ou ne se rétracte.

Elle entra le dossier médical de Connie dans l'agenda électronique du néphrologue et s'assura d'avoir joint les documents et autorisations nécessaires avant de téléphoner au médecin traitant de Connie, par courtoisie.

Elle devait aussi constituer une quatrième équipe chirurgicale en plus des trois initialement prévues, dont chacune était composée de deux chirurgiens pour le prélèvement de l'organe et deux autres pour la transplantation.

Cette tâche accomplie, elle appela le département des

relations publiques de l'hôpital. Une couverture médiatique de cet événement d'envergure aiderait à promouvoir le don d'organes auprès du public. S'ils réussissaient.

Non ! Pas de si ! Ils devaient réussir. Trop de choses étaient en jeu. L'échec était interdit.

Sous un beau soleil, debout devant le Kirribilli Hospital, face à une nuée de journalistes armés de caméras et de micros, Grace essayait de détendre le nœud qui semblait lui tordre le ventre. Le compte à rebours avait commencé : les prélèvements devaient débuter le lendemain matin, à 8 heures, c'est-à-dire dans un peu plus de dix-sept heures. Mais avant, passage obligé par une conférence de presse.

Grace n'était pas seule. Elle était entourée d'une grande partie des membres de l'unité de transplantation rénale et du département des relations publiques de l'hôpital. Elle se demandait si les médias étaient venus en masse par manque d'autres informations à se mettre sous la dent ou, comme elle l'espérait, par intérêt réel pour le sujet. Quoi qu'il en soit, il était important de sensibiliser le monde à cette cause.

Le directeur des relations publiques tendit un micro au professeur Elliot Martin, chef du service de transplantation rénale, qui allait présenter les autres néphrologues avant de donner la parole à Grace. À cette perspective, elle était morte de trac. Parler aux médecins, aux autres coordinateurs ? Aucun problème. Même discuter mort et don d'organes avec les familles des malades ne la dérangeait pas. Mais affronter un groupe d'inconnus, brandissant qui plus est micros et caméras, était une tout autre paire de manches. Elle n'avait pourtant aucune raison objective de céder à la panique puisqu'elle connaissait son sujet et avait suivi des cours de prise de parole, mais allez en convaincre son système nerveux !

Par-dessus l'épaule de la personne devant elle, elle

aperçut dans la foule Lola, son amie, collègue et colocataire. Quand leurs regards se croisèrent, cette dernière, avec un clin d'œil, feignit de déboutonner le haut de son uniforme. Grace réprima un sourire : le matin, Lola lui avait conseillé d'imaginer les spectateurs complètement nus, une astuce censée les rendre moins intimidants.

Elle détourna la tête avant que son amie ne soit repérée par la télévision nationale ou qu'elle-même n'éclate de rire, et continua à parcourir du regard la foule de ses collègues : presque exclusivement des hommes d'âge mûr, des médecins et des membres du personnel, accusant tous au moins vingt années de plus que ses vingt-sept ans et qu'elle n'avait aucune envie d'imaginer nus.

Oh ! mais... Peut-être !

Quelque chose, ou plutôt quelqu'un, avait accroché son regard. En face d'elle, au premier rang, se tenait un homme qu'il ne lui aurait pas déplu de voir en tenue d'Adam.

Il était grand – dans les un mètre quatre-vingt-cinq – large d'épaules et de torse et, pourtant, il affichait une grâce féline. Il se dégageait de lui une sérénité que Grace lui envia.

Ses cheveux noirs coupés ras et sa barbe de deux jours impeccablement taillée mettaient en valeur l'ovale de son visage à la mâchoire virile, au nez fin et à la bouche sensuelle. Son front lisse se plissait légèrement entre les yeux, un signe de concentration qui démentait l'apparente décontraction de l'homme. L'inquiétude et le sérieux qui se lisaient dans ses yeux noirs n'enlevaient rien à son charme. Car oui, il était terriblement séduisant. Il se distinguait du reste de l'assemblée par sa taille et son visage aux traits réguliers parfaitement dessinés, mais pas seulement : il y avait aussi la couleur café de sa peau qu'accentuait sa chemise blanche sous son élégant costume bleu acier. Manifestement, il soignait son apparence. Et après tout quoi de plus normal quand la nature vous avait doté d'un pareil physique ? Il était tout simplement à croquer.

Il avait en plus un air vaguement familier. Mais elle se

dit que son imagination devait lui jouer des tours. Elle se souviendrait de lui si elle l'avait déjà rencontré. Il n'était pas le genre d'homme qu'on oublie facilement. Un phénomène de déjà-vu, décida-t-elle tandis qu'une bouffée de désir se mêlait à sa nervosité.

Elle se laissa aller à l'examiner plus en détail : son ventre plat, ses cuisses vigoureuses… Décidément, lui, elle ne refuserait pas de le voir nu ! Elle l'imagina en train d'enlever sa veste, de déboutonner sa chemise…

Concentre-toi, ma fille ! songea-t-elle, s'apercevant soudain que, complètement absorbée par cette vision, elle ne se rappelait pas un mot du discours qu'elle devait prononcer.

Elle détourna la tête et vit Lola, sourcils haussés, qui la regardait avec un sourire entendu. Elle baissa les yeux avant de céder à l'envie de rire et s'obligea à ne penser qu'à sa respiration, en espérant que personne ne l'avait surprise en train de lorgner le bel inconnu.

Marcus n'en revenait pas de sa chance. Venu d'Australie Occidentale dans l'unité de transplantation du Kirribilli Hospital à Sydney au départ pour un stage de douze semaines en tant qu'observateur, il avait appris qu'il allait participer à une vaste opération de dons croisés multiples. La notoriété de l'établissement de Sydney en matière de greffe rénale et son rôle de pionnier dans le programme de dons croisés avaient vaincu les réticences initiales de Marcus à revenir sur la côte est. L'occasion avait été trop belle pour ne pas la saisir, d'autant plus qu'il plaidait pour lancer une expérience similaire au Queen Victoria Hospital à Perth.

Même s'il comprenait que le service des relations publiques et l'équipe de transplantation tiennent à médiatiser l'événement, il se serait volontiers passé de ce déferlement de journalistes. Il ne rêvait que d'une chose : être dans le bloc opératoire, un scalpel à la main. Le seul endroit où il se sentait à sa place. Là, il pouvait traiter tous les imprévus avec un calme professionnel. Il savait que là, grâce à ses années de formation, il était capable de garder son sang-froid en n'importe quelle circonstance. Il aimait maîtriser les situations, et son statut de chirurgien le lui permettait. Et lui permettait aussi d'être respecté.

Marcus remerciait le destin. Il n'aurait pu souhaiter mieux que d'être impliqué si vite dans cet événement surtout si, par bonheur, on ne lui demandait pas simplement d'observer mais d'opérer, comme cela était possible étant donné le nombre d'interventions programmées. Il se satisferait même de prélever les organes, un acte qui certes présentait un peu moins de difficultés que la greffe, mais qui demeurait un acte chirurgical délicat où toute erreur était interdite. Il voulait seulement montrer qu'il connaissait bien son affaire. La chirurgie était un des rares domaines dans lequel il se savait excellent.

Bien sûr, en enlevant un rein sain à une personne en bonne santé, il trahissait le serment d'Hippocrate. Mais, en l'occurrence, il croyait que la fin justifiait les moyens, que les avantages l'emportaient de loin sur les inconvénients. Un donneur offrait à un receveur connu ou non la possibilité d'améliorer sensiblement sa qualité de vie. Un geste d'un altruisme confondant dont lui-même ne s'imaginait pas capable, même par amour, continuait à penser Marcus.

Elliot Martin, le chef du service de transplantation rénale, était en train de s'adresser aux journalistes et il allait bientôt leur présenter les équipes chirurgicales. Aussi Marcus porta-t-il son attention à son nouveau patron. Juste à temps !

— Laissez-moi vous présenter deux de mes collègues du Queen Victoria Hospital d'Australie Occidentale, l'entendit-il dire. Le Dr Janet Hosking et le Dr Marcus Washington qui rejoignent pour trois mois l'équipe de transplantation rénale du Kirribilli Hospital.

Alors que Marcus s'avançait d'un pas à l'annonce de son nom, il remarqua à la gauche du Dr Martin une petite rouquine qui, jusque-là, avait été cachée par l'épaule de quelqu'un. Elle le fixait bouche bée. Son visage en forme de cœur était pâle, sa peau opaline, et ses lèvres étaient peintes en un rouge vif proche du roux de sa chevelure. Il n'avait vu qu'une seule personne dans sa vie avec des cheveux d'une couleur aussi flamboyante.

Mais non ! Il existait certainement dans le monde des millions de femmes avec une pareille chevelure. Il se trompait sans aucun doute. Après vingt ans, sa mémoire lui jouait des tours. La probabilité qu'il s'agisse de la même personne était très faible.

Mais le nœud d'angoisse qui lui serrait le ventre lui disait le contraire. C'était bien sa chance !

2.

Le cœur de Grace s'arrêta un instant de battre et elle regarda, bouche bée, l'homme divinement beau qui s'avançait.

Marcus Washington !

Elle n'en croyait pas ses yeux.

Oh ! Bien sûr, il n'avait plus grand-chose à voir avec le gamin de douze ans qu'elle avait connu autrefois. Mais aucun doute, ce ne pouvait être que lui. Il était unique en son genre.

Et il était médecin ? Néphrologue, qui plus est ?

Quitte à paraître dure et condescendante, elle devait avouer qu'elle n'aurait jamais imaginé un tel parcours pour lui : des études de médecine, un poste à responsabilités et une vie dévouée au bien des autres… Ce profil ne cadrait pas avec le souvenir, même lointain, qu'elle gardait de Marcus.

En fait, que savait-elle de lui ? Elle n'avait que sept ans à l'époque, et sa vision du monde était celle d'une enfant influencée par son environnement social – son père était médecin – et familial aussi éloigné de celui de Marcus qu'une gamine de cet âge pouvait le concevoir. Bien sûr, depuis, elle avait appris que le milieu d'origine importait moins que la faculté de saisir les opportunités, d'opérer les bons choix et que la volonté d'aller au bout de ses capacités.

Elle savait qu'en vingt ans on pouvait changer du tout au tout et, visiblement, c'était ce qui était arrivé à Marcus.

Elle le fixait toujours d'un air éberlué quand leurs regards se croisèrent accidentellement. Se sentant rougir violemment, elle maudit sa peau de rousse et détourna la tête. Elle eut tout juste la présence d'esprit de fermer la bouche… En espérant ne pas avoir été filmée.

Lui, de son côté, continuait à la dévisager.

L'avait-il reconnue ? Apparemment, non. Rien de surprenant d'ailleurs. Elle aussi avait changé et était bien différente de la fillette qu'il avait connue.

Le message des ressources humaines annonçant l'arrivée de Marcus à Kirribilli avait dû lui échapper, songea Grace. Si son nom lui était tombé sous les yeux, elle aurait certainement établi le lien. Qu'avait dit Elliot ? Que Marcus resterait trois mois ? Dans son service à elle ?

Alors qu'il échangeait une poignée de main avec Elliot, elle l'observa discrètement derrière le rideau de ses cheveux. Elle se souvenait d'un préadolescent dégingandé dont les jambes maigres dépassaient d'un short qui semblait toujours trop petit pour lui, très éloigné de cet adulte élégant à la carrure imposante. Du gamin timide et maigrichon d'autrefois, il n'avait même pas gardé la tignasse bouclée. Ce qui ne gâchait pas le tableau, bien au contraire !

Nul besoin de le voir nu pour imaginer sous le costume son corps musclé à la belle couleur café qui ne semblait plus le gêner à présent. Pour autant qu'elle s'en souvienne, la mère de Marcus était originaire des Caraïbes, et son père était blanc. Marcus avait retiré de ce mélange le meilleur des deux mondes, et cela sautait aux yeux aujourd'hui.

Une chose demeurait inchangée : il ne lui prêtait pas plus attention maintenant que lorsqu'il était adolescent. Marcus ne s'était guère mêlé aux autres enfants. En fait, il n'avait semblé se lier avec personne. Un moyen de ne pas attirer davantage l'attention sur lui ? Certains gamins l'avaient en effet pris comme souffre-douleur à cause de sa couleur et de son origine sociale. Difficile d'assumer sa différence quand on est enfant.

En vingt ans, sa situation s'était manifestement améliorée. Certes, on le remarquait toujours, mais il dégageait à présent une tranquille autorité. Toute trace du gamin renfermé et craintif de jadis avait disparu.

Où avait-il passé ces vingt années ? se demanda Grace. Qu'était-il arrivé dans sa vie ? Elle refoula sa curiosité car, son tour de prendre la parole allant bientôt venir, elle ne devait pas se laisser distraire. Elle n'était entrée dans ses fonctions qu'assez récemment, et il était important qu'elle donne d'elle la meilleure image possible.

Elle chercha Lola des yeux. Autre erreur ! Car, visiblement, son amie avait remarqué sa réaction face à Marcus et s'en amusait beaucoup. Grace lui décocha un regard noir et chercha quelqu'un d'autre sur qui fixer son attention. Marcus avait à présent repris sa place parmi ses collègues. Impossible pourtant d'oublier sa présence…

Entendant Elliot prononcer son nom, elle prit une profonde inspiration et s'avança vers le micro :

— Comme vous le savez, quatre interventions chirurgicales vont avoir lieu ici demain au Kirribilli Hospital. Elles ne seraient pas possibles sans la générosité des familles et des amis des malades qui ont offert un de leurs reins.

Elle était consciente de l'enjeu de son exposé – sensibiliser le public à l'importance du don d'organes – et pendant qu'elle délivrait son message, elle réussit tant bien que mal à ignorer Marcus qui pourtant la scrutait. Bien sûr, tout le monde avait les yeux braqués sur elle, mais Marcus avec plus d'intensité que quiconque. Interdiction de tourner la tête dans sa direction si elle ne voulait pas perdre le fil de ses pensées !

— La majorité des Australiens est prête à participer, poursuivit-elle. Notre problème n'est donc pas un désintérêt du public, mais un manque d'informations et un manque d'organes. Si votre famille ne connaît pas vos volontés ou désapprouve votre décision, nous avons les mains liées. Dans certains cas, il est heureusement possible de prélever des organes sur des donneurs vivants grâce au programme de dons croisés. Dans ce cas, des donneurs vivants offrent un rein à un inconnu en contrepartie de quoi un de leur proche malade, avec qui ils n'étaient pas compatibles, en recevra un qui lui conviendra. C'est ce que nous allons réaliser demain dans la plus grande opération de dons croisés jamais conduite en Australie puisque pas moins de douze personnes seront opérées ce jour-là à travers le pays.

Elle se laissa le temps de respirer avant de poursuivre :

— Cette formule augmente les chances de réussite. Et vous pouvez imaginer la liberté de mouvement que vont recouvrer les malades : fin des dialyses et allégement des consultations à l'hôpital. Alors, merci à ces personnes si généreuses qui offrent un rein et aussi une meilleure qualité de vie aux bénéficiaires de leur geste.

Soulagée d'en avoir terminé, Grace regagna sa place, déterminée à s'éclipser dès la fin des questions des journalistes. Mais au moment où elle s'apprêtait à se sauver, Elliot l'appela. Elle s'arrêta net et respira profondément. Elle savait ce qu'il voulait : la présenter aux deux nouveaux médecins. Au détail près que l'un d'eux ne lui était pas inconnu.

Marcus se souviendrait-il d'elle ?

Un sourire plaqué sur les lèvres, elle se retourna et, sans surprise, trouva Elliot encadré par Janet et Marcus. S'efforçant de rester impassible, elle serra d'abord la main de Janet avant de lever la tête vers Marcus.

Il la dépassait d'une trentaine de centimètres. Elle ne mesurait qu'un petit mètre cinquante-cinq et, à l'hôpital, elle abandonnait les talons hauts pour des chaussures plates et confortables plus adaptées aux exigences de sa fonction.

Il la regarda sans la moindre aménité. Elle en conclut, sans en avoir la certitude, qu'il se souvenait d'elle… mais pas en bien. Pourquoi ? Avait-elle jamais fait quoi que ce soit pour susciter son hostilité ?

Elle n'avait jamais participé aux railleries qu'il avait subies de la part de certains élèves. Elle était plus jeune que lui, et ils ne se côtoyaient pas. Quant à ses frères, qui étaient dans la même classe que lui, elle doutait qu'ils se soient joints aux persécuteurs : ils n'avaient pas été éduqués ainsi. Quoi qu'il en soit, Marcus n'était de toute évidence pas ravi de la voir. Il la regardait comme s'il la défiait de révéler quelque chose de ses origines. Mais qu'aurait-elle pu dire après tout ce temps ?

Elle ne se rappelait même pas le moment précis où il avait quitté leur petite ville de Toowoomba. Il avait disparu du jour au lendemain. Exactement comme sa mère avant lui.

Et voilà qu'il réapparaissait aujourd'hui, en pleine forme, superbe, et spécialiste apprécié.

Alors, quelle était son histoire ? Elle mourait de curiosité de l'apprendre.

Elle lui tendit la main, impatiente de voir s'il donnerait un signe de reconnaissance.

— Grace… Grace Gibson, c'est ça ?

« Tu le sais très bien ! », aurait-elle répondu si l'éclair dans les yeux de Marcus ne l'avait arrêtée net dans son élan.

Elle tint donc sa langue. Ce qui ne lui ressemblait guère !

Elle resta quelques instants la main dans le vide avant que Marcus ne la lui prenne. Un contact dont la chaleur, qui contrastait avec la froideur de sa voix, la dérouta. Une vague de feu parcourut son bras. Son cœur s'affola. Elle s'arrêta de respirer et réussit tout juste à hocher la tête en réponse à la question de Marcus.

Que se passait-il ? À quelle magie recourait-il pour la mettre dans un tel état ? Elle ne parvenait pas à reprendre sa respiration. Elle était figée sur place et, pourtant, son corps semblait en effervescence. Les bruits s'assourdissaient autour d'elle tandis qu'elle était emportée dans un tourbillon de sensations.

Que lui arrivait-il, à elle qui ne perdait jamais son sang-froid ? Une crise de panique ? Un court-circuit général dans son système nerveux ? Cet homme lui aurait-il jeté un sort ?

Elle sentit un afflux de sang lui envahir le bas du corps

puis monter vers son visage. Elle se dégagea, brisant le contact.

Ses doigts tremblaient. Elle tremblait de la tête aux pieds.

Elle enfonça sa main dans sa poche et baissa les yeux, incapable de soutenir le regard de Marcus.

Si réellement il l'avait défiée de faire la moindre allusion à leur passé commun, il avait gagné. Elle était littéralement frappée de mutisme.

Elliot, lui, continuait à parler, apparemment inconscient de la vague d'émotions qui déferlait en Grace et de l'électricité qui circulait entre son nouveau collègue et sa coordinatrice.

— Vous avez lu les dossiers des malades ? demanda Elliot.

Janet et Marcus confirmèrent de la tête.

— Janet, je vais vous confier le prélèvement du rein de Rosa et je vous assisterai. Quant à vous, Marcus, qui avez davantage d'expérience, vous pourrez y participer comme observateur et, ensuite, vous procéderez à la transplantation.

À présent qu'elle n'était plus le point de mire, Grace avait trouvé le courage de lever les yeux vers Marcus. Elle vit donc le petit temps d'arrêt qu'il marqua à cette annonce. Pourquoi cette surprise ? Ne s'était-il pas attendu à cet arrangement ?

— Grace vous fournira toutes les informations nécessaires, poursuivit Elliot. N'hésitez pas à faire appel à elle. Je me chargerai de l'autre greffe, avec Janet comme assistante, et Andrew Murray s'occupera du prélèvement. Les malades sont entrés tôt ce matin…

— Déjà ? l'interrompit Marcus.

Une procédure inhabituelle, effectivement. En principe, on hospitalisait les patients le plus tard possible, parfois le jour même de l'intervention, essentiellement par mesure d'économie.

— Oui, répondit Elliot. Grace a pensé que ce serait plus prudent pour les protéger du déchaînement médiatique, et j'ai donné mon accord. Inutile d'augmenter leur stress avec des journalistes qui se bousculent à leur arrivée pour obtenir leurs impressions. En outre, cela permettra, le jour J, d'éliminer les problèmes de dernière minute, notamment les embouteillages qui pourraient retarder l'arrivée des greffons, voire faire capoter l'opération.

— Très bien, dit Janet. Je vais aller me présenter à Rosa.

Marcus regarda Grace comme s'il s'apprêtait à lui parler. Pour lui adresser un compliment ? Mais non. Rien. Pas un mot. Il suivit Elliot et Janet sans se retourner.

L'avait-il oubliée ? s'interrogea Grace qui les regardait s'éloigner, un peu sonnée. Ses jambes étaient comme paralysées, ses genoux encore chancelants. Elle respira plusieurs fois profondément tout en dressant mentalement la liste des tâches qui lui restaient à accomplir avant le lendemain.

Et elle était longue. Il fallait téléphoner à des dizaines de personnes, vérifier avec les autres hôpitaux que tous leurs malades étaient toujours en état de subir une intervention chirurgicale et qu'aucun donneur ne s'était désisté, confirmer le dispositif de transport des greffons et poursuivre le dialogue avec les autres coordinateurs des centres de transplantation de Brisbane, Melbourne et du nord de Sydney. Elle devait jongler avec plusieurs balles à la fois et ne pouvait se permettre d'en laisser tomber une. Un grain de sable suffirait à enrayer la machine. Elle avait donc bien d'autres chats à fouetter que de se soucier de ce que pensait Marcus Washington ou de ce qu'il avait fait pendant ces vingt dernières années.

Elle ne s'en précipita pas moins dans son bureau pour vérifier ses courriels. Elle en avait certainement reçu un annonçant l'affectation pour trois mois de Janet et Marcus. Comment était-il possible qu'elle ne l'ait pas vu ? Elle entra le nom de Marcus dans la fenêtre de recherche, et un message datant d'un mois s'afficha. L'objet ne citait pas le nom des médecins, et le courriel se trouvait au milieu de dizaines d'autres concernant l'opération de dons croisés. Rien de surprenant donc à ce qu'il lui ait échappé.

Elle s'empressa de l'ouvrir.

Elle négligea le dossier de Janet pour cliquer directement sur celui de Marcus. Il était diplômé de la faculté de médecine d'Australie Occidentale. Était-ce là qu'il était allé quand il avait quitté Toowoomba ? Pourquoi ? Qui y avait-il rejoint ? Sa mère s'était-elle installée là-bas elle aussi ? Mais dans ce cas, pourquoi ne l'avait-elle pas récupéré plus tôt ? Était-elle encore en vie ? Beaucoup de questions, mais pas une seule réponse…

Elle continua sa lecture. Il avait passé du temps aux États-Unis pendant sa spécialisation avant de retourner à Perth. Et maintenant, il était là. Son CV était bref et ne comportait aucun renseignement sur sa vie privée. Une femme et des enfants l'attendaient-ils à Perth ? Était-il homosexuel ? Non, peu probable…

Elle ferma sa boîte mail. La poursuite de son enquête attendrait, elle devait en priorité mettre en place les dernières pièces du puzzle.

Quand elle passa son ultime coup de fil, la nuit était presque tombée. Elle aurait dû être partie depuis un moment, mais il lui était resté beaucoup de points à régler. Depuis qu'elle avait été nommée coordinatrice, son emploi du temps ne suivait plus l'horaire 9 heures-17 heures dévolu aux infirmières. Un rein pouvait s'avérer disponible à toute heure du jour et de la nuit, et il arrivait souvent à Grace de devoir retourner à l'hôpital pour parler aux familles concernées par la greffe. De toute façon, personne ne l'attendait chez elle. Ni compagnon, ni enfant, ni animal. Son travail constituait l'essentiel de sa vie.

Elle éteignit les lumières de son bureau et décida, avant de partir, de passer voir une dernière fois les quatre personnes qui devaient être opérées le lendemain.

Elle fit d'une pierre deux coups avec sa première visite.

— Alors, messieurs, comment vous sentez-vous ?

Rob et Paul, deux frères, n'appartenaient pas au même groupe tissulaire, et le rein prélevé sur Rob partirait à Brisbane en échange d'un greffon compatible pour Paul. Les deux hommes bavardaient quand Grace entra. Ils semblaient assez détendus, mais il est vrai que Paul connaissait la chanson : il avait déjà été transplanté vingt-cinq ans plus tôt, à partir d'un donneur décédé, et, aujourd'hui, son nouvel organe ne fonctionnait plus.

En discutant avec les deux frères, Grace s'aperçut que Rob semblait beaucoup plus soucieux que Paul.

— Alors, Rob, prêt pour demain ? demanda-t-elle quand Paul les laissa pour aller aux toilettes.

— D'après ce que j'ai lu, les pathologies rénales touchent souvent les deux reins. Est-ce vrai ?

— Oui, c'est ce qu'il ressort des études. Vous vous inquiétez pour votre autre rein ?

Ce qui ne surprit pas Grace. Les donneurs étaient souvent plus anxieux que les receveurs. Par peur de l'inconnu ? Par manque d'expérience du milieu hospitalier ? Parce qu'ils n'étaient pas malades et se séparaient d'un organe parfaitement sain ? Difficile à déterminer. En tant que donneur, Rob allait volontairement être amputé alors qu'il était en bonne santé. Certes, il pouvait vivre avec un seul rein… tant que l'autre fonctionnait normalement. Et, bien sûr, cela le préoccupait.

— A priori, tout va bien se passer, Rob, dit-elle d'un ton rassurant. Nous ne vous laisserions pas vous lancer dans cette aventure si nous pensions que vous courriez le moindre risque.

— Ne craignez rien, je ne suis pas en train de me rétracter ! Après tout, il suffit que mon second rein ne me lâche pas avant le grand départ.

— Voilà ! Maintenant, reposez-vous. On se voit demain matin.

Grace se rendit ensuite chez Rosa, de l'autre côté du couloir. C'était elle la donneuse de Paul – ce que tous deux ignoraient – en échange du rein de Rob pour son fils à Melbourne. Paul et Rosa avaient beau occuper des chambres voisines, ils ne se rencontreraient jamais.

Assise dans un fauteuil à côté de son lit, Rosa tricotait. La télévision était allumée, mais on l'entendait à peine. Rosa était veuve et n'avait que ce fils pour toute famille. Comme il habitait loin d'elle, elle était habituée à passer ses soirées seule, dans le calme. Elle semblait sereine, et les seules questions qui la tarabustaient concernaient le pronostic de son fils. Son propre sort, elle ne s'en souciait pas.

— Les transplantations rénales donnent de très bons résultats, lui répéta gentiment Grace. Surtout lorsqu'elles sont réalisées à partir de donneurs vivants. En général, elles tiennent dix ans et, parfois, jusqu'à vingt-cinq.

Pour réconforter Rosa, elle aurait bien voulu lui révéler que la première transplantation de Paul, le futur receveur de son rein, avait battu des records de longévité, mais la déontologie l'obligeait à se taire.

Après avoir souhaité bonne nuit à Rosa, elle alla faire sa dernière visite de la soirée.

— Bonsoir, Connie, dit-elle en ouvrant la porte.

Connie devait recevoir le rein en trop. Les analyses avaient montré qu'il lui conviendrait mais, étant donné la rapidité avec laquelle tout s'était passé, il restait une zone de doute, et Grace savait que Connie s'angoissait.

Celle-ci souffrait d'une maladie rénale polykystique autosomique dominante. Dix-huit mois plus tôt, elle avait quitté sa campagne pour s'installer à Sydney, loin de sa famille et de ses amis, afin d'être dialysée régulièrement. En raison de son état qui l'empêchait de travailler à plein temps, et de la lourdeur de son suivi médical, elle était très isolée.

La transplantation améliorerait donc considérablement ses conditions de vie, comme le savait Grace dont la belle-sœur, touchée par le même mal, vivait normalement depuis sa greffe cinq ans plus tôt. Connie avait vingt-sept ans. Comme Grace qui se sentait donc particulièrement proche d'elle.

— Où sont-ils tous passés ? demanda Grace, surprise de ne pas trouver la famille de Connie à son chevet.

Aucun de ses proches n'avait été retenu comme donneur, mais tous la soutenaient d'une façon ou d'une autre. Ainsi ses parents étaient venus à Sydney le temps de l'opération et de la convalescence.

— Papa et maman sont sortis pour dîner. Ils ne vont pas tarder maintenant.

— Comment ça va ? demanda Grace en étudiant les courbes de Connie, rassurée de constater que tout semblait normal et stable.

— Ce n'est pas l'opération qui me tracasse, mais ce qui va se passer si elle échoue. J'ai vraiment envie d'avoir des enfants. C'est quasiment vital pour moi.

Si la transplantation réussissait, rien n'interdirait à Connie d'être enceinte. Mais Grace ne pouvait rien promettre. Le succès de l'intervention dépendait aussi de paramètres sur lesquels l'équipe n'avait aucune prise, et nul n'était en mesure de prévoir les suites. On devait se contenter d'espérer. Comme dans la vie en général.

— Vous en avez parlé au Dr Washington ? demanda Grace.

— Waouh ! Merci, Seigneur !

— Pardon ? dit Grace, perplexe.

— Le Dr Washington… Quel homme !

Rien d'étonnant à ce que Connie ait remarqué Marcus, songea Grace. Mais, sans trop savoir pourquoi, elle ne souhaitait pas aborder ce sujet. Dans les circonstances présentes, elle estimait que ce serait déplacé.

— Vous êtes sérieuse ? Vous êtes à la veille d'une grave opération et vous pensez au physique de votre chirurgien ?

— Ça me change les idées, répondit Connie avec un large sourire.

— Je peux comprendre. Mais je ne suis pas là pour parler de lui.

— Dommage que je doive être endormie pendant qu'il m'opérera ! Il est vraiment craquant. Vous savez s'il est célibataire ?

— Aucune idée. De toute façon, vous savez que le règlement interdit aux médecins d'entretenir des liaisons avec leurs patients, n'est-ce pas ?

— Je ne serai pas toujours sa patiente.

— Il vient de Perth et il n'est à Sydney que pour quelques semaines seulement. Et demain, après l'intervention, vous devrez penser à vous rétablir, pas à courir après votre chirurgien.

— Ça me donnerait pourtant un but. Une raison de guérir…

De plus en plus mal à l'aise, Grace commença à trier des fournitures médicales qui n'avaient aucun besoin de l'être. Une façon de signifier qu'elle souhaitait mettre un terme à la discussion.

— Vous ne devriez pas vous agiter si vous voulez garder votre tension stable, ajouta-t-elle, le nez dans les boîtes de pansements et de gaze.

— J'espère que votre tension artérielle n'a pas augmenté ?

Grace tournait le dos à la porte et elle sursauta en entendant la voix de Marcus, reconnaissable entre toutes : grave, calme, ferme. Une voix qui exigeait l'attention, et Grace ne coupait pas à la règle. Elle exécuta un demi-tour et surprit Connie en train de rougir à la vue de son chirurgien.

— Non, elle est normale, répondit-elle en hâte.

Marcus lui lança un coup d'œil, mais ne dit rien. Puis il examina les courbes de Connie et parcourut son dossier.

Grace se hérissa. Doutait-il de ses compétences ? Ou ignorait-il simplement qu'elle avait les qualifications requises pour s'occuper des malades ? Après tout, elle ne lui avait été présentée que comme coordinatrice des transplantations, aussi jugea-t-elle bon de préciser :

— Je suis infirmière…

Il tourna de nouveau la tête vers elle et la jaugea d'un regard froid et imperturbable. Puis il hocha brièvement la tête, toujours sans le moindre commentaire.

Qu'est-ce qui clochait chez lui ? Avait-il un glaçon à la place du cœur ? se demanda Grace avant de se rappeler le feu qui l'avait envahie quand il lui avait serré la main. Dommage que sa chaleur se limite à sa peau.

Les yeux écarquillés, Connie le regarda s'asseoir sur le bord de son lit.

— Vous avez des questions à me poser avant que je ne vous voie demain matin ? demanda-t-il avec un sourire charmeur.

Pourquoi ne le lui adressait-il pas à elle ? songea Grace non sans une pointe de jalousie.

— J'évoquais avec Grace les suites de la transplantation et la possibilité d'avoir des enfants.

Grace observa Connie qui jouait coquettement avec ses cheveux et regardait Marcus entre ses cils. Serait-elle en train de l'aguicher ?

— A priori, une grossesse ne pose pas de problème après une transplantation. Mais il est recommandé d'attendre un an pour s'assurer que le nouveau rein fonctionne correctement et qu'il n'y a pas lieu de changer le traitement.

— Parfait ! Cela me laissera le temps de trouver un père, dit-elle avec force battements de cils en rougissant joliment.

Aucun doute ! Elle l'aguichait ! Qui aurait cru qu'elle souffrait d'une affection très grave, voire mortelle, et qu'elle allait subir dans les prochaines vingt-quatre heures une lourde intervention ? Mais, dans le fond, elle aurait eu tort de s'en priver. Marcus était effectivement à tomber.

— Vous devrez être étroitement surveillée pendant votre grossesse, poursuivit-il, impassible.

Avait-il remarqué les tentatives de séduction de Connie ? En tout cas, il n'avait pas mordu à l'hameçon.

— Cela dit, grossesse ou pas, vous serez régulièrement

suivie. Si d'autres questions vous tracassent, nous en discuterons après l'intervention.

— Nous allons vous laisser vous reposer à présent, intervint Grace, impatiente de faire sortir Marcus avant que Connie ne lui fasse des avances plus poussées.

Comme Marcus se levait pour partir, Grace regarda discrètement Connie en fronçant les sourcils. Mais cette dernière balaya cet avertissement d'un petit rire et d'un large sourire… auquel Grace répondit. La malade avait le moral, n'était-ce pas le principal ?

Grace suivit le chirurgien qui avançait à grandes enjambées comme s'il voulait la semer. Aussi hâta-t-elle le pas pour le rattraper. Que se passait-il donc dans sa tête ? Elle voulait comprendre pourquoi il était aussi cassant avec elle, pourquoi il la traitait avec une froideur qu'il ne réservait qu'à elle. Avec les patients, il se montrait empathique et courtois.

— Docteur Washington !

Il s'arrêta et se tourna vers elle.

— Vous ai-je contrarié ? demanda-t-elle en arrivant à sa hauteur.

— Non.

Grace attendit une suite qui ne vint pas. La personnification du beau ténébreux ! ironisa-t-elle *in petto*.

Et puis zut ! Qui ne risque rien n'a rien ! se dit-elle avant de lancer :

— Vous souvenez-vous de moi ?

Marcus baissa les yeux vers la petite rouquine qui se tenait devant lui, les poings sur les hanches, apparemment prête à le tailler en pièces.

— Quelle question ! Bien sûr que oui, répondit-il de son ton le plus neutre et le plus raisonnable. Nous étions ensemble dans la chambre de Connie il y a un instant et vous m'avez été présentée il y a quelques heures.

— D'avant, je veux dire.

Il la dévisagea sans broncher et sans un mot. Il ne reconnaîtrait rien, décida-t-il. En tout cas, tant qu'il ne saurait pas où elle voulait en venir. Elle lui évoquait un pétard sur le point d'exploser.

— Vous avez grandi à Toowoomba, ajouta-t-elle.

Et ce n'était pas une question ! De toute évidence, ce petit bout de femme ne se laisserait pas aisément intimider. Une fois la mèche du pétard allumée, rien ne pouvait l'éteindre et gare à quiconque se trouvant dans les parages.

— J'habitais à deux pas de chez vous. Vous alliez à l'école avec mes frères, Lachlan et Hamish Gibson.

Aucun doute, elle savait qui il était. Tout comme il l'avait reconnue lui aussi. Avec ces cheveux d'un roux cuivré incomparable et ce nom, impossible de se tromper. Hélas !

— Vous êtes sûre ?

Il avait conscience de pousser le bouchon un peu loin, mais pouvait-il réagir autrement ? Il luttait depuis vingt ans pour échapper à son passé, pour effacer toute trace de son enfance et se réinventer. Il n'avait jamais remis les pieds à Toowoomba et il avait même longuement hésité à accepter ce stage de trois mois sur la côte est. Mais l'offre du Kirribilli Hospital avait été trop alléchante pour qu'il la refuse. Il semblait que l'heure de payer pour son ambition avait sonné.

Il ne s'était pas attendu à croiser quelqu'un surgi de son passé et encore moins à ce qu'on se souvienne de lui. Il voulait oublier celui qu'il avait été et la vie qu'il avait menée. Il ne voulait pas y penser et encore moins en parler. Aussi demeura-t-il muet plutôt que d'admettre devant Grace qu'il lui avait menti, qu'il se souvenait très bien d'elle et qu'il l'avait tout de suite reconnue.

— J'ai probablement un peu changé, dit-elle. Je ne devais avoir que sept ans environ la dernière fois que je vous ai vu.

Cette remarque sous-entendait-elle une interrogation ?

Se demandait-elle pourquoi il n'était jamais revenu à Toowoomba ? Avait-elle seulement remarqué son départ ?

Hors de question qu'il réponde à de vagues insinuations, mais elle avait raison : elle ne ressemblait en rien à l'image qu'il avait gardée d'elle. Il se souvenait de ses frères et de leur petite sœur aux genoux écorchés et à la bouche édentée. La seule chose qui demeurait de la fillette de sept ans était ses cheveux qui tombaient toujours aussi souplement sur ses épaules et flamboyaient du même roux cuivré, rehaussé aujourd'hui par le bleu marine de son uniforme. Il n'avait pas revu pareille couleur depuis qu'il avait quitté Toowoomba.

Tout le reste était différent. Elle n'était plus la petite sœur à la remorque de ses frères. Elle s'était arrondie partout où il fallait. Elle n'était pas grande, un mètre cinquante-cinq à vue de nez, mais parfaitement proportionnée. Son chemisier était rentré dans un pantalon bleu marine qui ne serait guère seyant sur toute autre personne, mais qui, sur elle, soulignait sa taille fine, la courbe de ses hanches et de ses seins.

Halte-là ! songea-t-il en sentant une bouffée de désir totalement intempestive.

Alors qu'il levait la tête, il croisa les yeux ambrés qui le foudroyaient. Apparemment, elle avait un tempérament de feu qui s'accordait à sa chevelure. Mais pourquoi cet emportement ? Aurait-elle remarqué qu'il l'avait détaillée des pieds à la tête ? Il devait à tout prix étouffer l'incendie qui couvait.

À moins qu'il ne relève le défi que son regard lui lançait ? Elle semblait du genre à ne jamais céder. À camper sur ses positions. Comme la gamine exubérante et pleine d'énergie dont il se souvenait mieux qu'il ne voulait l'admettre. Alors, qu'est-ce qui avait changé en vingt ans ?

Il eut la tentation étrangement excitante d'allumer la mèche du pétard pour voir ce qui se passerait. Mais inutile d'attirer l'attention sur eux et risquer de s'entendre poser des questions embarrassantes par la suite. Il savait par expérience qu'il valait mieux rester discret en toutes circonstances.

Mais que cherchait-elle ? Que se rappelait-elle de lui ? Que pourrait-elle dévoiler sur son compte ? Le moins possible, espérait-il.

Enfant, il avait été calme, timide, méfiant. L'opposé de Grace. Il était tout le temps resté sur ses gardes, que ce soit avec ses camarades à l'école ou avec son père à la maison. Sa vie n'avait suivi aucune routine sécurisante et ce n'est qu'adolescent, à l'internat, qu'il s'était aperçu que ce n'était pas le cas pour tout le monde. Lui n'avait rien connu d'autre. Il avait passé le plus clair de ses journées à essayer de se fondre dans le décor. Sa présence semblait agacer tout le monde, y compris son père, et il avait vécu dans la crainte perpétuelle du regard des autres. Rarement positif, d'ailleurs. Il avait appris à baisser la tête en permanence et à tenter de passer inaperçu. Mais comment y parvenir quand on était si différent physiquement ?

Il avait la peau foncée, mais pas de la même teinte que les Aborigènes de Toowoomba. Il avait été le seul en ville à être moitié antillais moitié blanc. Sans parler de son histoire familiale et du comportement excentrique de son père. Comment, dans ces conditions, éviter le feu des projecteurs ?

Il avait essuyé tellement de revers au cours de sa jeune existence qu'il avait appris très tôt à ne rien attendre des autres et à ne compter que sur lui-même.

Par ailleurs, il avait pris la ferme résolution d'échapper à cette enfance désastreuse et de détruire tout vestige de son passé. Il s'était évertué pendant des années à oublier qui il était et d'où il venait. Il avait tué le gamin d'autrefois et il refusait à quiconque le droit de le ressusciter.

Grace n'était donc pas la bienvenue.

3.

— Non, je ne me rappelle pas vous avoir vue avant aujourd'hui, dit Marcus.

Il mentait. Grace en avait la conviction. Mais pourquoi ce déni ? Et pourquoi cette froide distance avec elle alors qu'il était capable de douceur ? La preuve : sa gentillesse avec Connie avec qui il n'avait pas cherché à esquiver tout échange. S'estimait-il supérieur à elle maintenant qu'il était devenu chirurgien ou s'agissait-il d'une raison plus personnelle ?

De ses yeux noirs, il la défiait de le contredire, ce qu'elle se retint de faire malgré son envie sans pouvoir en donner précisément la raison. Peut-être le simple pressentiment qu'elle regretterait les mots qui lui démangeaient la langue. Elle lutta donc contre sa nature et choisit de se taire.

Marcus se détourna alors et s'en alla, signifiant que la conversation était close.

Cette fois, Grace ne le suivit pas. Non qu'elle ait renoncé à comprendre la raison de son comportement avec elle, mais elle avait décidé d'éclaircir le mystère plus tard. Pour le moment, elle alla prendre son sac dans son bureau avant de se rendre au Billi's.

Comme d'habitude, le bar, situé en face de l'hôpital, grouillait de collègues. Elle salua de la main Gary, le barman, puis se fraya un chemin à travers la foule des consommateurs à la recherche de Lola. Il lui fallait à tout prix se délester de sa rage, d'autant plus farouche qu'elle ne comprenait pas pourquoi le mensonge de Marcus, qui déclarait ne pas se souvenir d'elle, l'agaçait à ce point.

Elle dénicha Lola dans le fond de la salle. Son amie la salua d'un sourire, mais garda le regard fixé derrière Grace.

— Tu attends quelqu'un ? demanda cette dernière.

— J'espérais que le séduisant médecin t'accompagnerait.

La conversation s'était centrée sur Marcus – parce qu'il s'agissait évidemment de lui – encore plus rapidement que ne l'avait anticipé Grace. Les gens n'avaient-ils donc que lui en tête ? D'abord Connie, maintenant Lola…

— Je suis la dernière personne avec laquelle il voudrait boire un verre.

— Rassure-moi… Tu ne l'as quand même pas déjà agressé ?

La pique de Lola n'était pas gratuite. Avec sa langue bien affûtée et son impulsivité, il arrivait à Grace de vexer les gens involontairement. Mais Marcus ? Qu'avait-elle bien pu faire pour mériter sa froideur ?

— Non, j'ai été très correcte avec lui. Mais j'ai l'impression qu'il ne m'aime pas.

— Pourquoi ne t'aimerait-il pas ? Il ne te connaît même pas.

— C'est ce qu'il prétend.

— Comment ça ?

Grace approcha un tabouret et s'assit. Elle avait besoin de se confier.

— Il a grandi à Toowoomba, comme moi. Il allait à l'école avec Lachlan et Hamish, mais il assure qu'il ne se souvient pas de moi. Pourquoi ris-tu ? Qu'y a-t-il de drôle ? marmonna Grace qui était déjà à cran.

— Tu es vexée parce qu'il t'a oubliée.

— Non. Parce qu'il me ment. Il habitait à deux pas de chez nous. Je passais tous les jours devant sa maison.

— Et il était à l'intérieur ?

Bonne question…

— Je ne sais pas, répliqua-elle avec un haussement d'épaules.

— C'était un ami de tes frères ?

— Pas vraiment.

En fait, il ne semblait pas avoir eu de véritable ami. En tout cas, elle ne l'avait vu traîner avec personne en particulier. Elle croyait se rappeler qu'il avait joué au rugby, mais elle n'en aurait pas mis sa main à couper.

— Alors, peut-être qu'il ne se rappelle effectivement pas de toi. Quand l'as-tu vu pour la dernière fois ?

— Quand il est parti de Toowoomba. J'avais sept ans et lui douze.

— Ça fait un bail ! Tu ne peux pas lui en vouloir de t'avoir oubliée.

Mais Grace ne pensait pas se tromper. Elle était certaine qu'il se souvenait d'elle.

— Où est-il allé quand il a quitté Toowoomba ?

— Je l'ignore. Il a disparu du jour au lendemain.

— Avec toute sa famille ?

— Non. Lui seulement. Son père est resté.

Au fait, qu'était-il advenu du père de Marcus ? Était-il dans une maison de retraite ? Était-il mort ? Elle savait que l'ancienne maison de Marcus avait été rasée et qu'une nouvelle avait été construite, occupée maintenant par une autre famille. Mais de l'ancien propriétaire, elle n'avait eu aucune nouvelle.

— Alors, il est parti avec sa mère ?

— Non. Je n'ai pas connu sa mère. Elle s'était évanouie dans la nature des années plus tôt.

Lola se pencha vers son amie, les coudes posés sur la table.

— Si je comprends bien, sa mère s'est volatilisée et, quelques années plus tard, son fils aussi ? Tout ça est très mystérieux.

Toutes sortes de rumeurs avaient effectivement couru qui avaient redoublé quand Marcus avait à son tour disparu.

Selon la théorie préférée des élèves, son père avait tué sa femme et ensuite son fils. Une accusation effrayante qui avait frappé la fillette de sept ans et gravé à jamais dans sa mémoire le nom de Marcus Washington. Le récit de la volatilisation de Marcus était devenu une légende urbaine qui avait captivé tous les gamins. Et Grace, qui ne manquait pas d'imagination, ne s'était pas contentée d'y croire, elle y avait ajouté toutes sortes de détails macabres.

Ses parents avaient eu beau lui expliquer que Marcus était parti vivre chez sa tante, Grace ne les avait pas crus. N'avaient-ils pas déjà travesti la vérité pour la protéger lors de la mort d'une poule à laquelle elle était attachée ? Par ailleurs, si Marcus habitait chez sa tante, ne serait-il pas revenu de temps en temps pour voir son père ? Aucun doute : il était mort.

La fillette avait d'autant plus facilement accordé foi aux ragots visant M. Washington, que ce dernier lui avait toujours paru bizarre avec sa tignasse hirsute et sa démarche chancelante. Elle rasait les murs quand elle passait devant sa maison à la peinture écaillée et son jardin envahi par les mauvaises herbes. On l'aurait crue abandonnée si M. Washington n'avait pas eu l'habitude de s'asseoir ou de dormir sur un vieux canapé sous la véranda.

Après le départ de Marcus, Grace avait systématiquement emprunté l'autre trottoir. Lachlan, alors âgé de douze ans, s'était moqué d'elle en arguant que si le père de Marcus avait tué son fils, il serait en prison. Mais pendant des années, Grace avait continué à se méfier, jusqu'à ce qu'elle soit en âge d'apprécier les rumeurs à leur juste valeur.

Elle avait aussi fini par comprendre que le comportement de M. Washington s'expliquait par une consommation immodérée d'alcool et elle s'était alors demandé ce qui l'avait poussé à boire. Était-ce la perte de sa femme et de son fils ?

Grace ne parla pas de tout cela à Lola. Elle avait beau aimer cancaner, elle pressentait qu'en l'occurrence ce serait déplacé. Elle regrettait même d'avoir abordé le sujet. Elle se remémora le regard de Marcus qu'elle avait interprété comme un défi. Ne s'était-il pas plutôt agi de peur ? Redoutait-il ce qu'elle pourrait dire sur lui ?

Mais que risquait-elle donc de révéler ? Que la soupçonnait-il de savoir ?

Peu importe. Le seul fait d'imaginer qu'elle avait des histoires à raconter sur lui suffisait à le mettre sur ses gardes. Et elle savait de quoi elle parlait : quand son petit ami s'était suicidé, malgré le soutien et la compassion de la majorité des habitants, elle avait eu l'impression pénible d'être l'objet de toutes les conversations, d'être mise à nue, de voir étalé sur la place publique ce qu'elle aurait préféré garder pour elle. C'était d'ailleurs ce qui l'avait en partie amenée à quitter Toowoomba.

Était-ce aussi ce qui effrayait Marcus ? Craignait-il qu'elle ne sache trop de choses sur lui ? Mais comment, puisqu'elle ne l'avait pas vu et n'avait eu aucune nouvelle depuis vingt ans ?

Une chose était sûre : elle n'aurait pas dû parler de lui avec Lola. Elle-même n'apprécierait pas qu'on discute d'elle derrière son dos.

— Il faut que j'y aille, dit-elle en prenant son sac. J'ai une grosse journée demain.

Le lendemain, Grace arriva à l'hôpital à la première heure. Elle passa voir ses patients qu'elle avait trouvés tous en forme, bien que certains aient été plus anxieux que d'autres. Elle prit contact avec les coordinateurs des autres hôpitaux, s'assura une nouvelle fois qu'aucun problème de dernière minute n'avait surgi et se rendit à la salle de conférences où devait se tenir d'ici quelques minutes, à 7 h 30, la réunion de l'équipe médicale pour une ultime récapitulation du déroulement de la journée.

Elliot arriva en premier, suivi de peu par Janet puis par

Marcus. Nul besoin de regarder la porte pour savoir que ce dernier était entré dans la pièce. Elle leva les yeux… Il l'observait ! Mais ce n'était pas seulement la sensation d'être épiée qui l'avait avertie de sa présence. Tous ses sens l'avaient reconnu.

Avant de s'asseoir, il salua ses collègues, à l'exception de Grace qu'il ignora magistralement. Ni sourire ni signe de tête. Pas le moindre regard. Elle en éprouva une profonde déception. Elle aurait tant aimé ne pas le laisser indifférent ! Malheureusement, elle paraissait l'agacer. Pourquoi diable ? Allons ! Elle avait d'autres chats à fouetter, pour l'instant. De toute façon, elle ne voulait plus perdre son temps à se poser des questions sur Marcus. Elle aussi était capable de l'ignorer.

Elle écouta Elliot rappeler le programme de la journée. Tous les prélèvements devaient commencer à 8 heures. En ce moment même, alors qu'il parlait, on préparait les donneurs et, dès que Grace aurait été prévenue que tous étaient anesthésiés, les opérations débuteraient. La synchronisation des interventions chirurgicales – et d'une certaine façon leur réussite – dépendait d'elle. Aussi devait-elle se concentrer uniquement sur sa tâche.

L'horaire des transplantations proprement dites variait en fonction de l'heure d'arrivée des reins prélevés dans l'hôpital concerné. Il restait donc encore beaucoup d'événements à coordonner, et Grace demeurerait sur le pont jusqu'à ce que le dernier greffé soit amené en salle de réveil. Elle servait de lien entre les chirurgiens et les hôpitaux, bien sûr, mais aussi entre les patients et leurs familles. Quant à la réalisation et aux suites des interventions chirurgicales, elles lui échappaient bien sûr totalement. Une fois que celles-ci démarraient, elle ne pouvait que croiser les doigts et attendre.

À la fin de la réunion, les chirurgiens rejoignirent chacun leur équipe, et Grace monta à la galerie d'observation au-dessus de deux des blocs et d'où elle pourrait communiquer avec les médecins par talkie-walkie. Elle vit qu'on amenait Rosa dans le bloc de gauche et Rob dans l'autre. Les anesthésistes se mirent aussitôt à s'affairer pendant que les chirurgiens, gantés et vêtus de leur casaque stérile, faisaient les cent pas.

Elle tenait son téléphone mobile à la main, l'oreille aux aguets pour ne pas manquer le signal sonore indiquant l'arrivée d'un message, et vérifiait régulièrement son écran. À peine vit-elle les paupières de Rosa se fermer que les textos se succédèrent. Un, deux, trois, quatre. Elle attendit la confirmation des deux équipes au-dessous d'elle avant de répondre :

Tous les donneurs dorment.

Tant que tous n'étaient pas anesthésiés, le risque demeurait que l'un ou l'autre ne revienne sur sa décision. Mais à présent, la phase des prélèvements pouvait commencer.

Grace se laissa tomber dans un fauteuil, derrière la vitre de la galerie. Elle avait la possibilité de suivre les deux interventions, mais elle porta son attention sur celle de Rosa… à laquelle Marcus assistait. Elle s'était juré de l'ignorer, mais, malgré elle, ses yeux étaient sans cesse attirés vers lui.

Légèrement en retrait de la table d'opération, il observait Elliot et Janet travailler en microchirurgie. La tâche était longue et délicate car les reins, protégés par les côtes basses, n'étaient pas toujours faciles à atteindre. Or il fallait veiller à ne rien détériorer. Les petits vaisseaux sanguins seraient cautérisés, mais l'artère et la veine rénales ainsi que l'uretère et l'organe lui-même devaient demeurer intacts.

L'opération avait débuté par une cœlioscopie, mais, pour extraire de l'abdomen de Rosa le rein une fois libéré de ses attaches, Janet dut agrandir l'incision jusqu'à la taille d'un poing. L'intervention, loin d'être anodine, avait duré plus de deux heures, et Rosa devrait rester hospitalisée plusieurs jours pour récupérer.

Dans l'autre bloc aussi, le rein de Rob venait d'être prélevé. Il allait être plongé dans de la glace et une solution de conservation, puis mis dans une glacière hermétique que le transporteur viendrait chercher et emporterait jusqu'à l'aéroport d'où il partirait pour Brisbane par le dernier vol de la matinée.

Grace appela la compagnie de transport pour s'assurer que tout était prêt à Brisbane avant de vérifier qu'il n'y avait pas non plus de problème imprévu avec le rein de Rosa. Elle vit Elliot l'examiner avec soin et, enfin, lui faire signe qu'il était viable.

Pas de long voyage pour celui-là. Il devait seulement aller dans un bloc opératoire voisin pour être transplanté sur Paul. Et pourtant Rosa et Paul ne se rencontreraient pas, même après l'opération. S'ils voulaient communiquer par lettre, Grace les y aiderait. C'était souvent une démarche utile, en particulier pour les donneurs qui, en général préparés au coût financier qu'entraînait un arrêt de travail de plusieurs semaines parfois, n'avaient en revanche pas toujours anticipé les répercussions psychologiques causées par la perte de leur intégrité physique. Aussi le fait de recevoir des nouvelles de la personne dont ils avaient amélioré les conditions de vie s'avérait gratifiant et les aidait à se remettre.

Le rôle de Grace ne s'arrêterait donc pas aujourd'hui. Elle resterait en contact avec les quatre opérés. Mais pour le moment, après deux prélèvements réussis, elle s'autorisa à se détendre un peu, le temps d'aller voir Paul pour le tenir informé avant de l'amener au bloc.

Il attendait dans sa chambre vêtu d'une chemise d'hôpital.

— Comment ça se passe ? demanda-t-il dès qu'il vit Grace. Comment va Rob ?

— Très bien. On est en train de le recoudre. En principe, vous serez tous les deux en salle de réveil dans quelques heures.

— Mon rein est déjà là ?

— Oui, et il est en très bon état, répliqua-t-elle sobrement, en accord avec le règlement qui interdisait de lui apprendre que le rein venait de la chambre d'en face.

— C'est l'heure, Paul.

Aucune mauvaise surprise n'étant survenue lors des prélèvements, le transport des greffons avait commencé, et Grace gardait en permanence son téléphone sous la main pour suivre les transferts.

À midi, Paul était sur la table d'opération. Le rein de Rob était en route pour Brisbane, un troisième dans un avion entre Brisbane et Sydney, un quatrième volait entre Sydney et Melbourne où Steve, le fils de Rosa, attendait qu'un coursier le lui apporte. De quoi déjà faire tourner la tête à Grace. Pourtant, il manquait encore une pièce au puzzle : le rein en provenance de Melbourne pour Connie.

Son téléphone vibra. C'était Margie, son homologue à l'hôpital de Melbourne.

— Grace ? Tout se déroule comme prévu. La glacière avec le rein roule vers l'aéroport. Je t'envoie le numéro de suivi par courriel.

Grace consulta l'heure sur son téléphone : 12 h 05. Ce qui ne laissait pas beaucoup de marge avant le décollage, mais, heureusement, la compagnie aérienne était avertie.

Elle ouvrit le courriel de Margie et copia le numéro sur l'application du transporteur pour suivre l'avancée du coursier sur les autoroutes de Melbourne. Elle fit les cent pas dans les couloirs tout en actualisant en permanence la page et en grignotant la barre protéinée qui lui tiendrait lieu de déjeuner.

À 12 h 45, l'application indiqua enfin que le coursier avait atteint l'aéroport Tullamarine, information confirmée par courriel. Grace devait maintenant s'assurer que la glacière était bien chargée dans l'appareil. Sur la page web de l'aéroport, elle vérifia l'heure du vol. Le décollage était toujours prévu à 13 h 15 et l'atterrissage à 14 h 30 et des poussières. Si aucun incident ne survenait, Connie entrerait au bloc en milieu d'après-midi.

Grace en informa cette dernière ainsi que l'équipe chirurgicale avant de prendre des nouvelles de tous les donneurs qui se trouvaient à présent en salle de réveil dans différents hôpitaux à travers le pays. Jusqu'ici, tout allait bien.

À 13 h 20, l'avion était affiché comme parti sur le site, mais, au moment où Grace allait l'annoncer à toutes les parties concernées, le message fut modifié. L'avion était à présent signalé comme retardé. Comment était-ce possible ?

Grace appela aussitôt la compagnie pour obtenir des éclaircissements : peu après avoir quitté le terminal, l'appareil avait dû rebrousser chemin à cause d'un problème dans les gouvernes que les mécaniciens essayaient de régler.

À 14 heures, rien n'avait bougé sur le site, et Grace commençait à s'inquiéter. Elle rappela la compagnie qui lui donna la même réponse : ils s'efforçaient de résoudre le problème.

— N'y a-t-il pas un autre vol sur lequel vous pourriez mettre la glacière ?

— Le prochain est à 16 heures, et nous espérons avoir réparé d'ici là.

Grace l'espérait aussi ! C'était la seule chose qu'elle pouvait faire car la situation lui échappait, à présent. Elle détestait ce sentiment d'impuissance.

Elle décida d'attendre d'obtenir davantage de précisions avant de rapporter le contretemps aux équipes afin de ne pas les affoler inutilement.

Mais trois quarts d'heure plus tard, on en était toujours au même point. Elle appela une nouvelle fois l'aéroport : les passagers et la cargaison seraient transférés sur un autre vol dès qu'un avion serait disponible, lui expliqua-t-on.

— Mais il me faut cet organe de toute urgence, protesta Grace en essayant d'endiguer la panique qui la gagnait.

Pouvez-vous au moins le mettre sur le vol régulier de 16 heures pour Sydney ? S'il vous plaît ! C'est une question de vie ou de mort.

— Je m'en charge personnellement, comptez sur moi, répliqua l'employé.

Grace se méfiait malgré tout. Ce n'était pas tant le retard pris qui la tracassait – le rein pouvait rester plusieurs heures dans la glace sans dégâts – que le risque qu'il soit égaré ou oublié. Quoi qu'il arrive, elle ne pouvait plus repousser le moment d'avertir l'équipe médicale et Connie du problème.

Cette dernière réagit étonnamment bien, probablement parce que Grace réussit à lui donner l'impression qu'elle avait la situation en main.

Restait à présent à prévenir l'équipe chirurgicale. Elle décida de commencer par Elliot, le chef du service. Mais pour se rendre dans son bureau, elle devait passer devant celui de Marcus. C'était lui qui était chargé de greffer Connie. Alors devrait-elle lui parler tout de suite ?

Mais elle redoutait davantage la réaction de Marcus que celle d'Elliot. Étant donné la froideur de Marcus avec elle quand tout allait bien, quel accueil lui réserverait-il si elle lui apportait une mauvaise nouvelle ? Elle préférait ne pas imaginer. Elle s'en tint donc à son plan initial : aller voir Elliot et lui laisser le soin d'expliquer ensuite la situation à Marcus. Oui ! C'était indiscutablement la bonne marche à suivre !

Mais au moment où elle s'apprêtait à mettre son plan à exécution elle vit Marcus déboucher d'un autre couloir et se diriger vers elle.

— Vous me cherchez ? demanda-t-il sans cesser d'avancer.

Elle était coincée. Impossible de faire semblant de ne pas l'avoir vu.

— J'ai des nouvelles du rein.

— Il est arrivé ?

— Non, pas encore.

— Il y a un problème ?

Peut-être était-ce à cause de sa taille et de sa corpulence ? Toujours est-il qu'elle avait l'impression qu'il envahissait son espace vital, et elle était éminemment consciente de son large torse et de la chaleur de son corps. Il sentait la plage, l'eau salée et le grand air… alors même qu'il venait de passer plusieurs heures à l'hôpital !

— Oui, un tout petit.

Elle croisa les doigts en espérant dire vrai.

— Entrez me l'expliquer, dit-il.

En tendant le bras par-dessus elle pour ouvrir la porte de son bureau, il frôla de sa manche l'épaule de Grace dont le cœur s'affola instantanément. Quel contraste entre la chaleur de sa peau à travers le tissu et la dureté froide de son regard ! Un méli-mélo de contraires, ce Marcus qui allumait en elle des émotions sur lesquelles elle préférait ne pas s'appesantir. La voix de la raison lui soufflait de ne pas l'accompagner dans son bureau. Mais quel motif invoquer pour refuser de le suivre ? Aucun d'avouable.

— Vous aviez dit qu'il était en route, dit-il alors qu'elle entrait.

À son ton, elle comprit que, comme elle s'y était attendue, il la rendait responsable du retard. Elle sentit la colère la gagner. Ce n'était pourtant pas le moment de perdre son sang-froid !

— Que s'est-il passé ? insista-t-il. Il y a eu un problème avec le rein ?

— Non, avec l'avion.

Grace soupira de soulagement quand Marcus s'éloigna d'elle pour aller s'asseoir à son bureau. Si elle devait vraiment lui exposer la situation, il fallait qu'elle puisse garder les idées claires et aligner deux mots. Impossible si elle continuait à respirer son parfum et à sentir la proximité de son corps.

— Quel genre de problème ?

— Les gouvernes. L'avion qui transporte le rein n'a pas décollé de Melbourne.

Une réponse hachée car elle essayait toujours de mettre de l'ordre dans son cerveau encombré par d'autres pensées.

— Je suppose qu'il a déjà été transféré sur un autre vol ? demanda Marcus d'un ton aussi glacial que son regard.

— Non, pas encore.

— Comment ça pas encore ? Des dizaines d'avions font quotidiennement le trajet Melbourne-Sydney !

Grace se sentit rougir d'indignation. De toute évidence, il la prenait pour une incapable. Or l'incident n'était pas sa faute. Cela dit, en tant que coordinatrice des transplantations, c'était bel et bien son travail de veiller à ce que les reins se trouvent en temps et en heure là où ils devaient être.

— Le prochain ne part qu'à 16 heures, expliqua-t-elle d'un ton aussi neutre que possible, sachant qu'elle n'arrangerait rien en perdant son calme. La compagnie aérienne m'a promis de mettre la glacière sur ce vol sauf s'ils arrivent à en trouver un autre plus tôt. J'ai exposé la situation à Connie. Elle a bien pris la nouvelle. Je lui ai assuré que ce retard ne compromettait pas la réussite de la greffe. L'équipe de Melbourne était très satisfaite de l'état du greffon.

— On se fiche de son état s'il n'est pas là, rétorqua-t-il sèchement. Il me faut ce rein.

— Vous l'aurez.

— Pouvez-vous contacter une autre compagnie aérienne ?

La journée avait été longue, nerveusement épuisante, et elle n'était pas terminée, loin de là. Grace était à cran, et ses émotions menaçaient de la déborder. Elle était au bord des larmes. Mais donner à Marcus la satisfaction de voir que son comportement la blessait ? Jamais ! songea-t-elle, plus encline par nature à se battre qu'à fuir. Le côté provocateur de Marcus l'avait piquée au vif.

D'abord, de quel droit se permettait-il de lui dire comment faire son travail ?

— Le planning des vols des autres compagnies est à peu près le même, répliqua-t-elle avec assurance. Sans compter qu'il faudrait transporter le rein à l'autre bout de l'aéroport au risque de l'égarer.

— Plus Connie attend, plus elle va s'angoisser et vous savez que cela peut affecter le résultat de l'opération.

Il avait raison. Mais elle saurait rassurer Connie.

— Je n'ai pas organisé délibérément cet incident, vous savez.

— Certes, mais reconnaissez qu'il tombe mal.

Pourquoi dramatisait-il ainsi ? La situation pourrait être nettement plus catastrophique. Un retard de quelques heures n'endommagerait pas le rein.

— Tout est toujours allé sur des roulettes pour vous ? lança-t-elle avant de se mordre aussitôt la langue.

Les mots lui avaient échappé. Quelle imbécile ! Pourquoi ne réfléchissait-elle pas avant de parler ? Si elle ne connaissait rien de la vie de Marcus depuis vingt ans, elle savait en revanche qu'il avait vécu une enfance chaotique.

Devait-elle s'excuser ?

Non. Cela ne ferait qu'aggraver les choses. Ce serait une façon de reconnaître qu'elle se souvenait davantage de lui qu'il ne le souhaitait. Il était certainement du genre à protéger farouchement sa vie privée et ne désirait vraisemblablement pas évoquer des souvenirs de ses jeunes années avec elle.

— Ces derniers temps, oui.

Il avait répondu d'une voix grave et sans émotion. Le regard de ses yeux noirs était intense, dénué de toute chaleur. Il la dévisageait comme s'il l'accusait de tous les malheurs qui s'étaient abattus sur le monde depuis sa création.

Le téléphone de Grace vibra dans sa poche. Elle le sortit en hâte.

— C'est la compagnie aérienne, annonça-t-elle sans lever les yeux de l'écran en même temps qu'elle prenait la communication.

— Votre glacière est sur un autre appareil, dit l'employé.

— Vous en êtes-vous assuré personnellement ?

Étant donné l'humeur de Marcus, elle ne prendrait pas le risque de transmettre des informations erronées !

— J'assiste à son embarquement en ce moment même.

Soulagée, Grace regarda de nouveau Marcus dans les yeux après avoir raccroché.

— Le rein est en train d'être chargé dans un avion qui doit atterrir à Sydney à 17 h 15. Je vous préviendrai dès qu'il décollera.

— J'attends votre appel, dit-il avec un bref hochement de tête hautain.

Grace comprit le message et quitta le bureau. Il lui restait encore beaucoup de travail, trop pour se soucier de Marcus et de ce qu'il pensait.

Elle téléphona à l'entreprise de transport de Sydney pour vérifier qu'un coursier serait présent à l'atterrissage, puis se rendit dans la chambre de Connie pour lui relater les derniers développements, tout en continuant à surveiller le site de la compagnie aérienne. Ouf ! L'avion était enfin affiché comme ayant décollé. Mais Grace ne respirerait vraiment que lorsqu'on lui aurait livré le colis en mains propres.

Marcus était prêt. Et parfaitement serein. Il se préparait pour ce moment depuis des jours. Des années même, s'il prenait en compte la durée de ses études. Il avait déjà effectué de nombreuses greffes, mais n'avait jamais participé à un projet d'une telle envergure. Bref, il était impatient de commencer.

Il regarda les membres de son équipe. Il était 18 heures passées, et l'opération de Connie durerait plusieurs heures. La soirée, voire la nuit, s'annonçait longue, mais l'excitation était palpable dans le bloc.

Connie était allongée sur la table d'opération, mais encore

consciente car Marcus voulait s'assurer de la qualité du rein avant de donner le feu vert à l'anesthésiste.

— L'instant de vérité ! annonça-t-il en sortant le greffon de la glacière.

Il l'examina soigneusement : de la bonne taille et apparemment sain. Il sourit derrière son masque.

— C'est bon ! Allons-y.

Il replaça l'organe dans le bain réfrigérant – il serait réchauffé juste avant d'être transplanté – et gagna la table d'opération. Il sentit son cœur s'arrêter de battre une seconde en découvrant Grace, à l'autre bout de la salle. Même avec sa tunique bleue informe, le masque qui lui cachait le visage et la charlotte qui dissimulait sa chevelure, elle était immédiatement reconnaissable.

Sa présence inattendue le rendit soudain nerveux. En partie parce qu'elle allait le juger dans l'exercice de son art, mais surtout parce que la réaction physique qu'elle provoquait chez lui le déstabilisait. Il détestait perdre le contrôle. Mais quelle raison pourrait-il invoquer pour qu'elle sorte ? Aucune. Alors, pas d'autre solution que de l'ignorer et de s'atteler à la tâche qui l'attendait.

Connie était maintenant endormie, l'abdomen badigeonné avec une solution antiseptique et couvert d'un champ opératoire stérile. L'intervention pouvait démarrer.

— Scalpel, dit Marcus en tendant une main.

Le poids de l'instrument le rassura. Il lui rappelait qu'il était compétent, expérimenté, habile. Peut-être n'était-il pas doué pour les contacts humains, pour jouer les boute-en-train ou pour parler du passé, mais il était un excellent chirurgien.

Bloquant toute pensée de Grace, il s'employa à respirer calmement, à ralentir son rythme cardiaque et à stabiliser sa main avant de pratiquer la première incision. La chance s'offrait à lui de lui montrer le chemin qu'il avait parcouru. De lui montrer qu'il n'était plus l'adolescent qu'elle avait connu à Toowoomba.

Il posa la pointe de la lame sur la peau de Connie juste au-dessus de l'os pelvien gauche et entailla l'épiderme puis les couches de graisse. À présent que l'opération avait débuté, il avait recouvré entièrement son calme et sa concentration. Les circonstances de la vie l'avaient poussé à fuir, à réussir et à exceller dans son domaine. Et son savoir-faire actuel récompensait sa motivation, ses années de travail acharné et son investissement. Pour lui, le fait de se trouver dans ce bloc opératoire consacrait sa réussite et l'emplissait de fierté.

Il continua à trancher à travers les tissus en les cautérisant au fur et à mesure jusqu'à ce qu'il atteigne l'intérieur de la cavité abdominale de Connie. Là, il dégagea de l'espace pour le nouveau rein – droit – qu'il placerait du côté gauche sous l'organe existant car ce positionnement facilitait le raccordement de l'uretère à la vessie. Le rein malade resterait à sa place actuelle, protégé par la cage thoracique.

Alors qu'il travaillait, il crut sentir le regard de Grace sur lui. Que pensait-elle ? Il lui devait des excuses pour son comportement de tout à l'heure. Il s'était montré inhabituellement brusque et discourtois. Tout simplement parce qu'il avait été anxieux. Non pas à l'idée de l'intervention en elle-même, mais de l'image qu'il donnerait à son équipe. Mais ce n'était pas le moment de réfléchir à la façon de présenter des excuses à Grace. Il ne pouvait se permettre de perdre ni le greffon ni le contrôle de la situation.

Une fois le nouveau rein, à présent à température ambiante, mis en bonne position avec mille précautions, Marcus put entamer l'étape suivante. Une étape délicate. L'artère et la veine rénale avaient été soigneusement sectionnées lors du prélèvement et, à minuscules points de suture, il les aboucha à l'artère et à la veine iliaque interne. Cette opération accomplie, il ôta les clamps, regarda avec attention le sang irriguer de nouveau le rein greffé en scrutant particulièrement les coutures à la recherche d'éventuelles fuites.

Rien à signaler. La phase deux de l'opération était achevée. Il allait à présent procéder à la suivante qui ne posait pas de gros problèmes : le raccordement de l'uretère à la vessie de Connie. Il avait un accès facile, une bonne visibilité, et sa main était sûre. Il était en pleine confiance, et ce à juste titre, et s'acquitta de cette tâche sans encombre. Il introduisit alors un cathéter dans la vessie et adressa une prière silencieuse de remerciement en la voyant instantanément s'emplir d'urine, signe que le rein du donneur fonctionnait correctement.

Il inspecta une dernière fois son œuvre avant de recoudre Connie, avec du fil plutôt qu'avec des agrafes pour que la cicatrice soit plus esthétique, ce qu'il jugeait nécessaire chez une jeune femme. Il ne comprenait peut-être pas grand-chose à la gent féminine, mais il savait l'importance qu'elle attachait à l'apparence. Après un dernier contrôle, il demanda à l'anesthésiste d'arrêter la sédation et félicita son équipe pour le travail accompli.

— Un grand merci à tous, ajouta-t-il.

Il soupira alors de soulagement. Tout s'était bien passé et, une fois que Connie serait en salle de réveil et qu'il se serait assuré que son état était stable, il pourrait rentrer chez lui. S'échapper.

Mais Grace semblait nourrir d'autres projets.

— Voilà qui mérite des pizzas et des bières au Billi's, non ? lança-t-elle. Vous n'avez pas dîné, et je suis sûre que vous ne refuserez pas l'occasion de décompresser. Qui est partant ? C'est l'hôpital qui invite.

Pizzas et consommations gratuites ne se refusaient pas, et la proposition fut ovationnée. Marcus, lui, était resté muet.

— Docteur Washington ? insista Grace.

Il parcourut l'assistance du regard. En dehors de deux personnes qui avaient charge de famille, toute l'équipe avait accepté. Ce qui ne lui laissait pas le choix. Personne ne l'attendait chez lui. Il n'avait pas d'excuse.

— Oui. C'est une bonne idée.

Le temps qu'il prenne sa douche, qu'il s'habille et qu'il passe voir Connie en salle de réveil, Marcus changea une bonne dizaine de fois d'avis. Même au moment où il franchit le seuil du bar, il hésitait toujours. Il ne buvait pas et n'aimait pas les soirées. Tous les groupes le mettaient mal à l'aise. Sans nul doute un vestige de l'enfant peu sûr de lui qui se demandait sans cesse quelle image il donnait aux gens, ce que ceux-ci pensaient de lui et s'il disait ce qu'il fallait.

À l'hôpital, et particulièrement au bloc opératoire où il avait appris par lui-même les conventions, il savait comment se comporter. Dans tout autre contexte où il était amené à côtoyer des gens, il se sentait inadapté. Les cicatrices de son enfance étaient si profondes que même son statut de chirurgien ne parvenait pas à lui donner confiance en lui.

Tout à l'heure, à la fin de l'opération, il n'avait pas répondu tout de suite à l'invitation de Grace parce qu'il lui avait fallu quelques secondes pour réfléchir à ce qu'on attendait de lui. Il n'avait accepté qu'une fois que les autres s'étaient prononcés et il s'était conformé à la décision de la majorité parce qu'il lui avait semblé que c'était ce qu'il convenait de faire. Cela le forçait à sortir de sa zone de confort mais n'attirait pas l'attention sur lui. Aurait-il accepté aussi facilement si Grace n'avait pas été à l'origine de l'initiative et n'était pas allée dîner avec les autres ? C'était une question qu'il refusait de se poser et qui était hors sujet à présent : il était venu et il en profiterait pour s'excuser.

Ce fut la première personne qu'il chercha en entrant et la première personne qu'il aperçut. Même dans la pénombre du bar, ses cheveux brillaient comme un phare.

Malgré sa parfaite discrétion pendant l'opération tout à l'heure, pas un instant il n'avait oublié sa présence. Pas spécialement parce qu'il se rappelait d'elle, d'ailleurs. Les souvenirs qu'il gardait étaient flous et essentiellement liés à la couleur inhabituelle de sa chevelure. Mais il existait indiscutablement un lien entre eux. Et il avait autant cherché à l'impressionner elle que l'équipe médicale en réalisant un acte chirurgical irréprochable.

Il sentit un étrange désir se lover dans son bas-ventre tandis qu'il l'observait bavarder avec animation avec ses collègues. Elle paraissait dans son élément. Elle vibrait d'énergie, et il ne parvenait pas à détacher les yeux d'elle. Qu'il le reconnaisse ou non, ce n'était pas un simple lien qu'il ressentait avec elle, mais de l'attirance.

Ce qui le mit aussitôt sur la défensive. Hors de question qu'il se laisse dépasser par ses émotions. Il allait devoir se reprendre en mains. Il était venu ici pour s'excuser pas pour se compliquer la vie.

Il y allait de son intérêt de mettre de l'huile dans sa collaboration avec Grace. Pour cela, il devait l'amadouer et non la bousculer comme cet après-midi. Peut-être n'était-il pas trop tard pour rattraper sa bévue ?

Tout en se dirigeant vers le bar, il essaya de résoudre le dilemme qui se posait à lui : s'excuser oui, mais devant toute l'équipe, non. En outre, il devait trouver une solution à cette fichue attirance. Il n'avait pas anticipé cet incident de parcours en venant à Sydney.

Il s'accouda au comptoir, tournant à demi le dos au groupe qu'il était censé rejoindre, et commanda une boisson non alcoolisée. Une façon de gagner du temps avant de s'approcher… S'il parvenait à surmonter son trac !

De sa position, il apercevait Grace. Impossible de résister : il leva la tête et leurs regards se croisèrent. Elle ébaucha un sourire, saisit un carton de pizza et avança. Vers lui ?

Marcus ne la quitta pas des yeux tandis qu'elle traversait la salle.

Vivait-elle en couple ou seule, comme lui ? Aurait-elle organisé cette petite fête si quelqu'un l'avait attendue à la maison ? Probablement. Elle semblait du genre à se mettre en quatre pour les autres.

Célibataire, elle, avec son caractère enjoué, fonceur, fougueux et ses idées arrêtées ? Peu de chances. Les filles comme elle ne l'étaient jamais. Si elle n'était pas mariée, c'était par choix, conclut-il alors qu'elle se plantait devant lui.

— Un petit creux ? demanda-t-elle en soulevant le couvercle du carton.

Il était mort de faim, et de la pizza *pepperoni* montait une odeur alléchante. Pourtant, il ne pensait pas pouvoir avaler quoi que ce soit. Il était redevenu l'adolescent d'autrefois : une boule de nerfs et d'angoisses. Pourquoi lui faisait-elle cet effet ? Parce qu'elle était liée à un passé qu'il préférait oublier ou à cause du désir qu'elle éveillait en lui ? S'il trouvait la réponse à la question, il pourrait remédier au problème et il contrôlerait de nouveau la situation. Pour l'instant, cependant, il n'avait envie que d'une chose : prendre ses jambes à son cou.

Mais il s'était fixé une mission en venant ici, et l'occasion de s'en acquitter s'offrait puisque leurs collègues n'étaient plus à proximité. Il allait donc s'excuser. Ensuite, il partirait.

Il répondit négativement de la tête à la question de Grace qui referma alors la boîte et le fumet de pizza fut sur-le-champ avantageusement remplacé par le parfum frais et pur de Grace. Elle dégageait un air d'innocence et d'honnêteté. Mais comment savoir s'il ne s'agissait pas d'une simple apparence ? Peu importe.

— Je voulais vous demander de me pardonner pour mon attitude de tout à l'heure, dit-il.

Elle le regardait avec une lueur d'espièglerie dans ses yeux ambrés, et il la vit réprimer un rire. Allait-elle se moquer de lui ? N'était-il même pas capable de présenter correctement des excuses ?

Il se répéta mentalement la phrase qu'il venait de prononcer. Comme il avait dû paraître pompeux et prétentieux ! Il renouvela sa tentative qu'il accompagna cette fois d'un sourire d'autodérision.

— Je suis désolé pour tout à l'heure. J'ai été un vrai mufle.

Le beau visage de Grace s'éclaira et, d'un coup, la journée

parut à Marcus encore plus réussie qu'elle ne l'avait déjà été jusque-là. Grace avait un sourire unique. Chaleureux, lumineux, généreux, qui découvrait une dentition impeccable. Marcus ne put s'empêcher d'y répondre.

— Excuses acceptées, dit-elle avant de poser la pizza sur le comptoir et de se hisser sur un tabouret à côté de Marcus.

Elle frôla sa cuisse de son genou en se tournant pour lui faire face. De nouveau, le cœur de Marcus s'arrêta un instant de battre, et une vague de désir déferla en lui. Attention ! Danger ! Il devait se ressaisir.

Allons ! C'était juste une fille après tout. Personne de particulier. Certes, elle avait une peau blanche comme de la crème, de grands yeux ambrés et une chevelure resplendissante. Et alors ? Était-ce une raison pour réagir comme s'il avait été cloîtré dans un monastère pendant des années ? Il reconnaissait cependant cette sensation de béatitude. Cette sensation d'être ouvert à toutes les possibilités, d'être plein d'espoir et de promesses pour l'avenir.

Arrête ! Tu es ridicule ! songea-t-il.

Il était le seul responsable de son bonheur. Les femmes n'y intervenaient en aucune façon. Opérer, surfer sur une vague bien formée, monter à cheval, voilà ce qui le rendait heureux. Certainement pas être assis à côté d'une belle créature. Au bloc, sur sa planche ou sur sa selle, voilà où il se sentait en sécurité, où il pouvait se détendre et être lui-même sans crainte du ridicule ou des jugements.

C'était seulement à l'hôpital, avec sa blouse blanche ou sa casaque de chirurgien comme armure, qu'il se sentait en confiance au milieu d'un groupe. Car là, on s'en remettait à ses connaissances et on n'attendait pas des bavardages futiles de sa part. En présence des femmes en revanche, sa gaucherie redoublait. Aussi essayait-il de les éviter.

La tâche n'était pas aisée car il y en avait toujours une qui rôdait. Il savait qu'il passait pour un bon parti : riche – évidemment, puisqu'il était chirurgien ! – et bel homme.

Il savait aussi que son métissage suscitait souvent la curiosité. Il restait donc sur ses gardes.

Plaisait-il vraiment aux femmes ou le considéraient-elles comme une simple expérience exotique ? Il penchait pour la seconde hypothèse, ce qui lui autorisait des aventures sans lendemain où ils donnaient à ses partenaires ce qu'elles cherchaient tout en assouvissant ses propres besoins. Et puis chacun reprenait son chemin. Pas de dégâts, pas d'engagement, pas de sentiments.

Une nuit ou deux de plaisir physique. Rien de sérieux. Jamais. Il ne voulait pas d'une relation durable. Il ne voulait pas des angoisses, des complications et des peines de cœur qu'elle entraînait.

Il ne courtisait pas les femmes. Ni dîners aux chandelles, ni bouquets de fleurs, ni bijoux offerts. Rien qui puisse leur donner l'impression que la relation était autre que sexuelle. Bien sûr, il lui arrivait de partager un repas ou un verre de vin avec elles, mais jamais ses rêves. Il était devenu maître dans l'art de séparer le physique et l'affectif.

En d'autres termes, il ne fréquentait pas de femme. Il passait son temps libre sur sa planche ou sur son cheval, là où il n'y avait pas de place pour une femme. Cela faisait bien longtemps qu'une représentante de la gent féminine n'avait retenu son attention. Et la chevelure flamboyante n'en était pas la seule raison.

À quoi bon ? Grace ne s'intéresserait pas à lui. Elle savait d'où il venait. Elle l'avait connu avant qu'il ne devienne le Dr Marcus Washington, quand il avait été simplement Marcus, le petit garçon solitaire, renfermé et triste.

— Je suis désolé, répéta-t-il, soucieux de faire amende honorable afin que Grace ne le prenne pas pour un de ces chirurgiens arrogants, nombreux dans la profession.

Il était prêt à endosser tous les défauts du monde, mais pas à être taxé d'arrogance. Pas avec ses origines.

— D'habitude, je ne m'adresse pas aux gens sur ce ton-là. Je tenais à faire bonne impression, et il me fallait ce rein pour y parvenir. Mais c'était mon problème, pas le vôtre. Je m'excuse sincèrement.

— Qui souhaitiez-vous impressionner ?

Toi.

— Tout le monde.

Mais surtout toi.

Il garda ces pensées pour lui. Il s'était suffisamment ridiculisé aujourd'hui.

— Je ne voulais pas passer à côté de l'occasion qui m'était donnée de participer à ce projet de dons croisés. Je me suis un peu trop laissé prendre au jeu. Félicitations, au fait… Vous avez fait un boulot de coordination fantastique.

— Vous ne vous êtes pas mal débrouillé vous aussi, dit-elle avec un joli sourire.

Elle était bien dans sa peau, et il lui enviait cette confiance en elle.

— Nous avons parcouru un sacré chemin depuis Toowoomba, n'est-ce pas ? ajouta-t-elle.

Le cœur de Marcus cessa de battre. Il ne lui avait toujours pas avoué qu'il se souvenait de leur passé commun. Mais de toute évidence, sa politique de l'autruche n'allait pas pouvoir durer.

— Je peux vous demander un service ? dit-il sans confirmer ni infirmer ce que la remarque de Grace sous-entendait.

Elle acquiesça de la tête.

— Je vous saurais gré de ne pas mentionner le fait que je viens de Toowoomba.

— Pourquoi ? Il y a un problème avec Toowoomba ? demanda-t-elle sur un ton défensif qui donna mauvaise conscience à Marcus.

— Non, aucun.

En tout cas, pour la majorité des gens. Mais lui en gardait une image incontestablement ternie.

— Simplement, mes années là-bas ne présentent aucun intérêt pour l'exercice de mon métier.

Peut-être influaient-elles sur d'autres aspects de sa vie, mais il n'allait certainement pas aborder le sujet avec elle. Il ne voulait pas y penser, de toute façon.

— C'est quelque chose dont je dois m'excuser aussi. Je t'ai dit que je ne me souvenais pas de toi, et c'est faux.

Un passage au tutoiement qui équivalait à un aveu à lui tout seul.

— Pourquoi as-tu menti ? demanda-t-elle, les yeux écarquillés.

Imaginait-il la blessure qu'il lisait dans leurs profondeurs ambrées ou était-elle réelle ?

— Tu m'as pris au dépourvu. Je ne m'attendais pas à croiser quelqu'un que je connaissais. Ou qui me connaissait. Et je préfère oublier ma vie là-bas. J'ai eu peur que tu ne te mettes à l'évoquer si je disais la vérité.

Il parlait volontiers de son travail et était prêt à discuter de tout dans un cadre professionnel, mais sa vie privée était un terrain sur lequel il ne laissait pénétrer personne.

— Je comprends.

— C'est vrai ?

Quand Grace hocha la tête, l'œil de Marcus fut attiré par l'éclat de ses cheveux cuivrés sur lesquels dansaient les rayons des lumières.

— D'une certaine façon, oui. Et ne t'inquiète pas, je serai muette comme une carpe.

Que voulait-elle dire par « d'une certaine façon » ? Mais il préféra ne pas creuser et écourter cette conversation.

— Merci.

— De rien.

Grace respecterait-elle sa promesse ? Il l'ignorait et était réduit à lui faire confiance.

Il se leva. Il était temps pour lui de prendre congé. Il s'était expliqué, ses excuses avaient été acceptées, il pouvait passer à autre chose. Il n'avait rien à gagner à rester plus longtemps, au contraire. Cela ne servirait qu'à lui embrouiller un peu plus l'esprit.

— Tu t'en vas ?

— Oui. Ce n'est pas vraiment mon truc.

— Quoi ? Les pots entre collègues après le travail ? demanda-t-elle en tournant la tête pour parcourir le bar du regard.

Marcus se trouva alors enveloppé par son parfum. Ou plutôt, s'aperçut-il, par l'odeur de son shampoing.

— Oui, répondit-il.

Ni de parler de mon passé à une jolie jeune femme. Ni à quiconque, d'ailleurs.

Il était vraiment temps qu'il parte. Il éprouvait pour elle une fascination déroutante et dangereuse qui affectait son équilibre psychique.

Il risquait de se mettre à nu, de dévoiler son passé et tous ses secrets. Les gens qui le considéraient aujourd'hui comme un homme intelligent et puissant, en pleine réussite, n'étaient pas censés savoir qu'il avait mis des années à en arriver là. Mais Grace le connaissait d'avant. S'il y avait une personne dont il ne devait pas s'approcher, c'était elle.

Elle était une femme superbe et une excellente professionnelle. Le personnel médical et les patients l'appréciaient manifestement mais, à lui, sa présence rappelait le petit garçon de Toowoomba timide et rejeté par tous, y compris par sa famille.

L'attirance incontrôlable qu'elle exerçait sur lui soulevait une foule de problèmes inopportuns. Sa présence l'électrisait et mettait ses résolutions à l'épreuve. Bref, elle était dangereuse.

Il devait donc à tout prix garder ses distances.

4.

Le jeudi soir, à peine Grace avait-elle franchi la porte de son appartement que l'hôpital l'appelait.

— J'arrive aussi vite que possible, répondit-elle avant de raccrocher et de commander un taxi.

Sur le trajet, elle téléphona à Marcus.

Elle avait beau savoir qu'étant d'astreinte ce soir-là il répondrait nécessairement, le son de sa voix l'électrisa.

— C'est Grace, dit-elle avec un léger manque d'assurance qu'elle espéra inaudible.

— Quelque chose ne va pas ? Des soucis avec Connie ?

Evidemment, il avait immédiatement supposé qu'elle l'appelait pour des raisons professionnelles. Et si elle l'invitait à dîner plutôt, comment réagirait-il ? se demanda-t-elle.

Question purement rhétorique car leur relation n'en était pas arrivée à ce stade malgré la trêve tacite conclue dix jours plus tôt lors de la soirée au Billi's. Depuis, leurs rapports s'étaient améliorés, sans sortir pour autant du cadre strict du travail. S'il se montrait certes moins froid, il demeurait néanmoins sur la réserve.

— Non, Connie va bien. Les autres opérés aussi. En revanche, une patiente de la liste d'attente a été amenée aux urgences. Son mari me réclame mais, bien sûr, ton avis est indispensable. On se retrouve là-bas ? Je suis dans un taxi en route pour l'hôpital actuellement, expliqua-t-elle pour qu'il comprenne qu'elle ne pouvait donner davantage de précisions en présence du chauffeur.

Arrivée la première, elle n'eut cependant pas le temps de recueillir beaucoup de renseignements avant que Marcus la rejoigne, son parfum d'océan remplacé par une odeur de nourriture chinoise. Normal ! Il portait à la main des sacs de plats à emporter, nota-t-elle, l'œil attiré par son jean râpé qui moulait ses cuisses, puis par son polo blanc tendu sur son torse qui mettait en valeur la couleur de sa peau. Une tenue décontractée qui lui seyait tout aussi bien que son costume ou que sa casaque stérile.

— J'ai interrompu votre dîner ? demanda-t-elle, reprenant le vouvoiement en raison de la présence de ses collègues.

— Non. J'étais passé prendre ma commande au moment où vous avez appelé et, pour ne pas gâcher de nourriture, j'ai tout apporté ici. J'ai pensé que tout le monde mourrait de faim, comme moi. Allez-y ! Faites-vous plaisir, mesdames ! lança-t-il aux infirmières qui acceptèrent sans se faire prier et le remercièrent chaleureusement.

Sa cote venait certainement de gagner plusieurs points, songea Grace.

— Je suis tout à vous, à présent, Grace, ajouta-t-il après avoir déposé ses paquets sur le comptoir de l'accueil. Vous pouvez me résumer la situation ?

« Je suis tout à vous. » Grace se détourna vivement pour cacher le rouge qui lui montait aux joues et le conduisit dans une pièce adjacente.

Là, il sortit d'un des sacs deux boîtes qu'il plaça sur la surface en acier inoxydable et les ouvrit : six nems fumants et de la sauce.

— Tu en veux un ? demanda-t-il en se servant.

De ses longs doigts fins, il maniait les baguettes avec autant d'habileté que le scalpel, nota Grace.

— À quoi sont-ils ?

— Aux crevettes.

Ce n'était pas le dîner romantique dont elle rêvait, mais, au nom de leur trêve, elle accepta l'invitation.

— Merci.

Elle frissonna délicieusement au frôlement de leurs doigts lorsqu'elle prit les baguettes qu'il lui tendait. Marcus, lui, sembla n'avoir rien remarqué.

— Alors, parle-moi de cette malade.

— Louise Edwards. Trente-huit ans. Maladie rénale en phase terminale et diabète de type un. Elle se fait dialyser ici. Comme elle est inscrite sur la liste d'attente pour une transplantation, je la vois une fois par semaine. Aujourd'hui, sa tension a grimpé, elle a été prise de vomissements et est en état de déshydratation. Apparemment, la dialyse n'élimine plus suffisamment de toxines de son organisme. La chef du service des urgences est avec elle en ce moment et elle demande l'avis d'un néphrologue.

— Elle n'a que trente-huit ans ?

— Oui.

Grace peinait à manger son nem aux crevettes, pourtant excellent. La pensée de Louise lui gâtait l'appétit.

— Quoi d'autre ? s'enquit Marcus. Quelque chose te gêne, on dirait. Qu'est-ce que c'est ? ajouta-t-il tout en continuant à dévorer.

— Bien sûr, c'est à toi de juger. Mais, à mon avis, elle a besoin d'une greffe rapidement, avant qu'il ne soit trop tard. Elle a trois gamins…

Marcus finit de manger et jeta ses baguettes à la poubelle.

— Bien. Où se trouve-t-elle ?

Grace le mena au box de Louise où elle le présenta à la chef du service des urgences, à la malade et à Daniel, son mari. Puis elle sortit attendre dehors qu'il ait évalué la situation. Inutile d'encombrer l'espace exigu. Elle ne pensait pas que Marcus pourrait faire grand-chose. Mais un miracle n'était peut-être pas à exclure ?

Dix minutes plus tard, Marcus sortit à son tour… la mine sombre. Le cœur de Grace se serra.

— Tu avais raison. Il faut la greffer de toute urgence. Je lui ai prescrit des médicaments pour l'hypertension et les nausées, et on lui installe un goutte-à-goutte. Elle doit rester sous surveillance permanente. Je vais la passer en prioritaire sur la liste d'attente. Ensuite, il ne restera qu'à espérer qu'on déniche un rein compatible à temps. Je m'occupe de son changement de statut sur la liste et vérifie qu'on lui a trouvé un lit puis je file au restaurant chinois. J'ai encore faim, et tout ce que j'ai apporté a été englouti. Tu veux m'accompagner ?

L'invitation prit Grace au dépourvu.

— Je ne suis pas sûre de pouvoir avaler quoi que ce soit.

— Tu ne peux plus rien faire pour Louise, ce soir.

En fait, pas plus ce soir que demain, et ce sentiment d'impuissance lui coupait l'appétit. D'instinct, elle essayait d'aider les autres, d'améliorer leur sort. Mais Marcus avait raison : elle ne pouvait rien faire de plus.

L'idée de manger ne la tentait vraiment pas, mais celle de retourner dans son appartement vide – Lola travaillait – encore moins. Tenir compagnie à Marcus lui occuperait l'esprit.

— D'accord. Je t'accompagne.

Le restaurant se trouvait dans une ruelle derrière le Billi's. Rien d'intime dans ce petit établissement bruyant et à l'éclairage presque aveuglant. Point de dîner romantique, ce soir encore !

— Tu n'as qu'à choisir une table pendant que je commande, d'accord ? Tu as envie de quelque chose en particulier ?

— Non, pas vraiment.

De la seule table libre qu'elle avait trouvée, dans le fond du restaurant, Grace observa Marcus. Combien de fois avait-il mangé ici depuis son arrivée à Sydney ? se demanda-t-elle en remarquant que les serveurs le saluaient.

— D'après Daniel, une greffe de rein d'un donneur vivant n'est pas possible, dit Marcus quand il la rejoignit avec une bouteille d'eau et deux verres. Sais-tu pourquoi ?

La table était minuscule, et les genoux de Marcus

heurtèrent ceux de Grace quand il s'assit. Aussitôt, le cœur de cette dernière s'affola, et elle dut prendre une profonde inspiration pour recouvrer un semblant de calme. Ils étaient deux collègues qui dînaient rapidement au restaurant, rien de plus, se sermonna-t-elle.

— Oui. Daniel n'est pas compatible, et Louise n'a ni frères ni sœurs. Quant à ses parents… Son père est mort il y a quelques années, et sa mère n'est pas en bonne santé. À moins qu'un de ses amis ne se propose comme donneur et qu'il s'avère éligible, il n'y a rien d'autre à faire qu'attendre et espérer. Veux-tu que je parle à Daniel, demain, pour savoir s'il n'aurait pas oublié des amis ou des cousins qu'il pourrait solliciter ?

— Cela prendrait trop de temps. Nous ferons le point demain.

Sur ces entrefaites, on leur apporta leur repas d'où s'échappait un alléchant fumet.

— L'appétit vient de me revenir, dit Grace en se servant de poulet, soulagée de pouvoir s'intéresser à autre chose qu'au visage de Marcus, beaucoup trop près du sien à son goût, et à ses genoux qui continuaient à toucher les siens.

— J'ignorais l'existence de ce restaurant, dit-elle.

— C'est vrai ? Depuis quand habites-tu à Sydney ?

— Cinq ans.

— Et tu n'envisages pas de retourner à Toowoomba ?

— Pas pour le moment. Je me plais à Sydney. Toowoomba n'est pas la seule ville d'Australie où il fait bon vivre, comme tu es bien placé pour le savoir, ajouta-t-elle avec un sourire pour adoucir son propos.

Il le lui retourna en une étrange ébauche qui souleva un coin de sa bouche, mais n'atteignit pas ses yeux.

— Je suppose que tu as encore de la famille là-bas, dit-il.

— Oui. Pas toi ?

— Non, répondit-il en se resservant.

Évitait-il délibérément son regard ? Pas sûr, car il ne paraissait ni nerveux ni tendu. Au bloc, il avait donné l'impression d'être aux commandes, au bar d'être mal à l'aise, mais ici, dans ce restaurant pourtant bondé, il semblait serein. Elle ne l'avait jamais vu aussi décontracté, autant dans son élément. Peut-être parce que personne ne le connaissait en dehors des serveurs ? Dans leur grande majorité, les autres clients parlaient chinois, et personne ne s'intéressait à lui.

À part elle.

— Qu'est-ce qui t'a amenée à Sydney ? s'enquit-il, rompant un silence qui se prolongeait.

— Ma carrière.

Un mot qui continuait à l'enchanter. Elle était fière de ce qu'elle avait accompli et sa carrière représentait tout pour elle en ce moment.

— Ma belle-sœur, Merridy, a bénéficié d'une greffe de rein ici, et j'ai été impressionnée par toute l'organisation que cette transplantation avait nécessitée. Alors j'ai déposé ma candidature pour travailler dans le service, et elle a été retenue.

Ce qui n'expliquait pas totalement sa venue à Sydney, mais Marcus devrait se contenter de cette partie de l'histoire.

— Ta belle-sœur a été greffée ?

Sous le regard perçant de Marcus, Grace perdit un instant sa concentration.

— Oui, dit-elle enfin. À cause d'une néphropathie polykystique.

— Comment va-t-elle ?

— Bien. Elle est mariée avec Lachlan. Ils sont heureux et projettent d'avoir des enfants.

Elle s'interrompit, curieuse de savoir si Marcus demanderait des nouvelles de Lachlan ou d'Hamish et, comme il se taisait, elle poursuivit :

— Elle a été opérée il y a cinq ans, juste avant que je ne vienne m'installer à Sydney. Depuis, j'ai fait mon chemin et, il y a six mois, j'ai été promue coordinatrice. J'adore mon travail. Je ne pourrais pas l'exercer à Toowoomba. Alors…

Elle haussa les épaules.

— … Voilà. Je vis ici. Je rentre chez moi quand je peux.

— C'est-à-dire ?

— Je ne sais pas. Plusieurs fois dans l'année.

Il ne lui restait guère plus que sa famille à Toowoomba. Sa vie était à Sydney maintenant. Sa carrière. Ses amis.

— J'y retourne pour les anniversaires, Noël, les mariages, ce genre d'événements.

— Tu assistes souvent à des mariages ?

— Plus maintenant. La plupart de mes amis restés à Toowoomba se sont mariés jeunes, et ils en sont tous à leur deuxième ou troisième bébé… quand ils ne sont pas en plein divorce.

Dire qu'elle avait failli mener cette existence-là, elle aussi ! Parfois, elle ne reconnaissait même plus la jeune fille, disparue depuis longtemps, qui avait cru trouver le bonheur en se casant très tôt. Mais le monde ne se réduisait pas à Toowoomba, loin de là !

— Et toi, tu t'es échappée ?

— En quelque sorte.

— Ce qui veut dire ?

Elle avait fui une ville où elle avait connu un drame affreux et elle comprenait en partie la méfiance de Marcus vis-à-vis des petites villes et de leur mémoire. Après la mort de Johnny, alors qu'elle cherchait à repartir de zéro, la greffe de Merridy lui avait ouvert tout un monde de possibilités. Elle avait sauté sur l'occasion de s'installer dans une grande agglomération où on ne lui rappellerait en permanence ce qui s'était passé. Aujourd'hui, elle vivait toujours avec son deuil, mais le temps avait allégé son chagrin et sa culpabilité. Johnny s'en était allé de son plein gré. Elle, pour sa part, avait choisi d'avancer et, peu à peu, les blessures avaient cicatrisé si bien que, désormais, elle pouvait retourner à Toowoomba sans être hantée par ce qu'elle y avait vécu. Mais ce n'était pas le bon soir pour parler de cet aspect-là de son passé.

— Je cherchais un défi à me lancer.

Quelque chose qui lui changerait les idées. Elle avait pris la décision de venir à Sydney et elle ne le regrettait pas. Elle avait adopté la vie citadine avec ses difficultés, son animation, sa folie. Elle espérait toujours trouver le grand amour, ce que Johnny à bien y réfléchir n'avait pas été, mais elle n'était pas pressée. Pour le moment, Sydney et son travail lui plaisaient. Le reste arriverait à son heure, elle en avait la conviction.

— Et tu en as trouvé un ? demanda Marcus, interrompant le cours des pensées de Grace.

— Non. Plein…

Et l'un d'eux était assis en face d'elle. Son plus grand défi dans un avenir proche consisterait à en apprendre davantage sur Marcus.

Mais elle devrait attendre car, au lieu de rebondir sur sa réponse, il consulta sa montre.

— Il faut que je retourne à l'hôpital, dit-il en se levant, imité par Grace. J'ai encore quelques coups de fil à passer.

— Merci pour le dîner. Je vais noter l'adresse de ce restaurant.

Marcus l'accompagna jusqu'à la station de taxis devant le Billi's et attendit avec elle l'arrivée d'une voiture.

Assise sur la banquette arrière du taxi, Grace se mit à sourire : elle pensait trouver en Marcus Washington une source à la fois de défi et de plaisir. Elle avait hâte de se lancer à sa conquête, une tâche qui ne s'annonçait pas aisée.

Grace aimait assister aux interventions chirurgicales quand elle en avait la possibilité. Elle voyait alors le résultat concret de ses efforts pour éviter tout grain de sable dans l'engrenage, le dénouement heureux d'une histoire à laquelle elle avait activement participé. Heureux sauf pour la famille du donneur qui, malgré tout, trouvait du réconfort dans le fait que la mort d'un être cher avait permis de sauver quelqu'un.

Grace aimait par-dessus tout regarder Marcus œuvrer. Avec un scalpel à la main, il se métamorphosait et semblait prendre vie. Il était un excellent chirurgien, au geste sûr, aux décisions rapides et judicieuses. Étonnant quand, à l'extérieur de la salle d'opération, il se montrait tellement hésitant et méfiant !

En société, il se tenait en retrait. Au bloc, en revanche, comme s'il enlevait un masque, il riait et plaisantait avec l'équipe, s'affirmant et devenant même loquace. Pas au point cependant de divulguer quoi que ce soit de personnel.

Et cette fois encore, alors que tous les autres évoquaient leurs projets pour le week-end, Grace ne réussit pas à savoir comment il avait prévu de l'occuper. Il se mêla cependant à la conversation générale sur la musique, la gastronomie, leurs lieux de prédilection pour les vacances…

À la fin de l'intervention, Grace en savait beaucoup plus sur Marcus, mais tout ce qu'elle avait appris ne servait qu'à souligner leurs différences de goût. Elle aimait le pop rock, les Blue Mountains et les plats italiens. Lui la country, la mer et la cuisine chinoise. Elle n'était jamais montée sur une planche de surf, et si elle aimait la plage elle aussi, elle devait veiller à ne pas trop s'exposer au soleil. Leurs seuls points communs étaient d'avoir passé leur enfance à Toowoomba et de travailler en néphrologie, toutes choses purement accidentelles. Rien ne les liait en profondeur.

Bien que sortie tard du bloc, Grace retourna à son bureau avec l'espoir qu'un rein avait été trouvé pour Louise.

Hélas ! Pas de miracle aujourd'hui.

Elle passa malgré tout voir la malade. Daniel et les enfants étaient là. Pendant les vacances scolaires, ces derniers accompagnaient souvent leur mère pour sa dialyse, et Grace les avait rencontrés à plusieurs reprises. La fille aînée, toujours très sérieuse, était en train de lire avec son petit frère qu'elle avait assis sur ses genoux, et sa sœur cadette, qui avait habituellement la langue bien pendue, se taisait aujourd'hui.

Nul doute que tous les trois ressentaient l'atmosphère tendue et pesante qui régnait, et Grace se désola de ne pouvoir les rassurer.

Au moment où elle sortait de la chambre, elle aperçut Marcus au poste des infirmières. Même s'il était de dos et portait sa tenue stérile, elle reconnut la forme de ses épaules et de sa tête, ses longues jambes… Incroyable comme sa silhouette était imprimée dans son cerveau ! Certes, il avait un physique difficile à oublier…

— Vas-tu aller voir Louise ? demanda-t-elle en approchant.

— Oui. Je suppose que nous ne lui avons pas encore trouvé de greffon ?

Grace confirma de la tête.

— Lachlan et sa femme sont en ville, et je déjeune avec eux demain, ajouta-t-elle comme il sortait, dossier de Louise sous le bras. Si tu n'as pas d'autres projets pour le week-end, tu peux te joindre à nous sans problème.

Elle avait parlé d'une traite pour ne pas qu'il l'interrompe. Elle se doutait de sa réponse, mais que risquait-elle à tenter le coup ?

— Pourquoi ?

— J'ai pensé que cela te ferait plaisir et, en plus, je te dois un repas, dit-elle avec un haussement d'épaules.

— Non, tu ne me dois rien du tout. En tout cas, merci, mais je suis pris demain.

Par quoi ? Il n'avait évoqué aucune activité tout à l'heure. N'essaierait-il pas de se débarrasser d'elle ? Aurait-elle interprété à tort son enjouement de tout à l'heure comme un désir de rencontrer des gens ?

Son regard était de nouveau devenu impénétrable.

Elle n'insista pas. Inutile de réduire à néant les progrès réalisés dans leur relation professionnelle.

Par nature, elle s'efforçait toujours de rendre les gens heureux, parfois malgré eux. Même quand elle savait que la bataille serait rude, elle ne renonçait pas. À Marcus, en particulier, un peu de bonheur ne nuirait pas. Apparemment, hélas, il ne pensait pas qu'il viendrait par elle.

Le dos calé contre sa planche, Marcus attendait son tour de prendre la vague. Malgré un coucher tardif suivi d'une insomnie, il avait besoin de se dépenser physiquement et le surf lui offrait sa seule possibilité à Sydney à la fois de se défouler et d'éviter tout contact humain. Ici, il pouvait se contenter d'un salut ou d'un bref commentaire sur la technique d'un surfeur. C'était un sport solitaire qui lui convenait parfaitement. Le seul problème : il lui laissait trop de temps pour réfléchir.

Depuis plusieurs nuits, il se tournait et se retournait dans son lit sans trouver le sommeil. Trop de pensées se bousculaient dans sa tête. Son père... Sa mère... Grace... Il n'aurait jamais dû revenir sur la côte est.

Il ne savait quelle ligne de conduite adopter. Sur aucun sujet, et en particulier par rapport à Grace. L'ignorer, comme le bon sens l'aurait exigé ? Il ne pouvait s'y résoudre. Alors, jeudi, il lui avait demandé de l'accompagner au restaurant. Une initiative parfaitement ridicule ! Il n'entrait pas dans ses habitudes d'inviter une femme s'il n'avait aucune intention de coucher avec elle. Pourtant, il avait dîné avec Grace et il avait finalement passé un bon moment. Meilleur qu'il ne voulait bien se l'avouer. Pourquoi ? Il refusait d'en analyser la raison.

Alors qu'il ruminait ainsi en attendant une vague, il remarqua une jeune femme rousse qui marchait au bord de l'eau. De là où il se trouvait, il était impossible de l'identifier. Alors, entièrement dominé par le désir de découvrir s'il s'agissait Grace, sans prendre le temps de réfléchir, il chipa la vague d'un autre surfeur au risque d'être agoni d'injures.

Deux minutes plus tard, il sortait de l'eau à quelques mètres de la jeune femme, en espérant qu'elle ne s'effraierait pas.

Peu importe en fait, puisque… ce n'était pas Grace.

Quelle déception ! D'autant plus qu'il ne parvenait plus à se sortir Grace de la tête. Comme depuis quelque temps, d'ailleurs.

Lui revint en mémoire l'expression de ses yeux d'ambre quand il lui avait demandé de dîner avec lui. Elle avait hésité, comme si elle se méfiait. De lui ou de ses motivations ? De toute façon, il ne pouvait le lui reprocher. Lui-même n'était pas sûr de ce qui l'avait poussé à l'inviter. Il perdait ses repères en sa présence. Il avait beau se savoir gauche et emprunté, elle lui donnait un sentiment de sécurité.

Ce qui était totalement aberrant car elle en savait beaucoup trop sur lui. Mais il l'avait crue quand elle lui avait promis de tenir sa langue, et leur soirée au restaurant s'était avérée le meilleur moment qu'il ait partagé avec quelqu'un depuis son arrivée à Sydney.

Grace le subjuguait. Elle était détendue, gaie, enjouée… et très bavarde. Bref, il appréciait sa compagnie. « Les contraires s'attirent », disait le proverbe. L'auteur de cette formule avait dû l'écrire en pensant à eux ! Non pas qu'elle ait manifesté un quelconque intérêt pour lui. Il n'empêche qu'il aurait voulu en avoir le cœur net. Mais la crainte d'aboutir à un désastre le retenait. Provisoirement, en tout cas, car il savait qu'il aurait du mal à garder éternellement ses distances.

En attendant, il n'avait toujours pas éclairci les raisons pour lesquelles elle l'avait invitée à déjeuner avec son frère et sa belle-sœur. Il n'avait aucune envie de voir Lachlan. Pour se plonger dans le passé ? Non, merci. Quel intérêt de déjeuner avec quelqu'un qu'on n'avait pas vu depuis vingt ans et qu'on ne verrait probablement plus jamais ? Il s'était donc défilé en prétendant être occupé. Ce qui n'était pas entièrement faux : il avait effectivement prévu quelque chose, mais rien d'aussi alléchant qu'un repas avec Grace.

Il enleva sa combinaison et, après avoir arrimé sa planche sur le toit de son 4x4 de location, il s'installa au volant et démarra.

— Comment va-t-il aujourd'hui ? demanda Marcus à l'infirmière de la maison de retraite.

— Je l'ai déjà vu en meilleure forme. Il est un peu agité. Une des auxiliaires de vie s'est effondrée en larmes, ce matin, à cause de lui. Il n'arrivait pas à boutonner sa chemise et, quand elle a voulu l'aider, il l'a repoussée sans ménagement puis a refusé de mettre un T-shirt.

Marcus s'arma de courage. Depuis qu'il était arrivé à Sydney deux semaines plus tôt, il était venu tous les jours. Il prit une profonde inspiration et tourna la poignée de la porte de la chambre.

— Qu'est-ce que vous voulez ?

Son père était assis dans un fauteuil près de la fenêtre qui donnait sur un parc aux pelouses méticuleusement tondues, aux haies soigneusement taillées, parsemé de bancs et de bassins. Un décor que son père ne remarquait probablement pas et qui, de toute façon, l'aurait laissé indifférent.

M. Washington avait été un homme intimidant autant par sa stature que par son tempérament. De visage, Marcus ressemblait à sa mère, mais il avait hérité de son père son physique d'athlète.

À présent, anémié par une mauvaise alimentation et un manque d'exercice, son père s'était rabougri. Il n'avait que soixante-cinq ans, mais en paraissait dix de plus. Tout était gris chez lui : sa peau, ses cheveux, ses vêtements. Un spectacle triste et déprimant sur lequel Marcus refusait de s'attendrir. Son père ne méritait pas sa compassion, même si ce vieillard cloué dans un fauteuil n'avait plus grand-chose à voir avec le souvenir que Marcus gardait d'un père qu'il évitait depuis vingt ans.

Le sentiment de culpabilité qui le saisit le prit au dépourvu. Il savait que rien ne le justifiait, qu'il n'existait pas de vraie relation entre son père et lui, mais rien n'y faisait. S'il n'avait pas promis à sa tante de venir régulièrement à la maison de retraite, il aurait trouvé mille et une raisons de s'en dispenser. La première étant que le vieil homme ne le reconnaissait pas et ne se souvenait même pas d'avoir un fils. Dans ces conditions, à quoi rimaient ces visites ?

À rien, s'il n'avait gardé en lui l'espoir d'un petit garçon de douze ans que son père s'intéresserait à lui. L'aimerait. Un espoir vain, comme il l'avait vite compris.

— Je pensais que tu apprécierais un peu de compagnie.

— Pourquoi ? Qui êtes-vous ? lança son père d'un air soupçonneux.

Un échange qui se répétait chaque jour depuis deux semaines, et Marcus se prépara à la suite. Allons ! Il était adulte maintenant et pouvait supporter ce calvaire le temps de son séjour à Sydney. Trois mois de conversations dans le vide pour les mille semaines qu'il avait passées sans contact avec son géniteur.

— Je suis ton fils.

— Je n'ai pas de fils. Vous avez tout d'un Amerloque. Vous en êtes un ?

Dire que son père se rappelait avoir combattu au Vietnam alors qu'il avait oublié avoir eu une femme, un fils, bref une vie après ses vingt ans !

Marcus secoua la tête d'un air désabusé et répéta :

— Je m'appelle Marcus. Je suis ton fils.

Comment son père aurait-il pu reconnaître un fils en lui s'il ne se souvenait pas avoir été marié, qui plus est à une Antillaise de la Barbade ? songea Marcus qui, par ailleurs, peinait de plus en plus à concevoir que cet homme, qui se montrait antiaméricain, antiasiatique, anti presque tout, soit tombé amoureux d'une femme qui n'était ni blanche ni australienne.

Marcus se passa la main sur les yeux. De sa mère, il

ne se rappelait guère que le sourire. Il était certain qu'elle l'avait aimé, sans réussir à s'expliquer pourquoi elle ne l'avait pas emmené lorsqu'elle avait quitté le foyer familial. Il n'avait que six ans, et elle l'avait laissé à un père qui avait préféré la dive bouteille à son fils. Si Marcus ne gardait de sa mère que quelques souvenirs flous dont il ne savait pas toujours s'ils correspondaient à la réalité ou s'il les avait inventés, il en conservait en revanche beaucoup de son père, dont aucun d'agréable. Tous lui racontaient son enfance calamiteuse. Un vrai désastre.

Dans ces conditions, une question légitime se posait : pourquoi lui rendait-il visite ?

Tout simplement parce qu'il voulait des réponses aux questions qui se bousculaient dans sa tête. Pourquoi sa mère était-elle partie ? Pourquoi ne l'avait-elle pas pris avec lui ? Pourquoi son père s'était-il abruti dans l'alcool ? Sans réponses, il ne pourrait pas tourner définitivement la page et ne serait jamais heureux malgré ses succès professionnels. Il devait à tout prix recueillir des informations sur son passé afin de comprendre qui il était et d'où il venait. Sinon, comme son père, il risquait de sombrer dans l'alcoolisme pour tout oublier, pour repousser les histoires qui grouillaient dans sa tête et dont il ignorait si elles étaient vraies ou le fruit de son imagination.

— Je ne suis pas un Amerloque, dit-il en s'asseyant sur le seul autre fauteuil de la pièce.

Il sortit alors une bouteille de bière de son sac à dos. Aussitôt, l'œil de son père s'alluma.

Sans les y encourager, le règlement n'interdisait pas aux visiteurs d'apporter de l'alcool. Or Marcus avait constaté que quelques gorgées calmaient son père. La descente vers la démence éthylique et la cirrhose, avant l'échouement dans un établissement comme celui-ci, commençait probablement ainsi.

À présent que les jours de son père étaient comptés,

pourquoi le priver de la seule chose qui lui procurait encore du plaisir ?

En entendant le bruit caractéristique de la capsule qui saute, le père de Marcus se redressa, s'empara prestement de la bouteille et but une longue goulée.

Marcus sortit une autre bière, sans alcool celle-là, pour son propre usage. Il était moins déprimant de présenter le tableau d'un père et d'un fils partageant un verre que celui d'un vieil homme buvant seul avec un inconnu assis à son chevet. Mais il ne devait pas espérer glaner beaucoup de renseignements aujourd'hui. Alors, il décida qu'il allait finir sa bière et partir quand on apporta son plateau-repas à son père.

Par association d'idées, il se mit à penser à Grace. Où déjeunait-elle avec son frère ? Il les imagina assis au soleil au bord de la plage pendant que lui, dans cette maison de retraite, regardait un étranger manger un sandwich et du riz au lait.

Il était cependant convaincu d'avoir pris la bonne décision en déclinant son invitation. Qu'avait-il en commun avec des gens qu'il n'avait pas vus depuis ses douze ans et, qui plus est, avec qui il n'avait pas eu grand-chose en commun, déjà à l'époque ?

L'enfance que Grace et ses frères avaient connue ne ressemblait en rien à la sienne. Le père de Grace était médecin, sa mère infirmière, tandis que sa mère à lui l'avait abandonné et que son père était un ivrogne. Sa visite à la maison de retraite l'avait emmené dans un voyage suffisamment pénible dans le passé. Inutile de ressusciter davantage de souvenirs d'une époque qu'il avait passé trop de temps à essayer d'oublier.

Il n'empêche qu'il aurait préféré se trouver n'importe où ailleurs que dans l'établissement !

5.

Le lendemain matin, Marcus retourna à la plage, comptant sur les vertus antistress bien connues du surf pour évacuer les tensions extra-professionnelles occasionnées par son séjour à Sydney.

L'état de son père en particulier le minait à cause des souvenirs et de la culpabilité qu'il réveillait. Pour continuer ses visites quotidiennes, même brèves, il devait absolument trouver le temps d'aller surfer.

Hélas, lorsqu'il arriva à Manly, la mer était parfaitement calme. Après encore une nuit sans sommeil ou presque, il avait chargé son équipement dans son 4x4 et était parti sans consulter la météo.

Il changea donc son fusil d'épaule et décida d'aller nager. Contre la promesse d'une consommation, il laissa sa planche en consigne dans un café.

Pendant une demi-heure, il fit des allers-retours parallèlement au rivage jusqu'à ce que, épuisé physiquement mais le cerveau vidé, il se laisse porter par une vague jusqu'au bord de l'eau.

Alors qu'il se redressait, il aperçut au loin une rouquine qui marchait vers lui sur la plage quasiment déserte. Sa visière dissimulait son visage, mais laissait libres ses cheveux… roux, sans erreur possible même à cette distance. Était-ce bien Grace ou se trompait-il comme la veille ?

Elle portait un short en jean et un haut à manches longues. Elle avait des jambes superbes, musclées et fines dont il se serait souvenu. Il ne s'agissait donc pas de la promeneuse d'hier.

Il monta jusqu'au sable sec sans quitter des yeux la jeune femme vers qui un kelpie roux courait ventre à terre, une balle dans la gueule. Une preuve supplémentaire qu'il n'avait pas affaire à la même personne : celle de la veille n'avait pas de chien.

Comme mû par une force irrésistible, il se mit à marcher vers elle, et la balle qu'elle lança au même moment rebondit très haut et dévia vers lui. Le kelpie s'élança. Marcus étendit le bras et attrapa la balle au nez et à la barbe du chien qui entama une ronde autour de lui, attendant qu'il joue avec lui. Marcus s'exécuta et, tout en continuant à avancer, lança la balle… en direction de l'inconnue. Tous deux se rejoignirent à mi-chemin.

C'était bien Grace !

Marcus laissa son regard remonter le long de ses jambes sublimes jusqu'à son visage. Elle était pieds nus et très légèrement vêtue. La tête levée vers lui, les yeux pétillants, un sourire radieux aux lèvres, elle le regardait. Elle était magnifique et semblait heureuse de le voir comme personne avant elle pour autant qu'il s'en souvienne.

— Bonjour, dit-elle.

— Tu as un chien, à ce que je vois.

Il adorait les chiens. Il n'avait jamais eu d'animal. Ni à Toowoomba ni en pension.

— Non. Reg est le chien de Lachlan et Merridy. Je le promène pour les laisser faire la grasse matinée.

— Tu permets que je te tienne compagnie ?

— Je rentre, en fait.

Quelle déception ! L'idée qu'elle refuserait ne l'avait pas effleuré.

— Pas même le temps pour un café ?

Une insistance inhabituelle pour lui mais, pour une fois, il ne se sentait pas d'humeur à rester seul. Et puis l'idée de boire un café avec Grace était tellement alléchante ! Probablement parce que sa vie sociale qui se réduisait essentiellement à des monologues avec son père était affreusement pauvre… Mais il n'était pas dupe. Grace l'attirait. Elle l'apaisait moralement et le troublait physiquement. Elle le détendait en même temps qu'elle lui insufflait de l'énergie. L'équivalent humain du surf en quelque sorte : l'antidote à son stress. Jamais auparavant il n'avait rencontré quelqu'un qui lui fasse cet effet et il trouvait cela fascinant.

Il lança de nouveau la balle à Reg pour se donner contenance en attendant la réponse de Grace.

Cette dernière hésitait. Elle s'efforçait de reprendre ses esprits. La présence de Marcus sur cette plage l'avait prise au dépourvu, et une foule de questions s'était mise à tourbillonner dans sa tête. Que fabriquait-il ici ? Pourquoi l'invitait-il à prendre un café ? Pourquoi fallait-il qu'il soit si beau ?

Elle essayait de ne pas le regarder. Difficile quand son torse musclé se trouvait au niveau de ses yeux ! Avec les gouttes d'eau accrochées à sa peau bronzée, il semblait scintiller dans les rayons du soleil matinal. Il avait des bras vigoureux, des épaules de nageur. Sur son ventre plat se dessinait le relief de ses abdominaux…

Hypnotisée, elle en avait oublié de répondre.

— C'est ma tournée, ajouta-t-il comme elle ne disait rien.

— Ta tournée ?

Elle laissa son regard descendre vers son maillot de bain rouge moulant, son seul vêtement. Où aurait-il pu ranger un porte-monnaie ? se demanda-t-elle en se sentant rougir.

— J'ai un peu d'argent avec mes clés de voiture, ajouta-t-il en commençant à se diriger vers le haut de la plage.

L'avait-il surprise à le lorgner ? Probablement, car elle avait manqué de discrétion, mais il avait eu la délicatesse de s'en tenir à l'aspect pratique de la situation.

— Et où l'as-tu rangé ?

— Tu es toujours aussi méfiante ? Je te promets que j'ai de quoi payer et que mes intentions sont honnêtes.

Dommage !, se dit-elle en lui emboîtant le pas.

Elle n'avait pas encore accepté, mais elle savait que cela ne saurait tarder. Il avait piqué sa curiosité au vif avec cette invitation inattendue.

— Tu vois ce café là-bas ? Ils louent des casiers et ils gardent aussi ma planche avec l'espoir que je boirai quelque chose avant de partir. Alors, avec deux consommations, ils seront ravis.

Il entra le code de la consigne et en sortit une chemise dont il se vêtit… Au grand regret de Grace. Puis, après avoir commandé leurs cafés, il emmena Grace en terrasse pour profiter de la vue sur la plage.

Derrière lui, Grace nota les regards plus ou moins appuyés que plusieurs clientes glissèrent vers lui à son passage. Qui aurait pu le leur reprocher ?

— Comment s'est passé ton déjeuner, hier ? s'enquit-il quand ils se furent installés.

— Tu veux vraiment le savoir ?

— Oui. J'ai besoin d'entendre le récit de la journée des autres, répondit-il d'un air accablé.

— Tu sembles avoir déjà mal commencé la tienne.

— Non, aujourd'hui, tout va bien jusque-là. Contrairement à hier après-midi.

— Pourquoi ?

— Je préférerais parler de ton après-midi à toi.

— Va-t-on enfin avoir un vrai échange ou vas-tu comme d'habitude rester à m'écouter discourir, moi ?

Elle voyait la tristesse qui brouillait ses yeux noirs et en imagina toutes les causes possibles. Son cœur se serra. Grace ne supportait pas de voir les gens souffrir et, instinctivement, elle cherchait à les soulager. Un exercice dans lequel elle excellait. Mais avec Marcus, elle ne savait par où commencer.

— Je pensais qu'une femme sauterait sur cette occasion, plaisanta-t-il en lui souriant.

Le premier sourire qu'il lui adressait. Et il s'avéra aussi craquant qu'elle se l'était imaginé.

— Oui, ce n'est pas faux.

Il lui avait demandé de parler d'elle. Peut-être seulement pour se changer les idées, pour penser à autre chose que ce qui le minait ? Alors, pourquoi ne pas lui donner satisfaction puisqu'elle voulait alléger le poids qui paraissait l'oppresser ?

— Merridy, la femme de Lachlan, nous a exposé une idée originale, commença-t-elle alors que la serveuse leur apportait leurs cafés avec du cake à la banane. Une idée qui, à mon avis, va te plaire. Mais laisse-moi d'abord te décrire le contexte. Comme je te l'ai déjà dit, Merridy a été greffée il y a cinq ans, à cause d'une néphropathie polykystique. Elle a bénéficié d'un don croisé auquel a participé Lachlan, et c'est ce qui m'a amenée à m'intéresser au programme. Mais je m'égare. N'hésite pas à m'arrêter si je t'ennuie.

Elle prit le temps de boire une gorgée de café avant de poursuivre.

— Merridy se démène maintenant pour sensibiliser le public au don d'organes. Elle accorde de nombreuses interviews à la presse locale, va régulièrement dans les écoles et donne des conférences, mais elle a un projet plus ambitieux. Lachlan et elle élèvent du bétail à Toowoomba. Pour promouvoir la cause qu'elle défend et récolter des fonds, elle projette d'organiser une transhumance. Elle aimerait que des gens parrainent des bêtes ou paient pour accompagner le troupeau à cheval. L'argent collecté servirait à équiper en appareils à dialyse les hôpitaux ruraux et à former des infirmières pour les manipuler.

— Croit-elle vraiment que les gens de la campagne vont payer pour pratiquer une activité qui fait partie de leur quotidien ?

— Elle vise les citadins.

— Et à son avis, ils accepteront de se rendre à la campagne pour participer à l'événement ?

— Elle veut l'organiser en ville, pas à la campagne.

— En ville ?

— Tu connais le succès des émissions télévisées tournées en milieu rural ? Merridy pense que des tas de gens adoreraient prendre part à une expérience de ce genre. Qu'il y a une dimension romantique de « retour aux sources » qui enthousiasmera les citadins. Il y a aussi les élèves des centres équestres qui ne demanderont pas mieux, et les gens qui ne montent pas à cheval pourront marcher à côté du troupeau.

— Où veut-elle faire passer les bêtes ?

— On arrive là au clou de l'affaire, dit-elle avant de se taire un instant pour ménager son effet. Sur Harbour Bridge…

— Harbour Bridge ? Le grand pont au-dessus de la baie de Sydney ? Tu es sérieuse ?

Marcus écarquillait les yeux, et Grace nota avec plaisir que la surprise y avait remplacé la tristesse. Si la simple présentation de l'événement suffisait à lui faire oublier ses problèmes, cela augurait bien de la réussite du projet et de la mobilisation qu'il susciterait s'il aboutissait.

— Oui. Ce serait dingue, non ? Et les médias accourraient.

— Et c'est possible ?

— Nous l'ignorons. J'ai proposé de me renseigner. Alors, qu'en dis-tu ?

— Honnêtement, je ne sais pas trop quoi répondre sinon que c'est intéressant.

— À présent, il me reste à convaincre l'hôpital, la fondation des dons d'organes et la mairie de s'embarquer avec nous dans l'aventure.

— Tu vas te charger de tout ça ?

— Oui. Merridy, elle, va s'occuper des sponsors, des réseaux sociaux et des inscriptions, mais d'abord il faut obtenir les autorisations. Pour ça, je vais faire jouer mes contacts. Tu comptes la manger ? demanda-t-elle brusquement avec un regard gourmand à la dernière tranche de cake à la banane.

— Non, sers-toi, dit-il en poussant l'assiette vers elle.

— Tu as dit que tu montais à cheval, poursuivit-elle. Tu serais prêt à soutenir notre action ?

Comme il se taisait, Grace se prépara à un refus avant de se rappeler qu'il était posé et calme, contrairement à elle, et qu'il réfléchissait avant de parler.

— D'accord, dit-il enfin.

— Où as-tu appris à faire du cheval ?

— En Australie Occidentale.

— C'est là-bas que tu es allé lorsque tu as disparu ?

Ses sourcils se froncèrent.

— Je n'ai pas disparu.

Et voilà ! Encore une fois, elle n'avait pas tourné sept fois la langue dans sa bouche avant de parler ! songea Grace.

— Quand même… Du jour au lendemain, on ne t'a plus vu dans ta maison au coin de la rue. Les gens se sont demandé ce qui t'était arrivé.

— Pourquoi les gens se seraient-ils intéressés à moi ? demanda-t-il, visiblement surpris.

Grace semblait soudain gênée, nota Marcus. Elle évitait son regard. Elle se mit à boire dans sa tasse… vide !

— Je ne sais pas. Tu es devenu une sorte de légende locale.

— Ce qui veut dire ?

— On s'est inquiété de ton sort et, comme personne ne savait où tu étais passé, les gens ont tiré leurs propres conclusions.

— Lesquelles ?

— C'étaient juste des histoires…

— Quel style ?

— Nous n'étions que des gamins. Tu les connais.

Marcus ne les connaissait que trop bien. C'était une des

raisons pour lesquelles il avait quitté Toowoomba sans regrets. Il insista.

— Quel style d'histoires ?

Après un moment d'hésitation, que Marcus prit pour de la réflexion, elle finit par lâcher le morceau.

— La plus traumatisante pour moi était celle où on racontait que tu avais été assassiné.

— Assassiné ? répéta-t-il, éberlué. Par qui ?

— Je ne sais pas.

Elle mentait. Marcus en était certain. Mais il décida de glisser.

— Il ne m'est rien arrivé. Je suis parti en pension, c'est tout.

— En Australie Occidentale ?

— Oui.

— Ta mère était là-bas ?

— Non. Pourquoi ?

— Tu n'es jamais revenu à Toowoomba. Chez qui allais-tu pour les vacances ? Tu ne pouvais pas rester dans ton école trois cent soixante-cinq jours par an ?

— Je les passais avec mes cousins, dans la ferme de ma tante et mon oncle près de Margaret River.

— Et ta mère, qu'est-elle devenue ?

— Je n'en ai aucune idée. D'après ma tante, un beau jour, elle a plié bagage.

— Et elle n'a plus donné signe de vie ? demanda Grace avec douceur.

— Non.

— Tu l'as cherchée ?

Oui, il l'avait cherchée, mais sans le moindre résultat. Il avait fini par en conclure qu'elle avait changé d'identité et ne souhaitait tout simplement pas qu'on la trouve.

Grace le fixait, attendant une réponse. Sa peau blanche, ses yeux ambrés, son expression innocente et son incroyable chevelure l'ensorcelaient, l'invitant à baisser la garde…

Non ! Hors de question ! Les choses tournaient mal chaque fois qu'il cédait à la tentation.

— Oui, mais mes recherches n'ont rien donné.

Il n'en dirait pas davantage. Grace était la dernière personne à qui il révélerait quoi que ce soit. Elle en savait déjà trop sur lui.

Elle était malgré tout une fort plaisante compagnie. Il n'irait pas jusqu'à dire qu'il y prenait plaisir car il était fondamentalement solitaire. Mais Grace était tellement naturelle et chaleureuse… Pour la première fois de sa vie, il buvait un café avec une femme dans une atmosphère dénuée d'enjeux.

D'habitude, ses conversations avec les femmes se cantonnaient au travail ou s'arrêtaient très vite. Toujours alimentées par ses interlocutrices, elles lui servaient à parvenir à ses fins : après les présentations et quelques banalités, elles se terminaient au lit. Pour une seule nuit, deux maximum, et il partait au petit matin sans prendre le petit déjeuner avec ses partenaires. Il veillait scrupuleusement à ce qu'aucun sujet intime ou personnel ne soit abordé.

— Je suis désolée, dit Grace en posant sa main sur la sienne.

Ses doigts étaient frais et doux, et la blancheur de sa peau contrastait avec la couleur café de la sienne. Quelqu'un lui avait-il déjà tenu la main ? se demanda-t-il. Peut-être, mais il avait oublié. Tout comme il ne se rappelait pas avoir été physiquement intime avec quelqu'un. Il ne s'y hasardait pas. Le sexe ne comptait pas car, pour lui, il ne s'agissait que d'un échange physique, primitif et nécessaire, où toute intimité était exclue.

Il songea à se dégager, mais se ravisa. Ce contact était trop agréable. Il envisagea même de retourner sa paume pour enlacer les doigts de Grace entre les siens. Mais comment interprèterait-elle ce geste ?

Il se demandait s'il réussirait à lire ses pensées dans ses yeux d'ambre, s'il y trouverait des indices sur la conduite à tenir. Malheureusement, au moment où leurs regards se croisaient, la serveuse arriva pour débarrasser. L'occasion était manquée.

Comme si elle prenait soudain conscience de ce qu'elle avait fait, Grace considéra sa main et la retira. Puis elle se leva et ramassa la laisse du chien.

— Merci pour le café. Il vaut mieux que je ramène Reg. Il va commencer à s'agiter.

Et avant qu'il ait le temps d'ouvrir la bouche, elle avait disparu, le laissant de nouveau avec lui-même.

Seul.

Jamais auparavant il n'avait éprouvé un tel sentiment de solitude.

« Nous avons trouvé un rein ! »

Grace avait l'impression d'avoir prononcé cette phrase il y avait plusieurs jours. En fait, seules quelques heures s'étaient écoulées depuis que, après avoir été prévenue par téléphone que le rein d'un donneur décédé s'était avéré compatible avec Louise, elle avait mis la machine en branle. Actuellement, Marcus opérait Louise, et Grace tenait compagnie à Daniel. Elle aurait de loin préféré se trouver au bloc à regarder les doigts de fée de Marcus, mais Daniel avait besoin d'être soutenu. L'attente de la fin d'une intervention chirurgicale se révélait presque aussi difficile que celle d'un greffon.

— Est-ce que cela prend aussi longtemps, d'habitude ? demanda Daniel pour la énième fois en une heure.

Grace commençait elle-même à se poser des questions car l'opération durait depuis plus de deux heures et elle aurait dû avoir des nouvelles.

— Voulez-vous que j'aille me renseigner ? proposa-t-elle.

— Si c'est possible, oui.

— D'accord. Je reviens dans une minute.

Au lieu de perdre du temps à enfiler une tenue stérile,

elle grimpa à la galerie d'observation où, à cette heure un peu tardive, il ne restait plus que deux internes. Debout devant la vitre, ils semblaient tendus. Envahie par un mauvais pressentiment, Grace frissonna.

— Que se passe-t-il ?

— Arrêt cardiaque.

— Quoi ?

Peut-être les internes regardaient-ils une autre intervention puisque la galerie donnait sur deux blocs, espéra Grace en se précipitant vers la vitre. Hélas ! L'autre salle était plongée dans l'obscurité. Ils parlaient bel et bien de Louise.

Grace ferma les paupières et les rouvrit comme pour chasser un cauchemar. Mais rien n'avait changé.

— Qu'est-il arrivé ?

— Je ne sais pas exactement. En tout cas, ça fait plus d'une demi-heure qu'ils essayent de la ranimer.

Mauvais signe !

Le front collé à la vitre, Grace observa l'équipe s'affairer. Mais au bout de quelques minutes, elle vit Marcus enlever ses gants et jeter un coup d'œil à la pendule. Louise avait cessé de vivre.

Les internes quittèrent la galerie. Grace, elle, resta figée, le visage ruisselant de larmes.

Elle posa la main sur la vitre pour signifier à Marcus qu'elle était là. Elle hésitait à aller le voir.

Bien sûr, tout acte chirurgical comportait un risque, mais qui aurait pu anticiper ce drame ? Louise était censée vivre longtemps et en bonne santé après avoir reçu un nouveau rein.

Grace s'effondra sur une chaise tout en regardant Marcus quitter le bloc pour aller parler à Daniel. Elle l'aurait accompagné si ses jambes n'avaient pas refusé de la porter.

Elle souffrait pour eux tous. Pour Daniel, pour les enfants, pour la mère de Louise qui perdait sa fille unique après avoir déjà perdu son mari, et pour Marcus à qui revenait la tâche peu enviable d'annoncer à Daniel que sa femme était morte.

Quand ses larmes eurent séché et ses jambes repris des forces, elle se leva et descendit l'escalier en se cramponnant à la rampe. En bas, dans une salle, elle aperçut Daniel en conversation avec l'aumônier. Elle décida de le voir plus tard. Rien ne pressait. Autant se mettre en quête de Marcus. Elle ne s'imaginait pas partir sans s'être assurée qu'il allait bien après cette nuit qui avait dû être éprouvante pour lui. Peut-être la plus éprouvante qu'il ait jamais vécue.

On lui dit qu'il se trouvait dans le vestiaire du bloc et elle attendit dehors.

Un bon moment.

Personne ne sortit ou n'entra.

Donc s'il s'y trouvait toujours, il serait seul.

Elle poussa la porte.

Depuis combien de temps Marcus était-il assis là, dans cette pièce ? Lui-même n'aurait su le dire. Il n'avait pas enlevé sa casaque stérile alors que tous ses collègues étaient rentrés chez eux depuis belle lurette. Il avait froid. Son dos lui faisait mal. Il aurait dû aller prendre une douche, mais avec ses muscles qui semblaient enserrés dans une gangue de ciment, marcher jusqu'à la cabine exigerait beaucoup d'efforts. Alors, il allait rester encore un peu sur son banc.

Sa conversation avec Daniel l'avait bouleversé. Comment annonçait-on à un mari que sa femme ne rentrerait pas à la maison ? Que ses enfants ne sentiraient plus les bras de leur mère les enlacer, qu'elle ne serait plus là pour essuyer leurs larmes ou les border le soir ou bercer leurs bébés plus tard ?

Marcus savait de quoi il parlait. Il avait exactement le même âge que le fils de Louise quand sa mère l'avait abandonné. La seule différence était que Louise n'avait pas choisi de quitter son petit garçon. Il espéra que Daniel tiendrait mieux le choc que son père à lui face à cette épreuve. Mais il ne pouvait qu'espérer. Il ne connaissait pas suffisamment Daniel pour prévoir comment il réagirait au décès de sa femme.

Il n'oublierait jamais son regard vide ni sa mine effarée quand la vérité inexorable lui était apparue. En soupirant, Marcus se prit la tête dans les mains. Il entendit la porte s'ouvrir mais ne changea pas de position. Il ne voulait voir – au sens propre – personne, ne voulait parler à personne.

— Ça va ?

Il savait que la question lui était adressée parce qu'il était seul dans la pièce et il avait reconnu la voix de Grace. Mais même elle, malgré son optimisme et sa joie de vivre, perdrait son temps à essayer de lui remonter le moral aujourd'hui.

Il finit par lever la tête. Grace se tenait devant lui, le front plissé d'inquiétude, son regard inhabituellement sombre.

— Pas vraiment, répliqua-t-il.

Comment expliquer la culpabilité et la douleur qu'il ressentait et qui n'étaient pas uniquement liées à Louise ? Entraient en jeu bien d'autres événements que ceux d'aujourd'hui. Mais comment le dire à Grace ? Elle le prendrait pour un affreux narcissique. Pour un homme à côté de la réalité. Alors mieux valait qu'il garde ses pensées pour lui.

Elle s'assit à côté de lui. Tout près. Il sentait le parfum frais et floral de son shampoing. Sa jambe touchait la sienne, et la chaleur de sa peau l'irradiait. Elle posa avec délicatesse la paume sur sa cuisse.

— Je peux t'aider ?

Il baissa les yeux vers la main de Grace. Il eut l'impression de sentir le sang de la vie qui coulait dans ses veines le réchauffer. Il avait un besoin vital qu'elle partage avec lui un peu de sa chaleur. Il avait si froid ! Il tourna la tête vers elle. Seuls quelques centimètres les séparaient.

Sa chevelure cuivrée la rendait encore plus vivante. Il était hypnotisé, comme devant les flammes d'un grand feu.

Il voulait enfoncer les doigts dans sa crinière, toucher sa peau, se prélasser dans la chaleur de son corps. Il voulait qu'elle le ramène à la vie, mais il savait qu'il se brûlerait à tenter l'aventure.

Il devait lui dire de le laisser tranquille. De le laisser croupir dans sa culpabilité, son mal-être et son désespoir.

Normalement, quand il était dans cet état, il allait surfer ou se promener à cheval. Mais il était 22 heures, et son cheval se trouvait en Australie Occidentale, à des milliers de kilomètres de Sydney.

Et Grace, elle, se trouvait à côté de lui.

Il étudia son visage. Ses yeux aux pupilles dilatées s'étaient adoucis. Quelques taches de rousseur constellaient l'arête de son nez. Pourquoi ne pas baiser les lèvres voluptueuses et tout oublier pendant un instant ?

C'était indiscutablement une solution. Mais était-ce la bonne ?

Il l'ignorait et s'en moquait. Maintenant que l'idée lui avait traversé l'esprit, elle l'obsédait. Une nuit ne pouvait porter à conséquence, songea-t-il pour s'encourager. Elle ne lui apporterait que du réconfort.

Il se pencha. Il vit les yeux de Grace s'écarquiller et sentit sa respiration sur sa joue. Les lèvres entrouvertes lui permettaient d'apercevoir la pointe toute rose de sa langue. Il entendit son bref hoquet de surprise quand il l'attira contre lui, une main contre sa nuque, l'autre enfouie dans son abondante chevelure.

6.

Marcus posa sa bouche sur les lèvres humides et satinées de Grace. Loin de le repousser comme il l'avait craint, elle se rapprocha de lui. Il sentit la courbe de son sein rond et lourd contre son torse.

Il ferma les yeux et accentua la pression de ses lèvres. Aussitôt, celles de Grace s'entrouvrirent, le laissant l'explorer. Elle avait un goût de menthe.

Il la voulait plus proche encore. Il voulait la posséder. Il voulait qu'elle le possède.

Quand il l'eut assise à califourchon sur ses hanches, il glissa la main sous son chemisier et, savourant la chaleur et la douceur de sa peau, remonta le long de son dos jusqu'à son soutien-gorge qu'il dégrafa avec adresse. Il prit alors dans sa paume un de ses seins dont il se mit à caresser le mamelon avec son pouce. Grace laissa échapper un gémissement rauque tandis que, renversant la tête en arrière, elle lui agrippait les épaules et plaquait son entrejambe contre son sexe bandé.

Le tissu pourtant fin de sa tenue d'infirmière gênait Marcus. Il voulait sentir les jambes nues de Grace contre la peau nue de sa taille. Il voulait s'enfouir en elle, se perdre dans sa chaleur.

Sa main s'immobilisa, son pouce sur le téton dressé de Grace. Il pourrait lui faire l'amour maintenant… Mais si le moment semblait idéal, le lieu ne l'était pas. N'importe qui pouvait entrer sans crier gare, même à cette heure tardive où l'hôpital était quasiment désert. Ils devaient aller ailleurs.

— Il faut que je me douche. Tu m'accompagnes ?

Grace ne prit pas le temps de réfléchir. De toute façon, elle en était incapable. Tous ses sens étaient affûtés par les caresses voluptueuses des lèvres et des doigts de Marcus.

Elle acquiesça de la tête avant de l'embrasser fougueusement. Il se leva et, sans la poser par terre, la porta vers la douche. Craignait-il qu'elle ne change d'avis ? Il aurait eu bien tort.

Une fois dans la cabine, de son bassin et ses cuisses, il bloqua Grace contre la porte qu'il avait pris soin de verrouiller et lui ôta dans un même mouvement son chemisier et son soutien-gorge. Baissant alors la tête, il se mit à taquiner un de ses mamelons avec sa langue, criblant le bas-ventre de Grace de dizaines de fléchettes enflammées de désir. Une sensation fabuleuse qui attisa encore l'ardeur de Grace.

— Je ne peux pas attendre davantage, murmura-t-elle.

Il la posa par terre et, aussitôt, elle s'employa à lui baisser son pantalon, effleurant au passage ses fesses fermes et chaudes avec ses paumes, ce qui précipita leur hâte à se dévêtir.

Ils étaient tous les deux nus à présent.

Elle se colla contre lui, sa peau tendre et pâle contre ses muscles durs et bruns, et prit entre ses doigts son membre qui se mit à palpiter et enfler comme s'il prenait vie. Elle sentait chacun des battements de son cœur se répercuter sous sa main. Il glissa ses doigts en elle tout en caressant le petit bouton de rose niché dans son sexe.

— Mes jambes ne me portent plus, dit Grace, haletante. Je vais tomber.

Comme il la soulevait, elle ferma les paupières et écarta plus largement les cuisses, impatiente de l'accueillir. Elle sentit le bout de sa verge approcher de son sexe… Elle retint son souffle…

Mais il semblait hésiter.

— Je n'ai pas de préservatif, murmura-t-il.

Elle ne pouvait pas – ne voulait pas – arrêter maintenant.

— Je prends la pilule. Je risque quelque chose avec toi ?

Il secoua la tête. Ils se crurent sur parole.

Une confiance mutuelle totalement inattendue sur laquelle ils s'appesantiraient plus tard…

— Viens.

Elle n'eut pas à le répéter. Dans une longue expiration, il plongea dans sa moiteur et entama un va-et-vient de plus en plus profond, qui la grisa et lui arracha des gémissements de plaisir. Les yeux fermés, arc-boutée contre lui, elle l'accompagnait dans son mouvement, s'offrant à lui, oubliant tout le reste.

Il avait enfoui le visage dans son cou, et elle défaillait à chacune des poussées de Marcus qui les rapprochait de l'orgasme.

— Oh ! Grace !

Le fait d'entendre son nom prononcé par Marcus finit de la perdre. Jamais il ne lui avait paru aussi doux. Jamais elle ne s'était sentie aussi désirée. Elle se donna entièrement à lui et, comme il explosait en elle, secouée de spasmes entre ses bras, elle le rejoignit dans l'extase.

Il l'embrassa sur le front et les lèvres et continua à la serrer contre lui jusqu'à ce que s'estompent les ondes de plaisir qui l'avaient parcourue.

Elle s'était d'abord offerte à lui pour qu'il trouve un moment de réconfort dans son corps. À présent, il s'agissait de toute autre chose. Elle savait qu'elle ne se rassasierait jamais de lui.

— Tu ne t'es pas ennuyée, on dirait !

Grace croyait que Lola serait couchée à son retour.

Quelle ne fut donc pas sa surprise de la découvrir debout quand elle entra dans la cuisine, la mine radieuse. Elle n'envisagea pas un seul instant de lui taire la nouvelle.

— Je viens de coucher avec Marcus.

— Tu viens de quoi ?

Lola avait réagi exactement comme elle l'avait prévu. La force de l'habitude.

Elles partageaient l'appartement depuis presque deux ans, et leur amitié était devenue si profonde qu'elles ne se cachaient rien. Surtout pas une histoire aussi croustillante. Elle avait à peine entamé le récit circonstancié de sa fin de soirée que Lola l'interrompit.

— Vous avez fait l'amour dans le vestiaire des médecins ? Et si quelqu'un était entré ?

— Nous n'avons pas réfléchi, dit Grace.

— Et c'était comment ? Pas mal, à en juger par ta mine réjouie.

— C'était tout simplement indescriptible, tu peux me croire.

Lola pouffa.

— Je suppose qu'un homme avec son physique n'a pas manqué d'occasions de se faire la main. Qu'a-t-il dit pour te convaincre de coucher avec lui ?

— Qu'est-ce qu'il a dit ?

— Oui. Tu ne peux pas t'empêcher de voler au secours des âmes en peine. Alors, qu'est-ce qu'il a bien pu te raconter pour que tu te déshabilles ?

Lola n'avait pas tort. Depuis qu'elle avait échoué à éviter la mort dramatique de Johnny, son premier petit ami sérieux, Grace était attirée par des hommes tourmentés. Des hommes qui, elle en était convaincue, avaient besoin d'elle. Syndrome du survivant ou phase normale du processus de deuil ? Elle n'aurait su le dire. Parfois, ils avaient été réellement en détresse. Parfois aussi, ils avaient inventé une histoire pour arriver à leurs fins, et elle était tombée dans le panneau.

Le dernier en date, un certain Anthony, radiologue de son état, apparemment au désespoir après que sa femme l'avait quitté en emmenant leurs enfants, avait supplié Grace de l'aider à reprendre pied. Un mensonge éhonté. Grace était foncièrement honnête au point d'en être naïve. Elle attendait des autres la même droiture et ne démêlait le vrai du faux que lorsqu'il était trop tard.

Mais Marcus, lui, ne mentait pas. Elle en avait la certitude. Il y avait chez lui quelque chose de brisé, comme une profonde blessure. Une question demeurait cependant : l'avait-il délibérément choisie elle, Grace Gibson, ou lui avait-il parlé seulement parce qu'elle se trouvait là ?

Elle se refusait à croire à cette seconde hypothèse.

— Il ne m'a rien raconté du tout.

Ce soir, elle ne s'était pas abandonnée en entendant son histoire, mais en captant son regard. Quand il avait tourné la tête vers elle, elle avait lu dans ses yeux un appel au secours, et elle lui avait spontanément offert le réconfort auquel il aspirait. Et alors ?

Mais elle n'allait certainement pas l'avouer à Lola. Cela restait son jardin secret.

— Il n'a rien dit. Il m'a embrassée. C'est tout.

— Comment ça, c'est tout ?

— Je n'ai pas pu, non, voulu, arrêter.

Il n'y avait eu ni ruses, ni mensonges, ni demi-vérités. Elle le connaissait. Elle savait qu'il avait eu besoin d'elle. Mais la tournure qu'allait prendre leur relation désormais ? Cela, elle l'ignorait.

— Et maintenant, que va-t-il se passer ? demanda Lola comme si elle avait lu dans les pensées de son amie.

— Aucune idée.

— Pour toi, un rendez-vous amoureux, c'est dîner et discussion, point final. Les aventures d'une nuit, ce n'est pas ton truc. D'ailleurs, je parierais que tu n'as jamais essayé.

— Qui te parle d'une aventure d'une nuit ?

— Il a proposé de te revoir ?

— Non.

Lola la dévisagea d'un air entendu.

— Bon, d'accord, je me suis emballée, dit Grace sans développer.

Lola n'avait pas à savoir dans quel désarroi la mort de Louise, qu'elle ignorait encore, avait plongé Marcus.

— Mais je ne regrette rien. Toi, tu couches bien à droite et à gauche, non ? Alors pourquoi y aurait-il deux règles différentes ?

Pourquoi ne s'amuserait-elle pas un peu, elle aussi, en attendant de trouver le bon ?

— Je n'ai jamais dit ça, mais reconnais que ta conduite de cette nuit ne te ressemble pas. Comment le prendras-tu s'il en reste là, te remercie et passe à quelqu'un d'autre ? Je ne veux pas que tu souffres. Tu n'es pas suffisamment armée pour le supporter.

Lola avait vu juste, mais il était trop tard pour s'en inquiéter à présent. Marcus et elle n'avaient pas parlé avenir, ne s'étaient rien promis. Ils avaient passé une nuit de folie, et s'il ne voulait pas la revoir, elle serait bien obligée de gérer.

— Tout va bien, Lola. C'était juste une partie de jambes en l'air.

— Encore une fois, ce n'est pas dans tes habitudes, Grace, répliqua Lola.

Grace savait que son amie avait raison de se tracasser. Elle ne s'était jamais jetée dans le lit d'un homme au premier rendez-vous. Et encore moins quand il n'y avait pas eu de premier rendez-vous ! Elle décida cependant de passer outre l'avertissement de son amie.

— Tout va bien, je t'assure, répéta-t-elle.

Grace était paisiblement allongée à côté de Marcus, un genou entre ses cuisses et la tête sur son épaule. Elle l'avait revu, et c'était la troisième soirée de la semaine qu'ils passaient ensemble. Il l'avait de nouveau emmenée dîner au restaurant chinois, leur restaurant, qui n'avait rien de très recherché ni de très luxueux, mais où elle aimait bien aller… avec lui.

Et ce soir, au lieu de la mettre dans un taxi pour qu'elle rentre chez elle, il l'avait conduite à son appartement, où elle se trouvait encore. Elle l'écoutait respirer. Lui, les doigts enfouis dans sa chevelure, était perdu dans ses pensées.

Elle aurait donné cher pour les connaître, ces pensées. Ils parlaient essentiellement d'elle — de son travail, de sa famille, de son projet de transhumance, de ses amis. Lui se cantonnait à quelques anecdotes sur sa vie à Perth, et chaque fois qu'elle essayait de mettre la conversation sur lui, il changeait de sujet. Difficile dans ces conditions de le cerner. Elle savait seulement qu'à partir de douze ans il était allé dans un internat non-mixte et avait passé ses vacances dans une ferme avec ses trois cousins – encore des garçons ! – ce qui ne l'avait guère aidé à s'extérioriser.

En fréquentant cet homme qui ne comptait pas s'installer à Sydney et qui n'était visiblement pas prêt à s'engager au plan affectif, se préparait-elle à souffrir comme le lui avait prédit Lola ?

Tant pis ! C'était un risque à courir, une occasion qu'elle ne se sentait pas la force de laisser passer. Marcus était beau, intelligent et excellent amant. En outre, il aspirait manifestement à une relation authentique. Alors si, pour quelques nuits ou quelques semaines, cette relation se faisait avec elle, pourquoi pas ? Après tout, en si peu de temps, elle ne se serait pas suffisamment attachée à lui pour qu'il lui brise le cœur.

— Tu vas à l'enterrement de Louise, demain ? demanda-t-il.

Voilà donc à quoi il pensait ! Après enquête, le *coroner* l'avait entièrement blanchi, mais Grace savait qu'il continuait à se reprocher la mort de Louise. Cela l'aurait donc surprise qu'il se rende à ses obsèques, mais elle formula quand même la question.

— Et toi ?

— Non. Ce serait déplacé, répondit-il, visiblement oppressé.

— Moi, je ne peux guère m'en dispenser…, soupira-t-elle.

— Pourquoi ?

— Je connais Louise et sa famille depuis trois ans. Et au cours de ces trois années, j'ai vu Louise au moins une fois par semaine. Alors il me paraît normal de présenter mes condoléances à Daniel et aux enfants.

Le décès de Louise avait touché tout le monde au centre de transplantation rénale, et Grace ne serait pas seule au cimetière.

— Si je pouvais, je n'irais pas, je t'assure. Je déteste les enterrements. C'est tellement triste, tellement définitif. Les gens y voient l'occasion de célébrer la vie, mais qu'y a-t-il à célébrer quand elle a été si courte ? Tous ces rêves réduits en miettes, pour elle, pour son mari, pour ses enfants ? C'est la guérison de Louise que nous aurions dû fêter.

— La vie n'est pas toujours un conte de fées, c'est un fait !

Son enfance à lui n'en avait certainement pas été un. Devait-elle saisir cette perche pour qu'il s'épanche enfin ? Mais avant qu'elle trouve l'amorce appropriée, il avait déjà dévié le cours de la conversation et braqué le projecteur sur elle.

— Tu ne penses pas uniquement à Louise, n'est-ce pas ?

— Pourquoi dis-tu ça ?

— Dans notre métier, nous apprenons à gérer le décès d'un malade. Je sais que nous nous attachons davantage à certains patients qu'à d'autres, mais la mort de Louise semble particulièrement te toucher. Je ne dis pas qu'elle devrait te laisser indifférente, mais ne ravive-t-elle pas autre chose en toi ? À qui penses-tu ? Qui dans ton entourage est parti trop tôt, Grace ?

Pour quelqu'un qui étouffait ses propres émotions, il devinait remarquablement bien celles des autres. Grace aurait volontiers esquivé la question – comme il l'aurait fait lui, après tout – si elle n'avait été d'une nature honnête. Et puis, peut-être qu'en lui confiant quelque chose de très personnel elle l'amènerait à se livrer à son tour.

— J'ai perdu un ami. Un très bon ami. Nous n'avions que vingt-deux ans. Encore aujourd'hui, je continue à me dire que j'aurais pu… Que j'aurais dû trouver le moyen de l'aider.

— Tu veux me raconter ce qui s'est passé ?

Grace avait remarqué que Marcus savait écouter, probablement parce qu'il n'était pas bavard, et elle se sentait prête à parler. Le décès de Johnny lui avait au moins appris qu'il était inutile de cacher ce que l'on ressentait.

— Johnny était mon premier vrai petit ami. Nous nous étions rencontrés au lycée de Toowoomba. La dépression dont il souffrait déjà s'est aggravée au fil des années. Il prenait des médicaments, mais ne supportait pas leurs effets secondaires. Il disait qu'ils le ralentissaient intellectuellement, qu'il avait l'impression d'exister, mais pas de vivre. Il fallait se battre constamment avec lui pour qu'il continue son traitement. Un jour, il l'a arrêté, à mon insu, car j'étais trop absorbée par mes études et mon petit boulot. Dans la ferme où Johnny avait grandi, tout le monde possédait un fusil. Il en a pris un pour se tuer. Dans le mot qu'il a laissé, il expliquait que c'était trop difficile de vivre avec sa maladie. Il s'est suicidé, et je n'ai pas pu l'éviter. Je déteste les enterrements depuis que j'ai assisté au sien.

Si Grace s'était habituée à l'absence de Johnny, le fait d'évoquer sa mémoire réveillait sa peine. De grosses larmes coulaient sur ses joues que Marcus essuya avec son pouce.

— Il te manque toujours ?

— Nous avions toujours été amis, bien avant de sortir ensemble. Alors oui, notre amitié me manque. En revanche, je ne suis pas sûre que l'avenir que nous nous préparions me manque. Je suis en partie soulagée d'y avoir échappé. En même temps, j'ai honte de ce sentiment.

— Soulagée ?

— Tout le monde nous voyait déjà mariés et installés à Toowoomba. Mais, franchement, cette vie ne m'aurait pas satisfaite. J'aurais vraisemblablement nourri beaucoup de regrets. Après la mort de Johnny, les gens se sont apitoyés sur mon sort sans savoir ce que j'éprouvais en réalité, c'est-à-dire ce mélange de chagrin et de libération. Je me suis sentie prise au piège. J'étais persuadée d'être quelqu'un de mauvais, et il fallait absolument que je parte. Que je m'éloigne de cette atmosphère oppressante. La greffe de Merridy m'a offert l'occasion de prendre un nouveau départ. À Sydney, personne ne me connaissait et personne ne connaissait Johnny non plus.

— Pourtant…, le jour de mon arrivée, je me rappelle que tu as chanté les louanges de la vie dans les petites villes, dit Marcus,

Elle avait toujours la tête posée sur sa poitrine et elle décela comme un sourire dans sa voix.

— Pour les conditions matérielles peut-être, mais je n'ai jamais prétendu que les rapports avec les habitants étaient faciles. J'ai pris la bonne décision en venant m'installer ici. À présent, j'ai acquis suffisamment de recul pour retourner avec plaisir à Toowoomba de temps en temps. En revanche, si je m'étais mariée il y a cinq ans, j'aurais regretté tout ce que je n'aurais pas pu faire. Je n'aurais pas trouvé là-bas suffisamment de défis à relever. J'ai changé. Je suis plus forte qu'à l'époque et j'ai beaucoup appris sur moi. Bref, je suis heureuse ici. Je suis heureuse tout court.

Elle rêvait toujours de se marier et de fonder une famille un jour, mais rien ne pressait. Elle ne se contenterait pas d'un pis-aller. Elle avait besoin d'être stimulée, de se fixer des objectifs ambitieux, ce qui lui semblait possible avec cet homme.

— À présent, tu sais comment j'ai atterri ici, conclut-elle en caressant le torse de Marcus. Et maintenant, assez parlé de moi ! Personnellement, j'ai mieux à faire.

*
* *

— Tania, c'est bien ça ? dit Grace en abordant l'infirmière dont elle venait de consulter le badge. Je suis Grace Gibson, la coordinatrice du service des transplantations. Quelqu'un de chez vous m'a appelée pour que j'examine le dossier d'un malade en demande de greffe.

— Oui, c'est moi. Un patient avec une insuffisance hépatique terminale a été admis hier, et le gastro-entérologue préconise de le mettre sur la liste d'attente des transplantations. Notre coordinatrice étant en congé, j'aimerais connaître la procédure.

— Je n'ai aucun pouvoir sur la constitution de la liste d'attente, expliqua Grace.

— Je sais mais, étant donné les antécédents médicaux du malade, une greffe ne me paraît pas réalisable. Cela vous ennuierait-il de jeter un coup d'œil à son dossier et de me donner votre avis ?

Grace ayant acquiescé, Tania lui tendit le document tout en ajoutant :

— C'est un alcoolique impénitent, sujet à des crises de démence.

Le nom sur l'étiquette retint instantanément l'attention de Grace : William Washington.

Le même prénom que celui du père de Marcus. Simple coïncidence ? À moins que Marcus ne lui ait pas signalé l'hospitalisation de son père ?

Elle emporta le dossier à un poste de travail libre et l'ouvrit à la page des renseignements personnels.

Âge : 67.
Parent le plus proche : Marcus WASHINGTON, fils.

L'adresse indiquait qu'il vivait dans une maison de retraite du ministère des Anciens Combattants, dans la banlieue nord de Sydney. Il devait donc être un vétéran de la guerre du Vietnam, conclut Grace après un rapide calcul.

Elle poursuivit. Son poids était insuffisant par rapport à sa taille, et ses résultats d'analyse sanguine étaient loin d'être satisfaisants, avec notamment plusieurs marqueurs de cirrhose, ainsi qu'un taux de fer et un nombre de plaquettes très bas.

Il ressortait de tous les éléments du dossier qu'il n'était pas un candidat éligible pour une transplantation. Triste constat… Mais Grace était tout autant chagrinée par les cachoteries de Marcus. Elle retourna dans le bureau des infirmières.

— Tania ? Savez-vous si son fils est venu rendre visite à M. William Washington ?

— Oui, il était là hier soir, quand Bill a été admis dans le service.

C'était donc volontairement que Marcus ne lui avait rien dit.

Outrepassant son rôle, Grace ne put résister à la curiosité d'aller voir M. Washington dans sa chambre. Comme elle arrivait au moment où on servait les repas, elle proposa d'apporter plateau.

Elle trouva le père de Marcus au lit, les yeux fermés. Il paraissait beaucoup plus âgé que ses soixante-sept ans officiels. Il était grand – ou plus exactement il devait l'avoir été – et maladivement maigre. Sa peau était grise.

— Monsieur Washington ? dit Grace en frappant à la porte qu'elle venait d'ouvrir, le plateau calé sur sa hanche, Votre déjeuner.

Il souleva les paupières et tourna vers elle un regard vide.

— Vous rappelez-vous où vous vous trouvez ? demanda Grace. Vous êtes à l'hôpital. Vous y avez été amené hier soir. Vous avez faim ?

Elle déposa le plateau sur la table roulante qu'elle avança ensuite vers lui qui repoussa sa couverture isolante. À quand remontait sa dernière dose d'alcool ? se demanda Grace en voyant ses mains agitées de tremblements.

Elle s'attarda quelques minutes pour s'assurer qu'il pouvait manger tout seul et pour essayer de bavarder avec lui. Mais soit il n'avait pas envie de lui parler, soit il ne pouvait soutenir une conversation et il ne desserra pas les lèvres. Sa présence ici ne servait donc à rien, et elle avait quelques mots à dire de toute urgence à un autre membre de la famille.

Elle trouva Marcus dans son bureau. Elle frappa à la porte et entra quand il leva la tête.

— Il faut que je discute avec toi d'un patient.

— De qui ?

— De William Washington.

Elle attendit sa réaction.

Il demeura impassible.

— Pourquoi ne m'as-tu pas prévenue qu'il était entré à l'hôpital, hier soir ?

— Pourquoi l'aurais-je fait ? demanda Marcus, étonné. Ça n'a rien à voir avec nous. Comment l'as-tu appris ?

— On m'a demandé d'aller le voir.

— Pour quoi faire ?

— Son spécialiste voulant l'inscrire sur la liste d'attente nationale pour une greffe du foie, et en l'absence de la coordinatrice du service de gastro-entérologie en congé, on m'a demandé d'étudier son dossier car les infirmières voulaient l'avis d'un membre de l'équipe de transplantation.

— Une greffe ne servira à rien.

— Je sais. Mais il faut que tu expliques la situation à son médecin.

— Tu en sais autant que moi.

— Marcus, voyons, je n'ai pas vu ton père depuis au moins dix ans. Comment veux-tu que j'en sache autant que toi sur son état ?

— Et moi, je ne l'avais pas vu depuis vingt ans à mon arrivée à Sydney, il y a un mois. Alors tu es mieux placée que moi pour discuter avec son spécialiste.

— Vingt ans ? Tu ne l'as pas vu du tout ?

— Non.

Elle brûlait d'envie d'apprendre ce qui s'était passé, mais

soutirer des informations à Marcus était peine perdue. Il lâchait quelques bribes de temps en temps, mais pour connaître le reste de son histoire, elle ne devait compter que sur elle-même.

— Est-ce ce qui t'a amené à Sydney ?

— Non, je suis venu ici pour ma carrière. Mais j'ai décidé d'en profiter pour voir Bill avant qu'il ne soit trop tard.

— Trop tard pour quoi ?

— Pour qu'il me donne des réponses. Il m'a expédié dans un internat à l'autre bout du pays sans un mot d'explication quand j'avais douze ans. Ma tante a été désignée comme tutrice. Je n'ai pas revu Bill depuis. Nous n'avons jamais été proches, et je dois reconnaître que j'étais content de partir de Toowoomba. Cela dit, avec les années, j'ai commencé à m'interroger sur les raisons exactes de ma venue à Perth.

Dans le non-dit des explications de Marcus, Grace crut cerner sa personnalité beaucoup plus précisément qu'il ne devait le supposer. Il avait été blessé. Pas par une femme, mais par ses parents. D'ailleurs, il ne disait pas « mon père » ou « papa », mais « Bill ».

— Et tu en es où avec ton père maintenant ?

— Il ne sait même pas qui je suis.

— Il ne te reconnaît pas du tout ?

Ce qui ne surprenait pas Grace. Après tout, il était atteint de démence, et son fils n'était en outre qu'un préadolescent la dernière fois qu'il l'avait vu.

— C'est pire. Apparemment, il ne se rappelle même pas qu'il a un fils.

— Peut-être faut-il lui laisser un peu de temps ?

— Nous savons tous les deux qu'il ne lui en reste plus beaucoup.

Là-dessus, d'un clic de sa souris, il réveilla l'écran de son ordinateur et congédia Grace par ces mots :

— S'il n'y a rien d'autre dont tu souhaitais discuter, j'ai du travail.

Profondément bouleversée et emplie de pitié, Grace ne

demandait qu'à partir avant d'éclater en sanglots, ce que Marcus n'aurait guère apprécié. Mais il lui inspirait une telle compassion ! Il avait été laissé à lui-même pendant vingt ans ! Ni parents. Ni frères et sœurs. Personne pour l'embrasser le soir, personne pour écouter ses rêves, pour l'encourager à les réaliser. Personne pour l'aimer. Il n'avait personne. Quoi d'étonnant dans ces conditions qu'il peine à exprimer ses sentiments ?

Elle se dirigea vers l'unité de soins intensifs à la recherche de Lola et arriva en larmes. Ce qui inquiéta son amie.

— Que t'arrive-t-il ?

— Marcus…

— Je savais qu'il te ferait de la peine, coupa-t-elle en prenant Grace dans ses bras. Que s'est-il passé ?

— Non. J'ai de la peine, mais pour lui pas à cause de lui.

Lola s'écarta d'un pas.

— Je ne comprends pas.

— Il est seul au monde. Sa mère l'a abandonné quand il était petit, et son père ne le reconnaît plus. Marcus n'a personne sur qui compter depuis vingt ans.

— Il doit avoir l'habitude d'être seul, alors, commenta Lola avec pragmatisme. Il t'a dit qu'il était malheureux ? À première vue, il n'en donne pas l'impression.

— En apparence peut-être, mais comment pourrait-il ne pas souffrir ?

Grace s'était toujours beaucoup appuyée sur ses parents et ses frères, en particulier à la mort de Johnny. Sans eux, elle ne se serait jamais remise. Malgré leur tristesse de la voir partir à Sydney, ils l'avaient soutenue dans sa décision. Ils avaient toujours été là pour elle, et elle ne comprenait pas comment quiconque pouvait être parfaitement heureux en vivant seul, sans amour et sans famille. Manifestement Marcus n'était pas fabriqué dans la même étoffe qu'elle.

— Grace, ne commence pas à te dire qu'il a besoin d'aide. Tu ne peux pas régler tous les problèmes du monde.

Mais elle ne voulait pas régler tous les problèmes du monde ! Seulement ceux de Marcus !

7.

Marcus hésitait devant la porte de la chambre de son père. Bien que chaque visite lui ait coûté un peu plus, il continuait à venir dans l'espoir de progresser enfin dans son enquête.

Grace lui avait recommandé de se montrer plus direct en posant des questions précises s'il voulait des réponses précises car, de lui-même, Bill ne fournirait aucun renseignement. Pourquoi rechignait-il à suivre ce conseil ? Par peur de la vérité ou par peur que Bill ne la lui dise pas ?

La réprobation palpable de Grace par rapport à son attitude avec Bill s'ajoutait à la culpabilité qui pesait déjà sur ses épaules. De toute évidence, elle ne comprendrait jamais le fossé qui le séparait de son père et elle s'obstinait à croire que tout pouvait s'arranger. Or il ne cherchait plus à combler ce fossé. Il avait depuis longtemps renoncé, et sans regrets, certain qu'une telle entreprise n'aurait abouti qu'à des déceptions. En revanche, il avait espéré pouvoir tourner sereinement la page ou, au moins, obtenir quelques explications. Malheureusement, à cause de l'état de Bill, c'était impossible.

Il prit une profonde inspiration en priant pour que Grace soit là et joue les tampons, comme pendant toute la semaine. Sa présence réduisait incontestablement les tensions entre son père et lui.

Grace avait réussi à établir le contact avec Bill, et ce dernier semblait apprécier ses visites. Avec elle, toute pression disparaissait : inutile pour lui de se souvenir d'elle ou de ce dont ils avaient parlé. Elle lui offrait une véritable compagnie.

Marcus, lui, se rappelait chacune des discussions avec Grace, chacune des minutes passées avec elle, chaque courbe de son corps, chaque tache de rousseur sur ses épaules, chaque grain de sa peau, le parfum de son shampoing et la façon dont ses cils noirs s'abaissaient sur ses joues blanches quand il l'embrassait. Il en avait appris beaucoup sur elle et il craignait que, de son côté, elle en apprenne sur lui davantage qu'il ne le souhaitait. De toute évidence, elle aurait voulu qu'il s'ouvre davantage.

Il l'avait emmenée dîner. Rien d'extraordinaire à cela, a priori. Elle n'était pas la première. La première cependant qu'il avait invitée après avoir fait l'amour avec elle. La première avec qui il avait passé une nuit complète. La première qu'il avait accepté de faire monter dans son appartement. Il avait osé avec elle ce qu'il ne s'était jamais permis avec personne auparavant et il espérait ne pas s'en mordre les doigts.

Elle le fascinait. Il voulait tout savoir d'elle, alors que, d'habitude, il ne s'intéressait pas aux femmes avec qui il couchait. Cela faisait-il de lui un égoïste ? Non, car elles non plus ne manifestaient aucune curiosité pour son histoire. Mais il commençait à s'attacher à Grace. Grace était gentille, douce, honnête, et il se sentait bien avec elle.

Inutile de s'en inquiéter : il n'était que de passage à Sydney. Alors, pourquoi se priver de sa compagnie pendant les quelques semaines à venir ? Il retournerait ensuite à Perth, le cœur intact et ses secrets à l'abri.

Il avait parfaitement conscience de se dérober face aux sentiments éveillés par son père, d'une part, et par Grace, d'autre part. Mais l'introspection n'avait jamais été son fort. Il ne savait pas par où commencer, ni même s'il voulait commencer, d'ailleurs. L'idée d'en sortir fragilisé le paralysait.

Professionnellement, il était capable de tout gérer. En revanche, dès qu'il s'agissait de son père, il perdait la totalité de ses moyens. L'ironie de la situation ne lui échappait naturellement pas, mais il ignorait comment remédier à cet état de fait.

Il ouvrit la porte et entra.

Grace était là. Elle l'accueillit par un sourire. Bien sûr, elle essayait de l'aider à rétablir les ponts, et il lui en savait gré. Mais elle ne se rendait pas compte que, vu l'importance des dégâts, le temps manquait pour espérer les réparer. D'ailleurs, le désirait-il ? Il cherchait seulement des réponses, ce que Grace ne comprenait pas. Grace croyait aux contes de fées.

Manifestement, elle aurait voulu qu'il pardonne à son père. Malheureusement, il allait décevoir ses attentes car la blessure était encore trop à vif, même après toutes ces années.

— Bonjour ! J'étais en train d'expliquer à Bill notre projet de transhumance.

Elle veillait à ne jamais dire « ton père » devant les deux hommes, car l'appellation tourmentait Bill et irritait Marcus. Une attention délicate dont il lui était d'autant plus reconnaissant qu'il ne pouvait être le fils qu'elle aurait souhaité qu'il soit, tout comme Bill ne pouvait être le père qu'elle aurait souhaité pour lui.

C'était ainsi, il fallait s'y résigner.

Grace ne semblait jamais à court de conversation. Peut-être parce qu'elle se contentait d'aborder ce qui suscitait une étincelle d'intérêt chez Bill et qu'il était plus facile de bavarder avec quelqu'un lorsque l'affectif n'intervenait pas. Peu lui importait le sujet. Elle cherchait seulement à tenir compagnie à Bill.

Dommage qu'il ne puisse suivre son exemple ! songea Marcus qui ne pouvait étouffer une pointe de jalousie devant les bons rapports que Grace entretenait avec Bill. Mais il restait trop peu de temps : il disposait tout au plus de deux ou trois semaines pour obtenir des réponses à ses interrogations. Son père, qui diminuait de jour en jour, ne retournerait plus dans sa maison de retraite. L'hôpital était sa dernière étape.

— Vous avez progressé ? Le parcours a été ratifié ?

— Nous avons obtenu l'accord de principe de l'hôpital et de la fondation pour les dons d'organes. La municipalité, elle, nous met des bâtons dans les roues. Nous avons pourtant proposé d'organiser l'événement très tôt un dimanche matin pour limiter la gêne, mais elle prétend qu'il est impossible de barrer le pont à la circulation… Alors qu'elle le ferme plusieurs heures pour le feu d'artifice du jour de l'an et pour le festival de course à pied. Il y a quelques années, ils avaient même fait passer des vaches à l'occasion d'un petit déjeuner de bienfaisance. Mais aujourd'hui, ils ont décrété que ça entraînerait trop de perturbations.

— Tu t'es bien renseignée, je suppose ?

— Evidemment !

— S'agit-il d'une question financière ? Une fermeture de pont doit coûter cher.

— Tu ne me conseilles quand même pas de leur graisser la patte ? dit-elle avec un sourire qui allégea aussitôt l'humeur de Marcus.

— Non, mais tu pourrais leur proposer de les dédommager pour les frais, le temps et les efforts engagés. Appelle ça un geste.

— Tu as probablement raison, mais nous organisons ce rassemblement pour une œuvre caritative. Je m'imagine mal devoir leur donner une partie des sommes que nous nous serons démenés à gagner. Merridy a sollicité une ribambelle de sponsors qui se sont montrés très généreux. Ils ne verraient certainement pas d'un bon œil que leurs dons aillent à la municipalité plutôt qu'à la cause qu'ils soutiennent.

Marcus en doutait. Les P-DG s'intéressaient surtout à la publicité et aux déductions fiscales dont ils allaient bénéficier. Mais comme cela ne ferait rien avancer de partager ses réflexions, il les garda pour lui.

— Tu as envisagé de changer d'itinéraire ?

— Merridy tient absolument au pont..., soupira Grace. Pour qu'on parle le plus possible de l'événement.

— D'accord, mais si ce n'est pas réalisable, il faut se rabattre sur une autre solution.

— Quel chemin de transhumance utilisez-vous ? intervint soudain Bill.

Grace et Marcus se regardèrent, interloqués. Bill ne suivait jamais une conversation aussi longtemps, surtout lorsqu'il n'y était pas inclus.

— Ce n'est pas à proprement parler de la transhumance, expliqua Grace. Nous prévoyons de transporter les animaux en camion jusqu'à la rive septentrionale de la baie de Sydney et, de là, de leur faire traverser Harbour Bridge. Mais d'après la mairie ce n'est pas possible.

— Elle se trompe.

— Comment ça ?

— Le Harbour Bridge est un itinéraire de transhumance officiel.

— Quoi ? Comment le savez-vous ?

— Je suis berger. Je conduis des troupeaux.

Marcus se rappelait effectivement que, quand il était tout gamin, avant que sa mère ne les abandonne, son père avait élevé du bétail. Bill se souvenait-il réellement de cette époque ?

— Les chemins de transhumance, c'est mon gagne-pain. Remarquez, je n'ai jamais emprunté le Harbour Bridge avec un troupeau. Mais je vous assure qu'il fait partie des itinéraires approuvés.

Grace lança un coup d'œil à Marcus qui lui répondit par un haussement d'épaules. Hors de question qu'il croie son père sur parole, mais visiblement Grace, elle, s'emballait.

— Êtes-vous en train de dire que la mairie est obligée de nous laisser passer avec les bêtes ?

Bill se mit à secouer la tête en fronçant les sourcils. Grace se décomposa.

— Combien d'animaux ?

— Je ne le sais pas encore exactement, mais j'espère quelques centaines.

— Dans ce cas, ça peut marcher. Comme le chemin n'occupe que la voie réservée aux piétons, il ne faut pas que le troupeau soit trop important.

— C'est mieux que rien. En fait, c'est la meilleure nouvelle de la journée. Merci ! dit-elle en se levant pour embrasser Bill qui, bien qu'éberlué, ne protesta pas.

Parce qu'il avait été pris au dépourvu, songea Marcus qui ne se rappelait pas s'être embrassé avec son père.

— Je vais aller creuser le sujet sur-le-champ, annonça Grace.

Comme Marcus la suivait dans le couloir, elle s'arrêta et se tourna vers lui. Son visage rayonnait, ses yeux étincelaient.

— C'est génial, non ? Il faut juste que j'obtienne confirmation, et la mairie sera contrainte d'accéder à notre requête.

— Je ne veux pas jouer les rabat-joie, mais, à supposer même que c'était réellement un itinéraire de passage pour les troupeaux autrefois, rien ne garantit que ce soit toujours le cas.

— C'est bien ce que je compte éclaircir.

— Ne crois-tu pas que la mairie te l'aurait dit ?

— Ils ne le savent peut-être pas. Personne n'a dû organiser une manifestation comme la nôtre depuis une éternité.

Elle s'arrêta pour le dévisager.

— Tu ne sembles pas très enthousiaste.

— J'ai peur qu'il ne t'ait donné de faux espoirs. Ce n'est quand même pas très raisonnable d'ajouter foi aux radotages d'un alcoolique atteint de démence sénile.

— Il paraissait sûr de lui.

— Tu crois vraiment qu'il peut se rappeler un itinéraire d'il y a trente ans, quand il est incapable de se souvenir de ce qu'il a mangé pour le déjeuner ?

— Tu sais pertinemment que la mémoire à court terme est plus rapidement touchée que celle à long terme.

— Et il peut se rappeler cette route qu'il n'a jamais empruntée alors qu'il ne se souvient pas de son propre fils ? Moi aussi j'existais il y a trente ans.

Grace gagna son bureau pour vérifier les informations que Bill venait de leur communiquer. Elle comprenait que Marcus soit désorienté par la mémoire chaotique de son père. Elle savait comme il lui tenait à cœur que Bill se souvienne de lui et lui fournisse les réponses qu'il cherchait. Hélas, là-dessus, elle n'avait aucun pouvoir. En revanche, elle pouvait creuser la piste ouverte par Bill.

Elle écuma Internet… Sans résultats. Elle téléphona à la mairie… Le responsable s'étant absenté pour la journée, elle laissa un message et décida de retourner voir Bill à la première occasion, dans l'espoir qu'il aurait des précisions à lui apporter. Ce ne fut qu'après le déjeuner du lendemain qu'elle put mettre son plan à exécution.

Elle trouva la chambre vide. Les draps et les couvertures avaient été enlevés, et aucune pile de linge propre n'avait été préparée. Aucun effet personnel ne traînait. La chambre avait été libérée. Une seule explication, se dit-elle en frissonnant.

Elle rebroussa chemin vers le poste des infirmières et examina le mur. Le casier de la chambre 16 était vide. Le nom de Bill avait été effacé du tableau.

Il n'était plus là.

Peut-être l'avait-on simplement transféré dans une autre chambre ou un autre service ?

— Bill Washington ? demanda-t-elle à Tania.

Tania secoua la tête. Toute parole était inutile. Bill était mort.

— Quand ?

— Vers 2 heures, ce matin.

— Il y avait quelqu'un avec lui ?

— Oui. Marcus.

Donc, une fois de plus, Marcus ne lui avait rien dit. Pourquoi la gardait-il encore à distance ? Elle s'était mise à nu devant lui. Il savait tout d'elle, tout de ses craintes et de ses deuils. Pourquoi ne lui confiait-il rien ?

En tout cas, il se trompait lourdement s'il croyait qu'elle allait fermer les yeux sur cette dernière cachotterie ! Elle retourna donc d'un pas décidé vers le service de néphrologie et trouva Marcus dans son bureau, en train de consulter des fiches. La porte était ouverte. Sans prendre la peine de frapper, elle la ferma en essayant de ne pas la claquer. Sans succès. Il sursauta.

— Tu allais me le dire ou pas ? lança-t-elle de but en blanc.

— Te dire quoi ?

— Pour ton père. Ne t'a-t-il pas effleuré l'esprit que ça m'intéresserait ?

Malgré la rage qui bouillonnait en elle, elle parvint à se contenir.

— Je savais que tu l'apprendrais.

— Peut-être aurais-je aimé l'apprendre par toi ?

— Pourquoi ?

— Parce que c'était ton père. Parce que tu pourrais être affecté et préférer ne pas rester seul. Je serais venue à l'hôpital si tu me l'avais demandé.

Elle tentait de garder son calme, mais sa fougue menaçait de la déborder.

— Grace, tout va bien.

— Comment peux-tu dire ça ?

— Bill est sorti de ma vie depuis très longtemps. De toute façon, l'homme que j'ai revu, ce n'était pas lui. Sa mort ne change rien.

— Et les réponses que tu cherchais ?

— Je ne les ai pas obtenues et je n'y peux plus rien. Alors, on peut passer à autre chose ?

Il reprit ses fiches. Pour lui, la discussion était close. Mais pas pour Grace que ses propos avaient blessée.

Comment pouvait-il se montrer aussi blasé ? La mort de Bill ne le touchait-elle vraiment pas ? La pensée qu'il refoulait ses émotions effrayait Grace, car elle savait d'expérience ce qu'il advenait aux gens qui intériorisaient tout et refusaient de regarder leurs problèmes en face : ils devenaient des bombes à retardement qui finissaient par exploser.

Était-il réellement introverti et indépendant à ce point ?

Avec le peu qu'elle connaissait de son enfance, elle comprenait qu'il ne se confie pas aux autres et qu'il ne compte que sur lui-même. Mais elle… Elle n'était pas les autres. N'était-elle pas plus qu'une simple collègue, qu'une simple amie ? À moins qu'en réalité elle ne représente rien pour lui.

Elle devait trouver un moyen de l'amener à lui parler. Il était impossible qu'il ne souffre pas, et elle ne le laisserait pas tomber. Elle ne renouvellerait pas l'erreur qu'elle avait commise autrefois avec Johnny. Pour le moment, cependant, elle allait se draper dans sa dignité et sortir. Mais avant qu'elle n'atteigne la porte…

— C'est une plaisanterie ! marmonna Marcus.

Grace s'arrêta net et se retourna. Marcus ne la regardait pas. Il continuait à lire les feuillets qu'il tenait à la main. Sa colère ne lui était donc pas destinée.

— Qu'est-ce qu'il y a ?

Elle avait posé la question par réflexe, sans attendre de réponse. Or, à sa grande surprise, il leva la tête vers elle.

— La maison de retraite m'a envoyé quelques-uns de ses papiers, dit-il en brandissant la feuille qu'il était en train de lire. Ça, ce sont ses instructions pour ses funérailles. Il veut être incinéré et que ses cendres soient dispersées sur une parcelle de terre dont il est propriétaire à Toowoomba.

— C'est un problème ?

— J'ignorais qu'il possédait un terrain là-bas.

— Ça change quelque chose ? demanda Grace, étonnée.

Marcus décida d'ignorer la question. Peut-être parce qu'il ne savait pas quoi répondre.

— Je ne comprends pas pourquoi ça me surprend, marmonna-t-il pour lui-même. Il aura gardé des secrets toute sa vie et maintenant dans la mort.

Il pouvait clamer que le décès de son père ne modifiait rien pour lui, il n'empêche que Grace décelait les traces du petit garçon qu'il avait été. Celui qui avait cherché des explications et de l'amour. Mais elle savait qu'il ne l'admettrait jamais.

— Son notaire se trouve aussi à Toowoomba. Je vais devoir m'y rendre pour le rencontrer.

Pourquoi ? Le notaire accepterait certainement de se déplacer à Sydney contre dédommagement. En vérité, au fond de lui, Marcus était donc tenté de retourner à Toowoomba. Ce qui lui ferait vraisemblablement du bien, en lui permettant de se libérer des fantômes du passé, de tourner la page et peut-être de s'apercevoir qu'il avait noirci le tableau.

L'expérience avait appris à Grace que les souvenirs pénibles devaient être affrontés à un moment ou un autre pour leur retirer une partie de leur pouvoir. Ceux de Marcus devaient être très puissants puisqu'ils avaient façonné les vingt dernières années de sa vie. Le moment était probablement venu de reprendre le contrôle sur eux. Il devait régler ses problèmes au lieu de les traiter par le mépris et leur faire face s'il ne voulait pas qu'ils prennent de l'ampleur et lui empoisonnent la vie.

À elle de trouver le moyen de l'aider à avancer. Contrairement à ce qu'il prétendait, il ne parvenait pas à faire table rase du passé. Sinon, pourquoi la perspective de revoir à Toowoomba le perturberait-elle à ce point ?

— Je vais à Toowoomba dans une quinzaine de jours, dit-elle. Pourquoi ne m'accompagnerais-tu pas ? Nous pourrions disperser les cendres ensemble ?

Elle sut à son regard qu'il allait trouver un prétexte pour décliner l'offre dont elle était pourtant certaine de l'utilité. C'est pourquoi elle ajouta avant qu'il ne refuse sans avoir réfléchi :

— Prends ton temps avant de te décider. Je n'ai pas besoin d'une réponse avant un jour ou deux.

8.

Depuis la mort de Bill, Marcus s'était jeté à corps perdu dans le travail et s'était retranché encore plus profondément dans sa coquille. Il avait honte car au lieu d'être accablé de douleur et de chagrin il n'éprouvait que colère, frustration et incrédulité. Aussi évitait-il Grace par peur de la décevoir.

Il refusait d'admettre que la disparition de son père l'avait affecté. Une chose était sûre, pourtant : elle avait anéanti son espoir d'obtenir les réponses qui lui tenaient tellement à cœur.

Pour les obsèques, il avait opté pour une célébration intime dont il avait confié l'organisation à la maison de retraite. Grace avait insisté pour y assister. Il avait tenté de l'en dissuader – après tout, elle lui avait déclaré détester les enterrements – mais avait fini par céder, en partie parce qu'il avait espéré, à juste titre, que sa présence lui ferait oublier son incapacité à donner l'image du fils éploré que tout le monde s'attendait à voir, mais surtout parce que… il avait eu envie qu'elle soit là, tout bonnement.

La cérémonie lui avait laissé un goût aigre-doux dans la bouche. Grace avait dressé le portrait d'un homme que Marcus n'avait jamais connu en rapportant des histoires que Bill lui avait racontées de son métier de berger, tandis que Marcus, lui, n'avait eu aucun bon souvenir à partager. Grace n'avait-elle pas voulu faire bonne figure pour son bénéfice à lui ? s'était interrogé Marcus. Auquel cas elle s'était fatiguée pour rien, car il ne pleurait pas son père. Il l'avait perdu depuis très longtemps.

Il n'avait besoin ni de Bill ni de Grace. Il avait laissé cette dernière s'approcher beaucoup trop près et ne savait comment réparer cette erreur. Le voulait-il d'ailleurs ? Et après ces deux semaines pendant lesquelles il l'avait esquivée, le fait d'être assis à côté d'elle dans l'avion qui les emmenait à Toowoomba lui brouillait l'esprit.

Le ridicule de son attitude ne lui échappait pas. S'il pouvait se passer de Grace, pourquoi avait-il accepté de voyager avec elle ? Certes, sa compagnie lui facilitait les choses et lui changeait incontestablement les idées. Comment en effet rester insensible au parfum familier de son shampoing ? Ou au frôlement de son sein contre son bras quand elle se pencha pour prendre le plateau que lui tendait l'hôtesse de l'air ? Il n'avait qu'une envie : la serrer fort dans ses bras et oublier le reste du monde et son histoire trouble.

Ce qu'elle éveillait en lui l'effrayait.

Avec elle, il avait l'impression d'être presque digne d'estime.

Avec elle, il se prenait à croire qu'il pourrait être heureux. Que son passé ne comptait pas. Il s'était même surpris à imaginer un avenir avec elle. Ici, à Sydney.

Mais il savait bien que tout cela ne tenait pas debout. Il n'était pas assez bien pour elle.

Il aurait dû la laisser aller son chemin avant de la décevoir, comme cela ne manquerait pas de se produire. Mais il n'avait pu s'y résoudre. Provisoirement, du moins. Et voilà pourquoi il se trouvait là, à côté d'elle, dans un avion à destination de Toowoomba.

Toowoomba… Le dernier endroit sur terre où il aurait pensé retourner un jour.

Plus ils en approchaient, plus il devenait nerveux. Comme il remuait les jambes de façon convulsive, Grace lui prit la main en un geste réconfortant.

— Ça va aller, dit-elle. Tu ne veux vraiment pas que je t'accompagne chez le notaire ?

— Non, dit-il, agacé contre lui-même d'avoir laissé transparaître sa fébrilité devant Grace. Laissons ça pour le moment. Parle-moi plutôt de tes projets pour le week-end.

— Demain, nous fêtons l'anniversaire de ma belle-sœur chez mon frère.

— Est-ce un anniversaire particulier ?

— Non. Simplement, depuis sa greffe, Merridy a décidé de les célébrer tous en grande pompe. Comme il leur est difficile de partir à cause des animaux, je m'efforce toujours de venir. Et puis c'est l'occasion de prendre des nouvelles de tout le monde et aussi de voir ma filleule.

— Tu as une filleule ?

Lui-même pour qui, contrairement à Grace, la famille n'avait jamais occupé une place importante, n'imaginait pas qu'on puisse lui proposer d'être parrain.

— La sœur de Merridy qui est ma meilleure amie depuis le lycée m'a demandé d'être la marraine de sa fille, Chloé.

Voilà, entre autres, pourquoi il détestait les petites villes en général, et Toowoomba en particulier : on y vivait en vase clos. Aucune chance qu'on l'ait oublié. La preuve, Grace… Quelle mouche l'avait donc piqué de revenir ?

Quand l'avion eut atterri, il se leva et sortit du compartiment à bagages au-dessus de lui l'urne contenant les cendres de Bill. Un long week-end de souvenirs et de solitude s'ouvrait devant lui.

— Tout le monde serait ravi que tu viennes à la fête demain, dit Grace en se mettant debout à son tour.

Passer sa journée avec Grace ? Une alternative très attrayante à la journée vide et solitaire qui l'attendait. Il allait accepter quand il se rappela que seraient réunis beaucoup de gens qu'il connaissait d'autrefois.

— C'est gentil, mais non merci.

— Tu sais que tu peux compter sur moi si tu as besoin, lui dit-elle alors qu'ils s'apprêtaient à se séparer.

Il lisait dans ses yeux son honnêteté et sa franchise foncières. Son monde à elle était soit tout noir soit tout blanc, très différent du sien qui se déclinait dans toutes les nuances de gris. La seule lumière qui éclairait sa vie personnelle se tenait devant lui.

Il ne la méritait pas. Elle était trop bien pour lui.

— Merci, répéta-t-il avant de prendre congé pour aller chercher sa voiture de location.

Il allait se rendre chez le notaire avant de s'installer dans sa chambre d'hôtel. Puis il mangerait et lirait quelques articles d'une revue médicale qu'il n'avait pas encore eu le temps d'étudier. De minute en minute, son week-end apparaissait plus déprimant. Si bien qu'il fut tenté de changer d'avis, de courir après Grace pour lui demander de venir avec lui.

Allons ! Tu peux faire face ! songea-t-il en s'asseyant au volant et en essayant d'oublier le siège vide à côté de lui.

Comme il disposait d'un peu de temps avant son rendez-vous, Marcus roula dans la ville à la recherche des fantômes de son enfance. La petite maison familiale, située à quelques rues de l'école primaire et à proximité du centre-ville, avait été détruite et remplacée par une superbe villa, et la plupart des habitations aux alentours avaient été coquettement rénovées dans le style traditionnel du Queensland.

Il tourna le coin de la rue et passa le plus discrètement possible devant la maison des parents de Grace avant d'aller se garer à Picnic Point, le parc au sommet de la colline. Du parking, il marcha jusqu'au point de vue sur les montagnes. En ce vendredi matin, il y avait quelques mères de famille avec de jeunes enfants et quelques personnes plus âgées qui buvaient un café.

Autrefois, les jeunes se retrouvaient là les vendredis et samedis soir – une sorte de rite initiatique après l'obtention de leur permis de conduire –, mais lui-même était parti bien avant d'avoir l'âge d'y participer. Peut-être aurait-il dû venir avec Grace aujourd'hui ? Ils auraient passé un peu de bon temps, ce qui l'aurait distrait de la perspective de son rendez-vous chez le notaire ! Il sourit à cette idée, et ce fut d'une humeur plus légère qu'il regagna son véhicule.

Il trouva une place juste en face de l'étude, dans la rue principale. Un avantage des petites villes !

Marcus se présenta à l'accueil et fut conduit dans le bureau de Charles McDonald, un homme qui approchait la soixantaine.

— Toutes mes condoléances, dit ce dernier en se levant, main tendue.

Bien que probablement au courant de la relation distendue de Marcus avec son père, il eut la délicatesse de ne pas le mentionner et d'éviter un échange de banalités avant de se mettre au travail.

Pour Marcus, la priorité consistait à obtenir des précisions sur ce lopin de terre dont il avait ignoré l'existence. Il avait hâte de disperser les cendres de Bill pour pouvoir enfin tirer un trait sur son passé.

— C'est plus qu'un simple lopin. En outre, dans son testament, votre père vous a désigné comme son légataire universel.

— De quoi ?

— De ses biens.

Ainsi, Bill avait laissé quelque chose derrière lui ! s'étonna Marcus qui savait que son père avait touché une pension à peu près suffisante pour vivre que lui-même avait complétée par un virement mensuel, sa façon de soulager la mauvaise conscience qu'il avait de ne jamais lui rendre visite.

— Rien de colossal… Juste le terrain et de l'argent à la banque, poursuivit Charles en tendant un relevé de comptes à Marcus.

Marcus écarquilla les yeux : Bill n'avait pas touché à un centime de ce qu'il lui avait versé. Il allait donc récupérer tout son argent, augmenté des intérêts. Peut-être son père et lui avaient-ils un point commun, finalement, songea-t-il avec un sourire : leur tête de bois.

— Je n'en veux pas.

Rien de ce qui venait de son père ne l'intéressait, en dehors de réponses… qu'il n'obtiendrait plus.

— Ses biens vous appartiennent, à présent, et vous pouvez en disposer comme bon vous semble : faire don de l'argent, fonder une œuvre caritative qui servira aux générations futures, vendre les terres… Les voisins se porteront peut-être acquéreurs. Ils avaient fait une offre, mais Bill n'étant pas en état de me donner des instructions, je ne l'avais pas honorée. Renseignez-vous. Ils sont peut-être encore intéressés.

— Avez-vous leurs coordonnées ?

— Oui. Voilà l'adresse de votre terrain et voilà le nom de vos voisins.

Lachlan et Merridy Gibson, lut Marcus en essayant de cacher sa surprise. Décidément, avec Bill, il devait s'attendre à tout !

— Voilà aussi quelques lettres et des affaires personnelles que Bill m'avait confiées, ajouta le notaire. Regardez tout ça et appelez-moi si vous avez des questions.

Marcus sortit de la petite boîte que lui remit le notaire le titre de propriété et le plan qui l'accompagnait. N'ayant pas d'autres engagements dans la journée, il décida d'aller voir le terrain.

Les larges avenues bordées d'arbres cédèrent peu à peu la place à un paysage de petites collines et de vallées plantées d'eucalyptus et d'arbres à thé. Par sa vitre ouverte, il sentait la température extérieure baisser au fur et à mesure qu'il s'éloignait de la ville vers le nord-ouest. Une odeur de pluie flottait dans l'air. Effectivement, des nuages s'amoncelaient, au loin heureusement. Il espéra qu'ils n'éclateraient pas avant qu'il ait visité son domaine.

Alors qu'il passait devant une allée en terre traversée

par une barrière canadienne, il remarqua un panneau cloué à un poteau en bois :

« L & M. GIBSON ».

Ses voisins. Le frère et la belle-sœur de Grace.

Il roula encore cinq kilomètres jusqu'à un autre panneau qui, lui, ne portait que le numéro du lot. La clôture semblait en assez bon état et un portail en fer en interdisait l'entrée. Avec la clé que Charles lui avait remise, il déverrouilla le cadenas de la chaîne, poussa les battants et entra en voiture sur la propriété. Sa propriété.

Afin de se faire une idée générale, il en fit le tour en suivant les ornières probablement creusées par un tracteur. Apparemment, il avait hérité de plusieurs hectares de très bonnes terres. Si son père n'avait pas su élever un enfant, il avait su en revanche s'occuper de bêtes et leur choisir des pâturages parfaits pour qu'elles engraissent ! songea-t-il, désabusé.

Il procéda à une inspection complète du terrain avant de se garer à côté d'un ruisseau à sec et de sortir l'urne pour disperser les cendres sous l'un des saules. Dans une atmosphère immobile et lourde, il coupa ainsi le dernier lien avec sa famille par une brève cérémonie qui concluait bien la vie de son père : étant donné l'existence solitaire que Bill avait menée, il paraissait normal qu'elle finisse ainsi, en présence d'une seule personne. Qui assisterait à son propre enterrement le moment venu ? s'interrogea Marcus comme les dernières cendres touchaient le sol. Que laisserait-il derrière lui ? Ressemblait-il davantage à son père qu'il ne voulait l'admettre ?

Il secoua la tête. Après tout, personne ne savait ce que l'avenir réservait.

Il gagna sa voiture et rangea l'urne vide dans le coffre, à côté de la boîte d'archives d'où il extirpa un dossier qu'il alla lire installé sur son siège.

Au fur et à mesure qu'il en prenait connaissance, son

trouble augmentait. À la fin, il se trouva avec davantage de questions qu'au départ et moins de réponses encore. Mais au moins pensait-il savoir à présent par où commencer sa quête.

Après avoir rangé les documents, il démarra la voiture et retourna en ville.

À la mairie, à force de se renseigner de service en service et de site Internet en site Internet, Marcus avait fini par percer quelques-uns des mystères qui le tarabustaient. Il était à présent plus résolu que jamais à régler cette histoire de succession de façon à ne plus jamais devoir mettre les pieds à Toowoomba.

Il alla frapper chez le frère de Grace.

À peine la porte s'entrouvrit-elle qu'une flèche de poils roux fusa par l'entrebâillement et se mit à tourner autour de ses jambes. Reg repoussait de sa truffe humide la paume de Marcus à la recherche de caresses qu'il lui prodiguait. Puis la porte s'ouvrit en grand.

— Marcus ! Comment as-tu su que j'étais ici ?

Grace ! Aussitôt, il se sentit plus léger, plus joyeux. Elle était un plaisir pour les yeux. Et pour le cœur. Il aurait voulu la serrer contre lui et oublier ses tracas entre ses bras. Mais ce n'était pas elle qu'il était venu voir.

— Je ne le savais pas. Je voulais parler à ton frère. C'est bien sa maison ?

— Oui, mais j'ignore où il est passé. À quel sujet souhaites-tu le voir ?

— Au sujet du terrain de mon père. Il jouxte sa propriété. Je me demandais si son offre d'achat, que Bill n'était pas en état de considérer, tient toujours.

— Tu en as hérité ?

— Oui.

— Et tu veux le vendre ? demanda-t-elle avec un froncement de sourcils.

— Bah oui ! À quoi me servirait une parcelle de terre à Toowoomba ?

Même si Toowoomba avait changé, la ville continuait pour lui à fourmiller de mauvais souvenirs. En dépit de ce qu'il avait découvert aujourd'hui, il était toujours décidé à tirer définitivement un trait sur son père et ce qu'il lui avait légué.

— Je ne reviendrai plus jamais ici. J'ai rayé cette ville de la carte.

— Entre. Je vais te présenter à Merridy.

Merridy se trouvait dans la cuisine de la ferme qui avait été agrandie pour s'ouvrir sur un vaste salon avec vue sur les enclos.

— Merridy, voici Marcus Washington. Il est néphrologue et est venu travailler quelques semaines au Kirribilli Hospital. Son père était Bill Washington, décédé il y a une quinzaine de jours.

Merridy s'essuya la main avec son tablier avant de serrer celle de Marcus.

— Toutes mes condoléances.

— Marcus a hérité du terrain de Bill.

— Celui qui est adjacent au nôtre ? demanda Merridy directement à Marcus.

— Oui. Je voulais savoir s'il vous intéressait toujours.

— Vous envisagez de vous en séparer ?

— Oui.

— Lachlan ne va pas tarder. C'est bientôt l'heure du dîner. Restez donc le partager avec nous. Comme ça, nous discuterons pendant le repas.

— C'est gentil, mais non merci. Parlez-en avec lui et appelez-moi. Je vous laisse mon numéro, conclut-il en tendant sa carte de visite à Merridy.

— Je peux d'ores et déjà vous dire que nous sommes intéressés. C'est un terrain magnifique.

*
* *

— Ça va ? s'inquiéta Grace alors qu'elle accompagnait Marcus à sa voiture, Reg sur les talons. Qu'est-ce que le notaire t'a appris d'autre ?

— Qu'est-ce qui te fait croire qu'il m'a dit autre chose ?

— Tu es à cran. Préoccupé. Comme si quelque chose t'avait contrarié.

Elle l'avait bien deviné : il était tout cela à la fois. Habituellement, il se serait retiré dans sa coquille, loin du monde, le temps de régler ses problèmes. Il serait monté sur sa planche de surf ou aurait enfourché son cheval pour s'éclaircir les idées, mais aucune de ses possibilités ne s'offrait à lui ici. Il n'avait que Grace. Et c'était parfait. Elle avait prouvé qu'elle savait écouter, sans porter de jugement. Et, franchement, sa propre compagnie commençait à lui peser.

— Je peux t'emmener faire un tour en voiture ?

— Volontiers, répondit-elle sans la moindre hésitation.

Contrairement à lui, elle n'analysait pas tout en permanence. Elle ne soupçonnait pas systématiquement son interlocuteur d'arrière-pensées. Elle était confiante. Directe.

— Laisse-moi juste ramener Reg et prévenir Merridy.

Elle revint quelques minutes plus tard… avec un panier et une couverture.

— C'est quoi ça ? demanda-t-il en la déchargeant.

— Merridy t'a trouvé un peu maigre. Et puis ce serait dommage de ne pas profiter de ce beau temps. Ça te dit un pique-nique ?

— Pourquoi pas ?

En fait, il était prêt à aller n'importe où, du moment qu'il était avec elle. En seulement dix minutes, son humeur avait changé du tout au tout.

— Tu m'emmènerais voir ta propriété ? Il y a certainement un endroit chouette pour s'installer.

À défaut de meilleure idée, il accepta la requête. Pour la seconde fois aujourd'hui, il se gara donc près du ruisseau et des saules. Le soleil disparaissait derrière les collines, et le ciel lavé par la pluie qui était tombée pendant qu'il menait son enquête à la mairie virait au rose. Mais la température était toujours agréable.

— C'est génial, ici ! s'écria Grace en se laissant tomber sur la couverture qu'elle avait étalée sous un arbre. Tu as dispersé les cendres de Bill ?

— Oui. Pourquoi ?

— Parce que je trouve qu'ici aurait été un endroit idéal.

Il sourit, étonné de ne sourire que lorsque Grace était à proximité. Jamais il n'aurait cru en être capable aujourd'hui. Mais avec elle, tout devenait joyeux.

— Figure-toi que je les ai dispersées sous le saule que tu vois là.

— C'est parfait, dit-elle en l'attirant à côté d'elle avant de disposer sur une assiette un assortiment de fromages, de pâtés et de viandes froides sorti du panier.

— Ne me dis pas que Merridy a préparé ce festin pendant les quelques minutes où tu es rentrée ! s'exclama-t-il en versant du vin à Grace et de l'eau à lui-même.

— C'est ça, la campagne ! répliqua Grace, amusée. Merridy a toujours quelque chose à manger, et c'est une organisatrice géniale. La transhumance est entre de bonnes mains.

— Au fait, où en êtes-vous de ce côté-là ?

— Ne parlons pas de ça, aujourd'hui. Sers-toi et raconte-moi pourquoi ce que t'a dit le notaire t'a perturbé.

— Il n'a rien dit, mais il m'a remis une boîte de documents que Bill lui avait laissée en garde à mon intention.

— Et que contient-elle ?

— La question est plutôt de savoir ce qu'elle ne contient pas. J'y ai trouvé tout ce à quoi on pouvait s'attendre : son acte de naissance, son passeport, son titre de propriété, son testament. Mais pas de certificat de mariage.

Marcus avait l'impression d'explorer un puits sans fond. Chaque élément nouveau soulevait un peu plus de questions sans apporter la moindre réponse.

— Apparemment, ils ne se sont jamais mariés.

— Et alors ? demanda-t-elle, perplexe.

Il vit dans ses yeux le moment exact où la lumière se fit. Il était facile de lire dans ses pensées tant elle était franche et ouverte. Très différente de lui !

— Crois-tu que c'est pour ça que tu n'as pas trouvé ta mère ? Parce que tu te renseignais sur une Mme Washington ?

— Oui. Je n'ai jamais su son nom de jeune fille. Je ne comprends pas pourquoi Bill ne m'a pas donné ces documents plus tôt. Maintenant, je ne saurai jamais.

— Vas-tu reprendre tes recherches ?

— C'est fait. J'ai trouvé sa trace.

— Déjà ?

Grace était magnifique avec ses yeux ambrés brillant de curiosité et ses cheveux de feu sur lesquels dansaient les rayons du soleil couchant. Visiblement, elle s'attendait à de bonnes nouvelles. Hélas !

— Je l'aurais retrouvée il y a belle lurette si j'avais été plus tôt en possession des pièces du puzzle.

— Où est-elle ? Que comptes-tu faire ?

— Rien.

— Comment ça rien ?

— Elle est morte.

— Oh non ! Comment ?

— Il y avait aussi une lettre dans les affaires de Bill.

— Quoi ? Une lettre qui t'était adressée ?

— Non. Une que ma mère a écrite à Bill après nous avoir quittés.

— Que disait-elle ?

— Qu'elle était tombée amoureuse d'un autre et qu'elle partait avec lui. Rien ne l'en empêchait puisque Bill et elle n'étaient pas officiellement mariés. Mais elle ne m'a pas emmené.

— Explique-t-elle pourquoi ?

— Apparemment, son copain ne voulait pas se charger du gamin d'un autre. Elle disait qu'elle allait trouver une solution et venir me chercher, mais ça ne s'est jamais concrétisé.

— Peut-être est-elle morte avant de pouvoir revenir…

— Non. Elle a épousé cet homme et a donc changé de nom. Elle le donne dans la lettre avec sa nouvelle adresse. Mon père ne m'a jamais communiqué ces informations. Si bien que pendant des années j'ai cherché quelqu'un qui n'existait pas, en quelque sorte. Mais aujourd'hui, je suis allé voir sur Internet. Elle est morte quand j'avais onze ans, cinq ans après m'avoir abandonné. Cinq ans après avoir écrit la lettre. Par conséquent, elle aurait pu venir me récupérer si elle l'avait vraiment voulu.

La lettre confirmait donc que sa mère l'avait abandonné, rejeté. Il venait de découvrir qu'elle était à l'origine de tout le mal-être dont il avait jusque-là tenu uniquement son père responsable. Il l'avait en effet soupçonné d'avoir chassé sa mère et avait été incapable de lui pardonner de l'avoir privé de son enfance. Il s'apercevait aujourd'hui que Bill n'avait pas été le seul coupable.

— J'ignore si Bill l'aimait ou la détestait. Nous ne parlions jamais d'elle. Parce que je la lui rappelais ? S'est-il débarrassé de moi parce qu'il ne supportait pas de me voir ? S'est-il mis à boire à cause d'elle ?

Après avoir posé son verre de vin, Grace s'agenouilla entre les jambes de Marcus et lui prit les mains fermement. Il n'essaya pas de se dégager, réconforté par ce contact.

— Peut-être qu'il ne parvenait pas à gérer seul, tout bonnement. Mais quoi qu'il en soit, les choix de tes parents n'appartiennent qu'à eux. Ils ont pris leurs décisions en pleine connaissance de cause. Tu n'as pas à les assumer, toi. Tu n'étais qu'un enfant. Tu es victime dans cette histoire, pas coupable.

Elle avait peut-être raison. C'était son histoire, bien sûr, mais rien de ce qui était arrivé n'était sa faute. Il était sans doute temps qu'il tourne la page, qu'il laisse aller le petit garçon qui avait grandi sans amour. Celui dont personne n'avait voulu. Il soupira.

— Tous les deux sont morts, à présent… Je n'apprendrai rien de plus.

— Ce que tu sais te suffit-il ?

— Non, mais je devrai m'en contenter. Il faut à présent que j'arrive à me convaincre que tout ça relève du passé. Ce qui est fait est fait.

— Puis-je t'aider en quoi que ce soit ?

Il glissa ses mains sous la chemise de Grace et les posa sur la peau nue et chaude de son ventre. La nuit tombait lentement, une brise tiède agitait les branches du saule et le chant des grenouilles avait remplacé celui des oiseaux. Il avait l'impression de se trouver à des kilomètres de toute civilisation. Ses doigts remontèrent jusqu'aux seins de Grace, s'insinuèrent sous son soutien-gorge…

Grace ferma les yeux et entrouvrit les lèvres. Alors, Marcus décida d'arrêter de fouiller le passé à la recherche de réponses probablement introuvables et là, sous les arbres, près du ruisseau, loin du monde, de ne plus penser qu'à Grace. Avec elle, il se sentait calme, satisfait. En un mot : heureux. Il savait que cela ne durerait pas, car rien d'agréable ne durait jamais longtemps dans sa vie, mais il allait profiter du moment présent.

Penchant la tête pour l'embrasser, il se perdit en elle. Tout irait bien. Au moins pour un temps.

9.

— Merridy dit que tout est prêt à l'intérieur, annonça Grace à son frère en s'approchant du barbecue.

— Ça marche…, répondit Lachlan qui retournait les brochettes. À ton avis, Grace, Marcus est-il vraiment décidé à nous vendre son terrain ?

La veille au soir, pendant le café, elle avait abordé cette possibilité avec Lachlan, Merridy et leurs parents. Elle leur avait raconté une partie de l'histoire de Marcus au cours des vingt dernières années en passant sous silence ses relations personnelles avec lui, pour n'évoquer que leur collaboration professionnelle, sans duper pour autant sa mère et Merridy. La preuve : les regards que les deux femmes avaient échangés. Son visage ou sa voix l'avait probablement trahie. Heureusement, elles s'étaient abstenues de poser des questions.

— Oui, j'en suis certaine. D'ailleurs, s'il avait eu procuration à l'époque de la première offre, il vous l'aurait déjà vendu.

En fait, Marcus aurait été plus à même qu'elle de discuter avec Lachlan. Mais il avait – évidemment ! – décliné son invitation pourtant insistante à dîner. Consciente qu'il se sentait mal à l'aise en société et encore plus à Toowoomba, elle n'avait pas voulu lui forcer la main. Dommage ! Cela lui aurait probablement fait du bien d'être entouré de gens normaux.

— Il a rayé Toowoomba de la carte, et comme il vit

à Perth, il ne voit pas l'utilité de posséder des terres ici, ajouta-t-elle.

Si leur relation était devenue sérieuse comme elle en avait brièvement nourri l'espoir, l'aversion de Marcus pour Toowoomba aurait posé problème. Non pas qu'elle ait projeté de s'y établir, mais un lien indestructible l'attachait à cette ville où elle ne concevait pas de ne pas revenir régulièrement. Sa famille y habitait. D'une certaine façon, elle y était toujours chez elle. Marcus, lui, se trouvait dans un tout autre état d'esprit et il n'évoluerait très certainement pas. D'ailleurs, n'avait-il pas choisi d'aller vivre à l'autre bout du continent ? Il avait déclaré en avoir fini avec Toowoomba, et elle le croyait.

Contrairement à ce qui s'était passé pour elle, le temps n'avait pas cicatrisé ses blessures. Mais à présent qu'il avait élucidé les circonstances de la disparition de sa mère, peut-être trouverait-il une certaine sérénité, sinon la voie du pardon. Elle l'espérait sincèrement.

Il devait avant tout s'affranchir de ses propres émotions. Il pourrait ensuite aller de l'avant, et Grace n'aspirait qu'à l'y aider. Mais en attendant elle pouvait déjà accélérer la vente de sa parcelle de terre puisque c'était ce qu'il semblait souhaiter.

— En ce moment même, un expert estime la valeur du terrain. Il ne t'a pas fait une proposition en l'air.

— Très bien. Tu peux aller prévenir Merridy et maman que ce sera prêt dans dix minutes, s'il te plaît ?

Grace trouva sa mère, Lilian, dans la cuisine.

— Lachlan en a pour dix minutes, maman. Où est passée Merridy ?

— Elle est allée chercher du paracétamol. Elle avait mal à la tête. Mais ça fait un petit moment qu'elle est partie. Tu veux bien aller voir si elle n'a pas de problème, Grace ? Je ne voudrais pas qu'elle manque la fête en son honneur.

La porte de la chambre de Merridy et Lachlan était

entrouverte, et Grace la poussa après avoir frappé. Sa belle-sœur était allongée sur le lit.

— Ça va, Merridy ?

— J'ai l'impression que je couve quelque chose, répondit cette dernière en ouvrant les yeux et en se redressant. Oh zut ! Mon mal de crâne a empiré !

— Tu veux prendre quelque chose de plus fort que du paracétamol ?

— Non, je n'ai pas le droit. Nous allions l'annoncer à tout le monde pendant le repas. Tu seras la première à l'apprendre : je suis enceinte.

— Génial ! Félicitations.

Grace la prit doucement dans ses bras. La greffe de rein avait obligé Lachlan et Merridy à remettre le projet de bébé qui leur tenait à cœur depuis longtemps.

— Tu crois que ce sont les nausées du matin qui provoquent ta migraine ?

— Non. J'ai dépassé les trois mois. Alors, je n'en ai quasiment plus. C'est plutôt un virus.

— Tu as de la fièvre ? demanda Grace en lui tâtant le front. Non, il ne semble pas. Tu veux qu'on appelle un médecin ?

— Non. Ça va passer. Laisse-moi encore dix minutes, le temps que l'antidouleur fasse effet.

— Il vaudrait mieux prendre un avis médical. Je peux aller chercher papa ou Hamish.

Grace pressentait qu'il ne s'agissait pas d'un simple virus. Le teint de Merridy ne lui disait rien qui vaille et la jeune femme semblait un peu confuse. Comme tous les transplantés, elle était sujette aux infections, et avec la grossesse en plus, Grace ne voulait rien négliger. Un second diagnostic n'engageait à rien.

Elle quitta la chambre à la recherche de son père ou de son frère. Hamish fut le premier qu'elle croisa.

— Hame, tu peux appeler papa ? J'aimerais qu'il prenne la tension de Merridy.

Grace retourna au chevet de sa belle-sœur qui s'était de nouveau allongée. Lorsque Hamish et George, leur père, arrivèrent, Grace leur exposa la situation en quelques mots. Aussitôt, George sortit son tensiomètre de la sacoche dont il ne se séparait jamais tandis que Grace envoyait Hamish chercher Lachlan.

— Seize-dix, annonça George au moment où ses deux fils revenaient. Il faut que tu ailles à l'hôpital, Merridy.

— J'appelle une ambulance ? demanda Hamish.

— Nous pouvons l'emmener nous-mêmes, répondit George. Nous irons aussi vite si nous partons tout de suite.

Lachlan s'était décomposé. Merridy, elle, avait quasiment perdu conscience de ce qui se passait autour d'elle.

— Ne t'inquiète pas, Lachlan, dit Grace. Elle ne pourrait être mieux entourée : un médecin, un ambulancier et une infirmière, tu te rends compte ? Et je vais appeler Marcus en renfort.

Une fois que Lachlan, Hamish, George et Merridy eurent pris place dans la voiture, Grace téléphona à Marcus et le mit au courant des événements.

— Tu peux nous rejoindre à l'hôpital ?

Marcus arriva en un temps record devant l'entrée des urgences où Grace l'attendait.

— Elle vient d'être admise, dit-elle en le serrant contre elle.

Marcus en fut surpris. Ils ne s'étaient encore livrés à aucune démonstration affectueuse en public mais, à la mine de Grace, il comprit qu'elle était inquiète et qu'elle avait besoin d'un peu de tendresse. Il lui rendit son étreinte pour la réconforter.

— Merci d'être venu, reprit-elle en se dégageant. Papa est là, mais ça ne coûte rien d'avoir un avis supplémentaire, surtout celui d'un spécialiste.

— Qui est son néphrologue ? demanda-t-il, à présent à l'aise dans son rôle de médecin.

— Elliot.

— Parfait. Le fait de connaître personnellement le médecin qui la suit va faciliter les choses.

Grace s'arrêta devant l'accueil pour présenter Marcus à son père : deux collègues au chevet d'une malade. Rien de plus.

— Où se trouve Merridy ? demanda Marcus.

— On vient de l'installer dans un box.

Marcus fit sortir tout le monde, à l'exception de Lachlan et de l'infirmière. Pendant que cette dernière branchait les moniteurs, il posa des questions à Lachlan sur l'état de sa femme et apprit que, lors de la consultation chez le gynécologue la semaine précédente, la tension de Merridy était normale.

Il prescrivit un médicament contre l'hypertension et des analyses de sang pour déceler une éventuelle infection rénale ou urinaire et demanda à l'infirmière de poser un goutte-à-goutte de sérum physiologique. Après avoir téléphoné à Elliot et au gynécologue, il sortit pour informer la famille, Lachlan n'étant pas en état de le faire.

À sa surprise, il trouva la salle d'attente pleine à craquer, occupée par les proches et les amis de Merridy et de Lachlan.

— J'attends les résultats de l'analyse de sang, mais pour le moment tout est normal en dehors de la tension artérielle trop élevée, annonça-t-il d'un ton rassurant. C'est un effet secondaire connu des traitements antirejet. Simplement, sa grossesse complique un peu les choses.

Merridy nécessiterait une surveillance étroite même quand sa tension serait descendue en raison d'un risque important de prééclampsie chez les femmes qui souffraient d'hypertension dans le premier trimestre de grossesse. Mais le rôle de Marcus se limitait à stabiliser Merridy. Ce serait au gynécologue d'assurer la suite du traitement.

— Le médicament que je lui ai donné peut mettre

quelques jours à agir. Par précaution, ils vont donc la garder en observation pour la nuit. J'ai laissé mon numéro de téléphone au personnel de l'hôpital afin qu'on me prévienne quand les résultats des analyses seront arrivés, et son médecin traitant assurera le relais à partir de là. Je passerai quand même la voir demain matin avant notre retour à Sydney.

— Personnellement, je vais prendre quelques jours de congé et changer mon billet d'avion, intervint Grace. Je ne peux pas rentrer maintenant.

Réprimant son envie de s'éclipser, Marcus attendit que tout le monde l'ait remercié avant de se diriger vers le parking. Sentant qu'on le suivait, il s'arrêta et se retourna sur… Lilian, la mère de Grace. De toute évidence, elle souhaitait lui parler.

C'était la copie conforme de Grace, en plus âgée. Même taille, même yeux d'ambre, avec seulement quelques rides en plus et des cheveux d'une couleur un peu moins flamboyante. Il eut l'impression fugitive de l'avoir déjà rencontrée. Mais ne voyait-il pas plutôt le portrait de Grace dans trente ans ?

— Merci pour votre aide et votre efficacité, Marcus. Mon mari et mon fils auraient pu s'occuper de Merridy, mais c'est toujours un peu compliqué de soigner un membre de la famille.

— Je vous en prie, c'est normal.

Marcus serait volontiers rentré sous terre. Et Lilian n'avait pas fini !

— Je désirais aussi vous présenter nos condoléances pour votre père. Tout le monde fait comme si rien ne s'était passé, et je ne trouve pas cette attitude correcte.

— Merci. Sa mort est probablement un bien pour un mal, finalement. Je ne sais pas si on peut appeler vivre l'existence qu'il menait.

— D'après Grace, il était atteint de démence. Cela faisait des années que nous ne l'avions pas vu. J'ignorais qu'il était diminué à ce point.

— Vous connaissiez Bill ?

Marcus peinait à s'imaginer l'homme qu'il avait vu récemment entretenir des contacts avec quiconque à Toowoomba.

— Oui, George était son généraliste et moi son infirmière.

— Et moi, vous me connaissiez ?

— Oui, bien sûr. Mais c'était il y a longtemps. Je m'en veux.

— De quoi ? s'étonna Marcus.

— De t'avoir envoyé à Perth, répondit-elle, passant spontanément au tutoiement.

— Quoi ?

— C'est moi qui ai appelé ta tante. C'est à cause de moi qu'elle t'a prise à Perth.

— À cause de vous ? Je ne comprends pas.

— J'ai téléphoné à ta tante. La… santé de ton père… se détériorait rapidement, poursuivit Lilian en choisissant ses mots avec soin. L'école avait alerté les services sociaux car tout le monde s'inquiétait pour toi. Nous avons fait de notre mieux. Nous avons apporté des repas, nous avons fait le ménage, la lessive, mais ton père était… n'était pas toujours facile. Je craignais qu'on te place dans une famille d'accueil ce qui, à mon avis, n'aurait pas été une bonne solution, même dans une petite ville. Je savais que tu avais de la famille quelque part en Australie. Dans ton dossier, il était mentionné que ton père avait une sœur. Je l'ai contactée, sans imaginer qu'à cause de mon intervention tu ne verrais plus ton père pendant vingt ans.

Lui qui avait cherché des réponses, il était servi ! songea Marcus. Il avait besoin de temps pour digérer cette révélation.

Le récit de Lilian, qui démontrait combien une petite ville était un milieu fermé où toute vie privée était impossible, renforça sa détermination à fuir Toowoomba. Certes, les choses avaient changé en vingt ans, mais pas suffisamment à son gré.

— Merci de m'avoir raconté cet épisode. Il faut que j'y aille, à présent. Excusez-moi.

Lilian n'était en rien responsable de la rupture de vingt années avec son père. C'était lui et lui seul qui l'avait décidée, parce qu'il avait cru, à tort apparemment, que son père s'était débarrassé de lui. Cela dit, personne n'avait empêché Bill de s'occuper de son fils du temps où ils vivaient tous les deux sous le même toit. Or il lui avait préféré l'alcool, et Marcus ne pouvait reprocher à Lilian d'avoir essayé de sortir de là le petit garçon d'alors. Rester à Toowoomba ne lui aurait servi à rien. Pas plus à douze ans qu'aujourd'hui.

Il n'était pas chez lui, ici. Ni à Toowoomba ni dans la famille de Grace. Tous ces gens qui avaient accouru auprès de Merridy accourraient de la même façon auprès de Grace en cas de nécessité. Mais, lui, il ne pouvait compter sur personne. Il n'avait pas sa place dans ce monde et il ne l'aurait jamais. Une seule solution : s'en aller.

— Grace, Marcus s'en va. Il faut que tu reviennes à Sydney tout de suite si tu ne veux pas le manquer.

Dans l'avion qui l'avait ramenée de Toowoomba à Sydney, Grace s'était mentalement passé en boucle son échange téléphonique avec Lola à propos de Marcus. Celui-ci avait notifié au service de transplantation qu'il interrompait sa mission quelques semaines plus tôt que prévu.

Elle ne comprenait pas ce qui se passait. Elle avait appelé et laissé des messages auxquels il avait répondu, mais par des SMS lapidaires et impersonnels : « Content d'apprendre que Merridy se remet », « Connie te passe le bonjour ». Aucune trace de l'intimité qu'elle croyait partager avec lui. Aucune confidence. Et, surtout, aucune allusion à son départ anticipé. Lola s'était peut-être trompée ? Ou le téléphone arabe de l'hôpital avait dysfonctionné ? Mais non, Lola était en général bien informée. Grace avait donc préféré sauter dans le premier avion.

Lola, qui l'attendait à l'aéroport, la déposa au pied de l'immeuble de Marcus. Profitant de la sortie d'un des résidents, elle se faufila dans le bâtiment et prit l'ascenseur jusqu'à l'étage de Marcus. Arrivée devant sa porte, elle sonna en se dandinant nerveusement d'un pied sur l'autre. Et si elle l'avait raté ?

Elle ne parvenait pas à croire qu'il soit parti sans même un au revoir alors qu'ils semblaient être en train de bâtir une vraie relation, qu'elle était en passe de pénétrer ses défenses, qu'il commençait à s'épancher. Ne lui avait-elle donc été d'aucun secours et n'avait-elle pas gagné sa confiance ?

Grace s'en voulait à elle-même. En voulait à sa famille. À sa mère en particulier qui lui avait rapporté sa conversation avec Marcus. Était-ce ce qui expliquait son départ précipité ? La soupçonnait-il de lui avoir caché les informations révélées par Lilian ? Péchait-elle par narcissisme en se pensant la cause de tout ?

La porte qui s'ouvrit interrompit brusquement ses ruminations, et Grace s'arrêta un instant de respirer. Aussi incroyable que cela puisse paraître, en une semaine elle avait oublié à quel point Marcus était beau ! Rasé de près, il portait un pantalon de toile et un T-shirt rouge et il était à se damner.

— Bonjour, Grace. Je ne t'attendais pas, dit-il d'un ton neutre.

Grace se sentit chanceler. Elle avait espéré un autre accueil !

— Je peux entrer ?

Le voyant hésiter, elle fut tentée de coincer son pied dans l'entrebâillement de la porte. Hors de question qu'il se défile sans s'être expliqué !

— D'après Lola, tu rentres à Perth plus tôt que prévu ?

Sans confirmer ni infirmer, il s'effaça pour lui laisser le passage.

— C'est à cause de moi ? ajouta-t-elle. Je te promets que j'ignorais le rôle joué par ma mère dans la séparation d'avec ton père. Tu sais que je te l'aurais dit si j'avais été au courant, n'est-ce pas ? Ma mère culpabilise terriblement. Elle se sent responsable du fait que tu ne sois jamais revenu voir ton père.

— Je ne rentre pas à cause de toi. On vient de diagnostiquer un cancer du pancréas chez l'un des néphrologues du Queen Victoria Hospital, à Perth. Il a démissionné de son poste pour rester avec sa famille, et on m'a demandé de prendre sa suite.

— Rien à voir avec ce que tu as appris la semaine dernière, alors ? Rien à voir avec ma mère ?

— Non. Ni avec ce qui s'est passé il y a vingt ans. Et même ça, ce n'était pas la faute de ta mère. J'ai discuté avec ma tante. Que ta mère soit ou non intervenue, on m'aurait retiré à mon père. D'après ma tante, je n'ai jamais posé de questions sur les raisons de ma venue à Perth. J'ai simplement supposé que Bill s'était débarrassé de moi et je n'ai quasiment plus parlé de lui. Je n'ai jamais demandé à lui rendre visite, et ma tante ne m'y a pas forcé. Je ne crois pas que cela aurait changé quoi que ce soit à notre relation si j'étais resté à Toowoomba. Le départ de son fils n'a pas suffi pour que Bill décide de mettre un peu d'ordre dans sa vie et, ça, ta mère n'y est pour rien. En fait, grâce à elle, je n'ai pas atterri dans une famille d'accueil inconnue et, en outre, des tas de possibilités se sont offertes à moi dont j'aurais ignoré jusqu'à l'existence à Toowoomba. Franchement, j'ai beaucoup de raisons de la remercier.

Grace ne demandait qu'à le croire, mais elle sentait qu'il ne lui disait pas tout. Alors qu'elle hésitait à le pousser dans ses retranchements, elle aperçut une valise et une mallette d'ordinateur dans sa chambre. Il avait déjà fait ses bagages.

— Tu pars aujourd'hui ?

— Oui.

— Définitivement ?

— Oui.

Aucune excuse. Aucune velléité de lui dire qu'elle allait

lui manquer ou de lui proposer de venir avec lui. Elle chercha désespérément un moyen de le retenir. Elle faillit même lui demander de l'emmener.

Puis, brusquement, elle eut un déclic : elle devait certes lui prouver qu'elle était sérieuse, qu'elle avait confiance en lui, qu'elle l'aimait et le respectait mais, de son côté, il devait lui apporter les mêmes preuves. Elle avait besoin qu'il l'estime. Qu'il la désire. Qu'il ait besoin d'elle.

S'il n'éprouvait pas ces mêmes sentiments en retour, leur relation était vouée à l'échec. Or, il était évident qu'il ne les éprouvait pas.

Elle devait lui rendre sa liberté. La leur rendre à tous les deux. S'il ne comprenait pas de lui-même qu'ils étaient faits l'un pour l'autre, elle ne pouvait l'y forcer. Elle ne détenait manifestement pas le pouvoir de le rendre heureux, et pourtant Dieu sait qu'elle s'y était efforcée ! Il faudrait qu'il trouve le bonheur tout seul.

Elle était prête à rester avec lui contre vents et marées et elle l'aimait de tout son cœur, mais cet amour n'était de toute évidence pas réciproque. Tout le problème était là. Il lui était arrivé la seule chose qu'elle n'avait pas prévue, la seule chose qui finirait par lui briser le cœur : elle était tombée amoureuse de Marcus. Elle n'avait pas osé lui avouer ce qu'elle ressentait, et il la quittait sans même un regard.

Ravalant son amour-propre, ses larmes et son chagrin, elle l'embrassa sur la joue, lui souhaita bonne chance et s'en alla. Une fois de plus, elle ne voulait pas qu'il la voie pleurer car, cette fois, elle pleurait sur elle-même.

Marcus était allé surfer au lever du jour. Il était à présent assis sous la véranda de sa maison près de Margaret River, à trois heures au sud de Perth. C'était l'un des quelques bungalows restés dans leur état d'origine, mais leur manque d'équipements modernes était largement compensé par leur situation, et il adorait y venir. De là où il se trouvait, il voyait l'océan et pouvait juger la qualité des vagues.

C'était le moment de la journée qu'il préférait. Calme, paisible. Mais aujourd'hui il se sentait seul. Ce qui ne lui était jamais arrivé, surtout ici, jusqu'à sa rencontre avec Grace. Il n'avait jamais amené de femme dans ce lieu refuge mais, aujourd'hui, il regrettait l'absence de Grace. Aujourd'hui, elle lui manquait plus que jamais.

Rien dans sa vie ne lui avait jamais autant coûté que de se séparer d'elle mais, sur le coup, il avait cru effectuer le bon choix. Il lui avait assuré qu'il ne quittait pas Sydney à cause d'elle ou de sa famille, et il avait dit vrai… En partie. Car si sa décision n'avait en rien été motivée par le passé, elle l'avait entièrement été par l'avenir. Il ne savait pas comment s'intégrer dans le monde de Grace, centré sur la famille.

Les parents de Grace ne le considéraient certainement pas comme le gendre idéal. Il n'était pas assez bien pour elle, pas à la hauteur de ses aspirations. Elle serait plus heureuse sans lui. Il aurait voulu être l'homme qu'il lui fallait comme elle était incontestablement la femme qu'il lui fallait, mais l'idée de la décevoir le terrorisait. Qu'y connaissait-il en amour ?

Marcus laissa son regard errer sur l'océan dont le spectacle l'avait toujours apaisé en lui permettant de clarifier ses idées et de prendre du recul. Mais il n'aimait pas la direction dans laquelle ses pensées s'engageaient aujourd'hui. Depuis son départ de Sydney, elles le forçaient à affronter de dures réalités sur lui-même. Lui qui s'était toujours vanté d'avoir du tempérament commençait à en douter. De la persévérance et de la ténacité, il en avait incontestablement à revendre quand il s'agissait de son métier, mais il n'en allait pas de même quand les relations humaines entraient en jeu. Il n'avait jamais eu de liaison sérieuse avec une femme. Parce qu'il n'en avait pas eu vraiment envie ou parce qu'il avait manqué d'un exemple à suivre ? Il l'ignorait. Toujours est-il qu'il ne s'était jamais lancé. Par peur paralysante de l'échec.

Il avait dit à Grace avoir cherché des réponses auprès de Bill. Pourtant, quel soulagement quand la maladie de ce dernier avait rendu toute discussion impossible ! N'avait-il pas repoussé délibérément sa visite jusqu'à ce qu'il soit trop tard, en sachant qu'il pourrait prétexter la difficulté à communiquer pour expliquer qu'il n'avait pu se réconcilier avec son père ?

Il ne voulait pas reproduire la même erreur avec Grace. Il s'était trop rapproché d'elle et avait fui à la première occasion. Toujours cette peur d'être rejeté.

Elle n'avait pas besoin de lui. Personne n'avait jamais eu besoin de lui. Mais il s'apercevait à présent que lui avait terriblement besoin d'elle. Pour la première fois depuis très longtemps sinon depuis toujours, il avait été heureux. Grâce à elle. Aussi intenses qu'aient été ses émotions au bloc, sur son cheval ou sur sa planche de surf, elles ne pouvaient se comparer à celles que Grace suscitait en lui.

Elle lui avait conseillé d'écouter son cœur. D'être heureux.

Peut-être le méritait-il après tout. Son père avait aimé et perdu. Son père avait dépéri dans la solitude. Il ne voulait pas finir comme lui.

Il avait indéniablement commis une bêtise, une énorme bêtise même en saisissant l'occasion qui s'était offerte de partir pour Perth. À lui de la réparer à présent.

Grace lui manquait. Il avait besoin d'elle. Il la désirait. Il l'aimait.

10.

À l'est, l'horizon commençait à bleuir. Bientôt, le port baignerait dans la lumière dorée d'un jour nouveau. Un beau temps d'hiver, frais et pur, idéal pour la Transhumance.

Grace entendait le souffle du troupeau que Lachlan et ses employés avaient regroupé dans le parc. Elle adorait écouter ces bêtes, calmes et détendues, étonnamment discrètes pour leur taille. Lachlan avait évidemment sélectionné les plus paisibles, habituées à côtoyer hommes et chevaux et à porter un licou.

Elle sourit. Elle n'en revenait toujours pas d'avoir réussi à mettre sur pied cet événement. Bill Washington avait eu raison : le Harbour Bridge figurait toujours sur la liste des chemins de transhumance officiels. Le bétail pouvait l'emprunter moyennant un péage entre minuit et 6 heures du matin. Elle avait arraché l'autorisation de débuter la manifestation à 6 heures le dimanche. D'après ses calculs, la traversée jusqu'à la côte sud durerait environ deux heures. La voie réservée aux piétons serait donc rendue à son usage habituel avant 9 heures. Pendant la manifestation, le pont resterait ouvert à la circulation automobile, mais la mairie avait accepté d'abaisser la limite de vitesse et de fermer quelques voies pour établir une zone tampon avec les bêtes et ne pas les effrayer.

L'heure du départ allait bientôt sonner.

Au cours des quatre dernières semaines, Grace avait

heureusement été trop occupée par l'organisation de l'événement pour penser à Marcus.

Enfin… La plupart du temps.

Car elle avait passé des heures à discuter de lui avec Lola. Plus difficile qu'elle ne l'avait cru de l'oublier…

Elle l'aimait. Malheureusement, de toute évidence, cela ne suffisait pas. Elle devait s'y résigner et poursuivre sa route.

Elle consulta sa montre. 5 h 30.

Des hélicoptères affrétés par les médias tournaient au-dessus de sa tête, et des véhicules de presse s'alignaient le long des trottoirs. Une des chaînes nationales présentait la météo sur le pont, et plusieurs journalistes s'étaient inscrits pour accompagner le troupeau. À présent, les spectateurs se comptaient par centaines, et presque tous les participants s'étaient fait enregistrer. Certains allaient effectuer le trajet à pied, d'autres avaient payé plus cher pour suivre à cheval. Jusque-là, les fonds récoltés s'élevaient à deux cent mille dollars, et les animateurs de la matinale télévisée assureraient la promotion du site « Transhumance sur Harbour Bridge » pour inciter les téléspectateurs à faire des dons. Grace avait rendez-vous pour une courte interview avant le départ, mais il lui restait le temps pour une dernière tâche.

Chaque participant était invité à écrire un court message personnel sur un ruban qui serait ensuite accroché au cou de la vache ou du cheval qu'il avait choisi.

Grace savait que Marcus avait parrainé une bête et versé une grosse somme d'argent à l'association au nom de Bill, et elle se demandait s'il avait laissé des instructions au sujet d'un éventuel message. Elle se mit en quête de Lola, responsable de la distribution des rubans. Si Marcus n'avait rien prévu, elle écrirait elle-même quelque chose en hommage à Bill. Après tout, sans lui, l'événement n'aurait pas pu se dérouler de la façon dont Merridy et elle l'avaient souhaité.

En chemin, elle aperçut Merridy, à présent rétablie, assise à côté de Lilian à l'une des tables dédiées aux inscriptions.

George et Hamish, quant à eux, coordonnaient les équipes de secouristes bénévoles. Une entreprise familiale, exactement comme elle l'avait rêvée.

Elle trouva Lola à quelques pas de là, en grande conversation avec Hamish, les rubans restants pendant à son bras. À cette heure pourtant très matinale, Lola était déjà resplendissante avec sa peau satinée, ses rondeurs bien placées et ses cheveux blonds bouclés qui lui donnaient cet air de sortir du lit irrésistible pour la plupart des hommes, dont visiblement son frère, songea Grace. Lola avait posé une main sur le bras de ce dernier qui était littéralement suspendu à ses lèvres. Il n'avait même pas entendu Grace arriver.

Nul doute que Hamish ne déplaisait pas non plus à Lola. Aucun homme séduisant n'échappait à son regard, et les femmes trouvaient son frère bel homme, Grace le savait. Elle aurait volontiers prévenu Hamish que Lola était une mangeuse d'hommes si elle n'avait craint que tous les deux ne lui rient au nez. Et puis, après tout, quel mal y avait-il à flirter un peu ?

— Dis donc, Hamish, tu n'as rien de mieux à faire que de draguer ma meilleure amie ?

— T'inquiète ! Papa maîtrise, répondit Hamish, sans détacher le regard de Lola.

De toute évidence, il n'avait pas la moindre intention de bouger, et Grace ne doutait pas des capacités de son père à gérer la situation. Levant les yeux au ciel d'un air résigné, elle se tourna vers Lola.

— Marcus a-t-il émis le souhait d'écrire un petit mot sur le ruban ?

— Non. Tu veux mettre quelque chose ?

Grace hésita. Non qu'elle manque d'inspiration. Elle craignait seulement la réaction de Marcus.

— Je ne pense pas qu'il y verra un inconvénient, ajouta Lola en tendant un ruban et un stylo à son amie qui se mit aussitôt à l'ouvrage.

Une fois son message prêt, Grace abandonna Hamish et Lola à leur conversation – elle avait d'autres chats à fouetter ce matin que de chaperonner ces deux-là – et se dirigea vers la vache de Marcus.

Alors qu'elle lui accrochait le ruban autour du cou en pensant à Marcus qui devait être encore au lit – il était 3 heures du matin à Perth –, seul elle l'espérait, elle eut la désagréable impression d'être épiée. Impossible ! Tout le monde était trop occupé pour s'intéresser à elle.

Sans plus s'en soucier, elle rejoignit l'équipe de tournage de la télévision qu'elle conduisit à la ligne de départ où l'attendait l'employé responsable du groupe de la vache de Marcus. On lui donna un micro, les éclairagistes et les techniciens du son se mirent en place… L'interview qui donnerait le signal de départ de la Transhumance pouvait démarrer.

— Grace Gibson se trouve à mon côté, annonça le journaliste après quelques mots d'introduction. Elle est coordinatrice du service de transplantation rénale au Kirribilli Hospital et une des organisatrices de l'événement d'aujourd'hui. Grace, pouvez-vous m'indiquer la somme que vous espérez réunir et à quoi l'argent servira ?

— Bonjour, Grant. Nous nous étions fixé l'objectif de deux cent mille dollars et nous l'avons déjà presque atteint.

La collecte avait dépassé leurs espérances grâce à la générosité de Marcus, et Grace était quasiment certaine que les téléspectateurs apporteraient leur obole par Internet pendant toute la manifestation.

— Les fonds serviront à acheter des appareils de dialyse pour les hôpitaux ruraux ou isolés et à former le personnel à leur manipulation. Le traitement est particulièrement contraignant pour les malades qui habitent à la campagne car, aux cinq heures que dure chaque séance à raison de trois fois par semaine, s'ajoute le temps de trajet jusqu'à une grande ville avec la fatigue et le stress que cela occasionne.

Après un court silence qui lui permit de reprendre son souffle, elle poursuivit :

— Vous comprendrez donc que, malgré le coût de plusieurs milliers de dollars pour une seule machine, il est indispensable d'en doter les établissements ruraux. Il faut cependant garder à l'esprit qu'une greffe de rein est préférable à la dialyse dans la majorité des cas. Elle revient moins cher mais, surtout, les résultats à long terme sont meilleurs. Je tiens à remercier nos généreux donateurs et à rappeler à vous tous que vous pouvez effectuer un don en ligne sur notre site web dont l'adresse s'affiche à l'écran. Vous y trouverez également de plus amples informations sur tout ce qui concerne les transplantations d'organes, entre personnes vivantes ou non. Et maintenant, le troupeau est impatient de traverser le pont !

Grace se recula et rendit le micro à un technicien. Puis elle alla se joindre aux marcheurs à l'arrière du troupeau et ne put retenir un sourire en voyant les bêtes s'engager sur la voie piétonnière du pont. Les chevaux suivaient, avec leurs cavaliers qui les exhortaient à emprunter le même chemin. Alors qu'elle tendait l'oreille aux conversations autour d'elle, elle entendit qu'on l'appelait en même temps qu'un cheval s'arrêtait à hauteur de son épaule droite. Elle leva les yeux. Marcus ! Elle cligna des paupières, se pinça…

— Marcus ?

Il lui souriait, ses dents blanches contrastant avec sa barbe de trois jours. Il portait un gilet matelassé pour se protéger de l'air piquant du matin, une chemise à carreaux, un jean qui moulait ses cuisses et des bottes. Il avait fière allure sur sa selle. Il était beau. Divinement beau !

— Que fais-tu ici ?

— Je t'avais dit que je participerais comme cavalier.

Le cœur de Grace battait à un rythme effréné.

— Oui, mais c'était avant que tu ne retournes à Perth.

— Tu vois, je suis revenu. Tu veux monter derrière moi ?

Le cheval attira l'attention de Grace en la poussant gentiment de ses naseaux. Elle le regarda alors pour la première fois. Où Marcus s'était-il donc procuré un cheval ? se demanda-t-elle, d'autant plus perplexe qu'il lui semblait l'avoir déjà vu et que lui aussi paraissait la reconnaître.

— C'est un des chevaux de Lachlan ? demanda-t-elle en caressant le front de l'animal.

— Oui. C'est Perceval.

— Je ne comprends pas.

— Monte derrière moi, et je t'expliquerai.

Grace saisit la main tendue de Marcus dont les doigts chauds et rassurants se refermèrent sur les siens. Des picotements lui envahirent la paume, et son cœur battit encore un peu plus vite. En un seul mouvement fluide, Marcus la souleva de terre et l'assit derrière lui. Serrée contre lui, elle lui entoura la taille de ses bras, posa la tête contre son dos et s'imprégna de sa chaleur et de son parfum qui se mêlait à l'odeur salée de la brise de mer.

Les yeux fermés, elle le respira, se donnant un peu de temps pour profiter de lui, de son contact. Sa place était là. Avec lui. Elle le savait. Intimement. Ah, si seulement lui aussi pouvait en prendre conscience !

Marcus, visiblement à l'aise sur sa selle, tenait mollement les rênes et, les doigts entrelacés avec ceux de Grace, guidait Perceval par de légères pressions des genoux.

— Je ne comprends pas comment tu es arrivé ici ni pourquoi tu montes Perceval, dit Grace.

— Je t'expliquerai tout ça une fois que nous aurons traversé le pont. Pour l'instant, je veux que tu profites pleinement du moment. Merridy et toi, vous vous êtes démenées pour mener le projet à bien. Alors, savoure le résultat ! Tu peux être fière de toi.

Un bon conseil que Grace suivit. Marcus était là et il avait promis qu'ils discuteraient tout à l'heure.

Du haut d'un cheval, le spectacle de ces files d'animaux

et de piétons était à couper le souffle. Le soleil, dans un ciel lumineux et sans nuages, commençait à réchauffer l'atmosphère. Des hélicoptères tournoyaient au-dessus du pont et, au-dessous, des bateaux sillonnaient la baie. C'était une magnifique journée que la présence de Marcus embellissait encore.

Sur la côte sud, les alentours de l'arrivée grouillaient de monde. Excités par l'expérience qu'ils venaient de vivre, les participants échangeaient leurs impressions, consultaient sur leurs portables ce qui avait été posté sur les réseaux sociaux, prenaient des photos…

— Tu veux descendre et te mêler à la foule ? demanda Marcus.

Grace regarda autour d'elle… Non. Elle était bien là où elle était, les bras autour de Marcus. Lachlan et Hamish s'occuperaient de charger les bêtes dans les camions le moment venu. Personne n'avait besoin d'elle dans l'immédiat.

— Non. Je suis bien, là. Où vas-tu ? ajouta-t-elle quand Marcus serra les flancs du cheval entre ses genoux pour le détourner du pont et de la cohue. Il faut ramener Perceval au camion.

— Les animaux ne vont pas être chargés avant que la foule ne soit dispersée. Ta famille ayant la situation bien en mains, rien ne te retient ici pour le moment, et tu peux venir avec moi, si le cœur t'en dit.

— Le cœur m'en dit, répliqua-t-elle sans l'ombre d'une hésitation.

Au sommet d'Observatory Hill, Marcus mit pied à terre à côté du kiosque à musique. Il attacha les rênes autour de la balustrade en bois avant de soulever Grace de la selle et de la poser par terre. Il lui prit alors la main et l'entraîna au centre du kiosque d'où ils avaient une vue sur le port et, de l'autre côté du pont, sur Luna Park.

Grace se moquait du panorama. Elle ne pensait qu'à une seule chose : Marcus était revenu, et il la dévorait des yeux.

— Tu m'as manqué, dit-il en lui caressant la joue.

Elle aurait voulu maintenir sa main contre son visage, le serrer à jamais entre ses bras.

— Toi aussi, tu m'as manqué. Mais je ne comprends toujours pas ce que tu fais ici.

Il l'enlaça avant de s'expliquer.

— Je suis allé à Toowoomba pour voir Lachlan et Merridy au sujet de la vente du terrain de Bill. Euh… De mon terrain. Je leur ai parlé de mon désir de participer à la Transhumance et, de fil en aiguille, Lachlan m'a proposé de me prêter un cheval. Je voulais te voir. Mais j'avais peur de ne pas te trouver à cause de tout ce monde.

— Je suis contente que tu aies réussi.

— C'est vrai ?

— Je crois, oui.

Elle restait sur ses gardes, échaudée par la tournure de leur dernière conversation en tête à tête.

— En fait, tout dépend des raisons pour lesquelles tu es revenu.

— Je suis ici pour toi.

Le frôlement des doigts de Marcus sur sa joue alors qu'il lui coinçait une mèche folle derrière l'oreille affola le cœur de Grace.

— J'aurais dû te demander de venir avec moi quand je suis rentré à Perth.

— Qu'est-ce qui t'a empêché de le faire ?

— La crainte d'un refus. J'étais obsédé par mon passé, malgré tes efforts pour m'en libérer, et j'étais convaincu que personne ne pouvait s'intéresser à moi. Toi moins que tout autre… Aucun de mes deux parents ne s'est soucié de moi. Ma mère s'est enfuie vers une nouvelle vie avec un autre homme, et mon père a noyé son chagrin dans l'alcool. Je n'existais pas pour eux… Alors comment pourrais-tu m'aimer si mes propres parents en étaient incapables ? Qu'avais-je à t'offrir ? Il valait mieux que je disparaisse. Je n'étais pas digne de toi et ne serais pas capable de te rendre heureuse. Redoutant que tu me repousses, j'ai donc préféré fuir. Mais la douleur de ne plus te voir, de t'avoir perdue, de me demander si c'était la faute du destin ou la mienne, était pire encore.

Quelle idiote de ne pas avoir déclaré ses sentiments à Marcus avant qu'il ne rentre à Perth ! Cela ne lui ressemblait pourtant pas de tenir sa langue, mais elle aussi avait eu peur de souffrir, comme le lui avait prédit Lola. Se présentait aujourd'hui l'occasion de se rattraper, de saisir sa seconde chance de trouver le bonheur. Elle lui sourit.

— Tu me plais, tu me ravis, tu me combles… Et parfois aussi, tu m'agaces. Mais tu me rends bien plus qu'heureuse et tu me donnes l'impression d'être vivante. Je respire enfin, moi qui retenais mon souffle depuis si longtemps dans l'attente que quelque chose m'arrive. Finalement, ce n'était pas quelque chose mais quelqu'un que j'attendais : toi.

— Moi ? Tu veux bien de moi ?

— Oui !

— Malgré mes démons ?

— Quels démons ?

— Ceux que j'ai peut-être hérités de mes parents. Les tendances de ma mère à abandonner les gens, l'alcoolisme de mon père. Et si je te brise le cœur ?

— Marcus…, dit Grace en lui prenant les mains pour l'immobiliser et capter son attention. Regarde tout ce que tu as accompli depuis vingt ans, le chemin que tu as parcouru. Tu as pris les bonnes décisions. Je ne crois pas que tu sois du genre à abandonner quoi que ce soit ou qui que ce soit. Tu t'es accroché pendant tes études, tu es revenu pour moi, tu as fait des choix judicieux. Tu es quelqu'un de bien et tu mérites le bonheur. Tu aurais dû me demander si je voulais vivre avec toi car j'aurais accepté. Tu es digne de moi et tu sauras me rendre heureuse.

— Tu le penses vraiment ?

— Oui. Tu es tout pour moi.

Il avait besoin de l'entendre dire qu'elle l'aimait. Qu'elle ne le quitterait pas. Qu'elle tiendrait parole si elle promettait de rester.

— À la seconde où je t'ai revu le jour de la conférence de presse, j'ai été attirée par toi comme par un aimant, Marcus. Tu as conquis mon cœur, et il t'appartient toujours. J'ai besoin que tu croies en moi, en nous. Tu dois me faire confiance quand je te dis que je ne te quitterai pas, que je ne choisirai pas quelqu'un d'autre, parce que si tu vis dans la hantise de me voir partir, ça ne fonctionnera pas. On ne peut pas construire une relation sans confiance ou sans amour. J'ai toujours été honnête et sincère avec toi. Il te suffit de me demander ce que je pense ou à quoi je pense, et je te le dirai. De bon cœur… Je te donnerai tout de bon cœur. Je serai toujours là pour toi. Je t'aime et je te choisis. Nous pouvons être heureux ensemble. Alors demande-moi de t'accompagner à Perth, cette fois.

— Non.

— Non ? répéta-t-elle, tressaillant de tout son être.

— On m'a proposé un poste ici, au Kirribilli Hospital, celui d'Andrew Murray qui prend sa retraite. Alors, si tu veux bien de moi, je serai heureux de m'installer à Sydney.

Un large sourire irrépressible éclaira le visage de Grace. Ainsi, il revenait pour de bon. À Sydney. Pour elle.

— Tu es sûr de le vouloir ?

— Je n'ai jamais été aussi sûr de quelque chose de ma vie, dit-il avec un sourire radieux qui répondait à celui de Grace. Tu es tout ce qu'il me faut. Tu m'as remis sur pied et, grâce à toi, rien ne me semble impossible, désormais. Même l'amour. Je t'aime, Grace…

— Tu m'aimes ? murmura-t-elle dans un souffle.

— Je t'aime tellement ! Je rêve de passer ma vie avec toi, de fonder une famille avec toi, de vieillir avec toi. En fait, je suis venu pour te demander une chose.

Quand il mit un genou en terre, le sourire de Grace s'élargit encore.

— Je suis venu pour te demander si tu consens à devenir

ma femme. Je t'aime et je ne veux plus m'éloigner de toi. Si tu acceptes, je promets de passer le reste de ma vie à te rendre heureuse et tellement dingue de moi que tu ne comprendras pas comment tu as pu survivre sans moi.

— Je suis déjà dingue de toi.

Elle s'agenouilla à son tour et, lui prenant la tête entre ses mains, elle l'attira vers elle jusqu'à ce que leurs lèvres se touchent.

— Moi aussi, je t'aime et, oui, j'accepte de t'épouser, dit-elle avant qu'il ne l'embrasse.

Par ce baiser, ils scellèrent leur avenir, leurs promesses et leur amour.

Vous avez aimé *Grace et le chirurgien* ?
Tournez la page pour découvrir la suite de votre série
« Infirmières et amoureuses » !

AMY ANDREWS

La folle nuit de Lola

Traduction française de
EVELINE CHARLÈS

Blanche

HARLEQUIN

Titre original :
TEMPTED BY MR OFF-LIMITS

1.

Lola Fraser avait besoin de prendre un verre, et par bonheur, elle n'avait qu'à traverser la rue pour se retrouver au Billi's, le bar situé juste en face du Kirribilli Hospital. À 21 h 30, un samedi soir, il lui aurait fallu une demi-heure pour rentrer chez elle, à Manly.

Le bar était bondé. La musique diffusée par le vieux *jukebox* n'était pas trop forte, mais un groupe de clients faisait beaucoup de bruit. Lola les reconnut : ils avaient participé à la collecte de fonds organisée par la Transhumance, un événement organisé par des éleveurs australiens. Avec leur bétail, ils avaient traversé le Harbour Bridge dans la journée et ils étaient clairement en train de célébrer leur succès.

Grace, la colocataire et meilleure amie de Lola, avait participé en tant que coordinatrice des transplantations rénales pour l'hôpital. Lola elle-même avait été réquisitionnée avant de reprendre son service, dans l'après-midi. Bien qu'elle se soit enfuie de sa campagne natale bien longtemps auparavant, elle avait apprécié le magnifique défilé de ces troupeaux, sur le pont de Sydney.

Les journaux du monde entier avaient relaté l'événement, et les sommes récoltées pour acheter des machines à dialyse destinées aux zones rurales étaient conséquentes. La collecte avait aussi constitué une publicité pour le Registre Australien des Donneurs d'Organes et permis de faire comprendre aux gens qu'il fallait aborder ce sujet avec leurs familles.

Lola regrettait que son dernier patient ne l'ait pas fait. Malgré sa mort tragique, d'autres personnes auraient pu être sauvées grâce à lui.

Elle se fraya un chemin parmi la foule pour atteindre le bar.

Gary, un grand gaillard aux airs de nounours, lui jeta un coup d'œil.

— Tu vas bien ?

Propriétaire du bar depuis plusieurs années, Gary connaissait quasiment tout le personnel de l'hôpital. Il devinait quand une journée ne s'était pas bien passée.

— Qu'est-ce que tu boiras ?

— Un verre de vin.

— Ta voiture est au parking ?

— Je prendrai un taxi pour rentrer chez moi. Même chose demain pour aller au boulot.

Trente secondes plus tard, Gary posait devant elle un verre de vin blanc bien frais.

Lola lui lança un coup d'œil reconnaissant.

— Merci.

Fermant les yeux, elle avala une gorgée. Elle adorait son travail aux soins intensifs. À trente ans, elle pouvait affirmer que c'était l'expérience la plus enrichissante qu'elle ait faite de toute sa vie. On y accueillait des patients dans un état désespéré, et le plus souvent ils repartaient chez eux pour y faire leur convalescence.

Mais tous n'avaient pas cette chance.

La plupart du temps, Lola parvenait à gérer ce revers de la médaille. Elle avait appris à se protéger et à supporter ces tragédies et elle savait qu'il était important d'en parler avec les collègues. Mais elle savait aussi que parfois, on n'avait pas envie de discuter.

Et pour se distraire, rien de mieux que la musique forte ou les films à grand spectacle… Et, parfois, le sexe.

— Qu'est-ce qu'une jolie femme comme toi fait assise toute seule devant un bar ?

Lola sourit en reconnaissant la voix, dans son dos.

— Hamish.

Hamish Gibson prit place auprès d'elle tout en riant doucement. Le cœur de Lola battit plus vite, comme lorsqu'elle avait fait sa connaissance sur le Harbour Bridge, le matin même. Il était grand, athlétique, beau… Et il le savait.

Il aurait été parfait pour une nuit de passion… Sauf qu'il était aussi le frère de Grace et devait passer la nuit suivante dans l'appartement qu'elle partageait avec son amie.

En revanche, il n'était pas désagréable à regarder, et elle pouvait toujours boire un verre en sa compagnie.

— Je te paie un verre ? proposa-t-elle.

Il lui adressa le lent sourire qui avait fait craquer Lola le matin. Elle aurait parié que dans son village, cette moue aurait mis toutes les femmes à ses pieds.

Et cette bouche…

— Ce n'est pas à moi, de t'inviter ?

— À Sydney, les femmes sont entreprenantes, plaisanta-t-elle. Ça te pose un problème ?

— Pas le moindre. J'adore les femmes entreprenantes.

Faisant signe à Gary, il commanda une bière.

— Et pour toi ?

Lola leva son verre presque plein.

— J'ai ce qu'il faut, dit-elle avant d'avaler une nouvelle gorgée de vin.

Hamish plissa légèrement ses beaux yeux bleus.

— Dure journée ?

— J'ai connu mieux.

Il hocha la tête. Comme il était ambulancier, Lola savait qu'il comprenait son état d'esprit sans qu'elle ait à s'expliquer.

— Tu veux en parler ?

— Non, dit-elle avant de boire encore.

— Tu comptes t'enivrer ?

— Juste me distraire.

— Je suis du genre à divertir n'importe qui.
— J'en suis persuadée, répliqua Lola en riant.
— Merci pour mon ego, Lola Fraser.
— C'est sûr, ton ego a besoin d'être renforcé.

Rejetant la tête en arrière, Hamish éclata de rire, lui laissant tout loisir d'admirer la ligne très mâle de son cou, ainsi que sa mâchoire ombrée par une barbe d'un jour. Qu'y avait-il de mal à avoir envie de passer ses lèvres dessus ?

Gary déposa la bière d'Hamish devant lui. Ce dernier la leva en direction de Lola.

— À quoi on boit ?
— Aux journées pourries, suggéra-t-elle avec un sourire.
— Aux journées pourries ! répéta-t-il en faisant tinter sa bouteille contre le verre de Lola. Et aux distractions.

Ils rentrèrent à 23 heures. Lola avait bu un autre verre de vin, et Hamish s'en était tenu à la bière. Ils avaient parlé de la Transhumance, et il l'avait fait rire en lui racontant sa vie dans sa petite ville de Toowoomba, ainsi que des anecdotes sur son travail d'ambulancier. Ainsi qu'il l'avait dit, il constituait un excellent divertissement, dans tous les sens du terme, mais lorsqu'elle avait commencé à bâiller, il avait insisté pour la raccompagner chez elle.

Maintenant qu'ils étaient dans l'appartement, Lola n'avait pas sommeil. Elle redoutait même d'aller se coucher… et faire l'amour avec Hamish était exclu.

Parfaitement interdit.

— Tu veux boire un autre verre ? demanda-t-elle.

Elle gagna la cuisine, évitant de regarder les cartes postales maintenues sur la porte du réfrigérateur par des aimants. Elles lui avaient été envoyées par sa tante May depuis l'Inde, le Vietnam et la Corée du Sud. D'habitude, elles la faisaient sourire, mais aujourd'hui elles la mettaient au supplice.

Au mois d'avril, elle devait passer un mois au Zimbabwe et elle grillait d'impatience.

— Euh… Oui, bien sûr.

Il n'avait pas l'air enthousiaste.

— C'est l'heure de te coucher, peut-être ? plaisanta-t-elle en sortant une bouteille de vin et une bière du réfrigérateur.

Il sourit. Son épaisse chevelure cuivrée tombait sur son front, donnant à Lola l'envie furieuse d'y plonger les doigts. À cette lumière, ils prenaient des reflets d'or rouge qui rappelaient à Lola la chevelure de Grace.

— J'aurais cru que Grace était encore debout, dit-il.

— Elle l'est sûrement, mais pas ici. Tu as oublié qu'elle s'est fiancée à Marcus, aujourd'hui ?

— Bien sûr que non.

Lola remplit son verre.

— Je suis presque certaine qu'ils sont en train de célébrer l'événement… à leur manière.

À la façon dont Hamish fixa sa bouche, elle devina qu'il avait compris l'allusion.

— C'est un brave mec, non ?

— Absolument ! Et ils sont fous amoureux.

Lola s'étonna d'éprouver un petit pincement de cœur. Elle n'avait jamais été tentée par le bonheur conjugal, par désir de rester libre. Pourquoi lui semblait-il soudain qu'elle manquait quelque chose ?

Elle chassa cette pensée. Non, c'était juste ce soir, à cause de son affreuse journée.

— Si on allait sur le balcon ?

Elle n'attendit pas qu'il la suive… et n'eut pas besoin de vérifier qu'il le faisait… Elle sentait son regard dans son dos, ou plus précisément sur ses fesses. Elle aurait voulu porter une tenue un peu plus sexy que son pantalon de travail et le chemisier rose avec le logo de l'hôpital sur la poche gauche.

Elle s'appuya à la balustrade et contempla le parc boisé

qui s'étendait sous ses yeux, le visage balayé par une fraîche brise nocturne : bienvenue à Sydney au mois d'août. Elle sentait une légère odeur de sel et de sable, bien que l'océan se trouve à plusieurs kilomètres.

Elle respira avec bonheur ce parfum qu'elle adorait, en emplissant ses poumons et le savourant. Elle avait de la chance d'en profiter… De la chance d'être en vie. Soudain, sa vision fut brouillée par les larmes, tandis que le souvenir des pleurs d'une fillette de treize ans lui brisait le cœur.

Son patient ne sentirait plus jamais cette brise marine. Sa femme et ses enfants n'apprécieraient sans doute plus jamais un plaisir aussi simple.

— Lola…

Hamish s'était approché d'elle sans qu'elle l'entende. Elle ferma très vite les yeux, mais il souleva son menton d'un doigt léger et elle les rouvrit, consciente que ses cils étaient humides. Elle plongea dans les prunelles bleues.

— Tu es certaine de ne pas vouloir en parler ? demanda-t-il très bas.

Lola ne parvenait pas à se détourner. Hamish portait une chemise à carreaux en flanelle, ouverte sur le cou, et un jean à la couleur fanée par des années de bons et loyaux services. Ces vêtements mettaient en valeur son corps athlétique, il irradiait de chaleur et il sentait la bière, ainsi que les chips au vinaigre qu'ils avaient grignotées au bar.

Qui sait ? Peut-être qu'elle serait soulagée, si elle se confiait à lui ? Se tournant vers le parc, elle se lança :

— Mon patient… On a diagnostiqué la mort cérébrale, ce soir. Ses enfants sont encore adolescents et… Ça n'a pas été facile, conclut-elle d'une voix enrouée. Excuse-moi, ajouta-t-elle, je suis un peu secouée.

Hamish haussa les épaules.

— Il y a des jours où on ne peut pas s'en empêcher.

Lola se sentit comprise. Il ne lui servait pas de platitudes, du genre « demain est un autre jour », pas plus qu'il ne soulignait son extrême vulnérabilité.

— C'est vrai, mais ne fais pas attention. Je me sens stupide.

— Tu ne l'es pas.

Lola émit un petit rire.

— Bien sûr que si ! Il ne s'agit pas de moi, mais d'une famille qui vient de perdre un être cher. Je ne sais pas ce que j'ai, ce soir.

— Cela s'appelle être humaine.

Il lui sourit avec une telle gentillesse qu'elle faillit éclater en sanglots. Au lieu de cela, elle fixa le panorama sans le voir. Pendant un long moment, ils sirotèrent leurs boissons en silence.

— Que lui est-il arrivé ? demanda Hamish.

— Accident de voiture.

— C'est un donneur d'organes ?

La belle-sœur de Grace et de Hamish, Merridy, avait bénéficié d'une greffe de rein, cinq ans auparavant, aussi la famille était-elle très sensible à cette question.

Une grosse boule se forma dans sa gorge.

— Il était sur le registre, mais…

Elle n'eut pas besoin d'en dire davantage.

— Je déteste quand ça se passe comme ça, murmura Hamish.

— Moi aussi.

— C'est injuste que la famille aille contre les vœux du patient ! Pourquoi les médecins n'ont-ils pas le droit de dire aux proches que c'était l'intention de la personne qu'ils ont tant aimée ?

— Parce qu'on ne peut pas les traumatiser davantage, alors qu'ils nagent déjà en plein cauchemar.

Quand un patient mourait, elle cherchait seulement à réconforter la famille qui passait d'une certaine façon sous sa responsabilité.

— La plupart du temps, le patient n'en a jamais parlé,

expliqua-t-elle. Alors les proches refusent le don d'organes parce qu'ils n'étaient pas au courant, parce qu'ils ne l'ont pas entendu le dire.

— Je sais, répliqua Hamish avec un soupir.

Il paraissait aussi affligé que Lola l'avait été quand l'épouse en pleurs avait annoncé qu'elle ne donnerait jamais son consentement.

— C'est pour ça qu'un événement comme la Transhumance sur Harbour Brigde est aussi important, reprit-elle, s'efforçant de se montrer un peu optimiste. Il faut que les gens comprennent combien il est primordial d'aborder ces sujets en famille.

Elle leva son verre en direction de Hamish qui en fit autant avec sa bouteille. Pourtant, au lieu de boire, ils continuèrent de se regarder. Lola était fascinée par les prunelles bleues de Hamish, tout comme par le dessin parfait de sa mâchoire ou de sa bouche. Leurs mains posées sur la rambarde étaient proches, et leurs cuisses se frôlaient presque. Lola brûlait de poser sa tête sur la poitrine de cet homme, dont elle percevait la chaleur et la solidité.

Quand avait-elle eu envie d'être serrée dans des bras masculins pour la dernière fois ?

Soudain, elle sentit une lave brûlante courir dans ses veines. Obéissant à l'impulsion du moment, elle se dressa sur la pointe des pieds pour déposer un baiser sur la bouche de Hamish.

Elle n'aurait pas dû. Elle n'aurait vraiment pas dû !

Mais... C'était si bon ! Ces bras qui se refermaient sur elle, la douceur de ces lèvres ! Une douce chaleur envahit les seins de Lola, son ventre et ses cuisses.

Elle adorait la façon dont il murmurait son prénom.

Mais elle devait y mettre un terme !

— Je suis désolée, dit-elle en reculant d'un pas. Je n'aurais pas...

— Si, la coupa-t-il, tu as eu bien raison de le faire.

Touchée par sa sincérité, elle lui adressa un faible sourire. Mais elle savait que cela ne pouvait les mener nulle part, aussi résista-t-elle à la tentation en lui tournant le dos pour aller tout droit dans sa chambre.

2.

Lola ne put trouver le sommeil. Elle avait pourtant pris un bain et avalé un cachet à base de plantes. D'habitude, cela marchait mais, là, elle fixait le plafond tandis que les événements de la journée repassaient en boucle dans sa tête.

Elle entendait l'épouse de son patient crier : « Mais il n'a pas une égratignure ! », tandis que sa fille sanglotait et que son fils restait muet, les poings serrés dans ses poches.

Hamish était forcément la cause de cette insomnie. Il était tout proche, étendu sur le canapé de la salle de séjour, et elle aurait tant eu besoin de compagnie pour trouver le repos après cette mauvaise journée !

Était-il sain d'avoir recours au sexe pour oublier ses soucis ? Sans doute pas, mais ce n'était pas non plus une habitude, et cela pouvait aider dans certaines circonstances…

Hamish ne serait certainement pas contre, si elle en croyait la façon dont il l'avait regardée après l'avoir embrassée.

Le message était clair : *si tu veux qu'on poursuive l'expérience dans ta chambre, je te suis.*

S'il ne s'était pas agi du frère de Grace, elle n'aurait pas demandé mieux… Et pas seulement parce qu'elle avait besoin de distraction. Il l'avait attirée dès la première seconde de leur rencontre.

Mais il ne se passerait rien entre eux !

Hamish était le frère de Grace et, même s'il embrassait comme un dieu, même s'il avait mis son corps et son esprit en feu, elle résisterait.

Lola ferma les yeux.

Dors, bon sang !

À 2 heures du matin, Lola cessa de lutter. Une heure auparavant, Grace lui avait envoyé un SMS pour la prévenir qu'elle passait la nuit chez Marcus.

Par ailleurs… Hamish repartait le lendemain matin.

Qu'y avait-il de mal à aller le rejoindre ? D'autant que personne ne le saurait.

Sa décision prise, elle repoussa ses draps et se leva. L'espace d'un instant, elle se demanda si elle devait ôter son minishort et son débardeur pour enfiler une nuisette de dentelle qui couvrait davantage, mais ne laissait rien à l'imagination.

Elle pouvait aussi y aller complètement nue.

Hamish était-il du genre à préférer le satin à la peau nue ?

Bon sang ! Qu'est-ce qui n'allait pas, chez elle ? Hamish accueillerait sans doute avec joie sa visite nocturne, quelle que soit sa tenue.

Vas-y, Lola.

Elle prit un préservatif dans un tiroir de sa table de chevet, puis elle sortit de sa chambre et longea le couloir obscur sur la pointe des pieds. Une fois dans la salle de séjour, elle distingua une forme sur le canapé. Lorsqu'elle s'approcha, elle vit que Hamish avait repoussé ses draps, révélant des jambes musclées et une large poitrine. Son bras nu masquait son visage.

La rondeur du biceps, posé sur la mâchoire, donna le vertige à Lola… Tout comme la ligne du cou. Il aurait été tentant de faire quelque chose de vraiment fou, comme de frôler cette peau recouverte d'une fine toison.

Pourquoi pas avec la langue ?

Mais elle devait d'abord le réveiller. C'était tentant, mais elle ne pouvait tout de même pas lui sauter dessus !

À cet instant, Hamish se réveilla et posa sur elle un regard ensommeillé.

— Lola…

Elle recula d'un pas, le souffle court.

— Euh… Je n'arrive pas à dormir.

— Et tu as envie d'une tasse de lait chaud ?

Les joues de Lola se mirent à chauffer. Depuis quand rougissait-elle ?

Elle lui montra le préservatif.

— Non. Plutôt de quelque chose de plus physique.

Quand Hamish fixa le petit carré brillant comme s'il n'avait jamais rien vu de plus beau, Lola sentit son ventre se crisper.

— J'ai lu quelque part que l'activité physique favorise l'endormissement, dit-il.

Le cœur de Lola fit des bonds dans sa poitrine, mais elle ne bougea pas. Ils devaient d'abord établir des règles strictes.

— Ce ne sera que pour cette fois.

— Je sais.

— Tu pars demain, reprit-elle. Nous ne nous verrons sans doute plus jamais, et ça ne me pose pas de problème.

— Moi non plus.

— Je ne recherche pas d'engagement.

— Je comprends. Nous sommes d'accord, et ça ne me pose pas de problème non plus, Lola.

— Et aussi… Je préférerais qu'on n'en parle pas à Grace.

— Bien sûr.

Un petit sourire aux lèvres, il lui fit signe d'approcher.

— Viens, Lola.

La façon dont il avait prononcé son prénom ressemblait à une caresse. Tremblante d'anticipation, Lola avança d'un pas, puis elle en fit un autre et se retrouva debout devant lui.

Elle déposa le sachet dans sa main tendue. Il le mit sous un coussin avant de glisser la main entre les cuisses de

Lola. Elle retint son souffle quand les doigts de Hamish remontèrent lentement et soulevèrent le bord de son T-shirt.

Quand il se pencha en avant pour poser ses lèvres près de son nombril, elle laissa échapper un cri léger. Tandis qu'elle s'agrippait à ses épaules, Hamish leva les yeux et ils échangèrent un long regard.

Ensuite, il se laissa aller en arrière sur le canapé, l'entraînant avec lui. Le cœur battant, Lola perçut la chaleur de son sexe durci. D'une main, Hamish entoura sa nuque pour l'attirer à lui et s'emparer de sa bouche.

Les tempes bourdonnantes, Lola gémit quand leurs lèvres se rencontrèrent. Même si elle l'avait voulu, elle n'aurait pas pu arrêter cela.

Mais elle ne le voulait pas.

Quand Hamish glissa la langue dans sa bouche, elle perçut le goût frais de son dentifrice. Agrippée à ses épaules, le corps parcouru de frissons, elle ne pouvait penser qu'aux lèvres de Hamish, à sa chaleur et au renflement, entre ses jambes. Le souvenir d'une veuve éplorée et de ses enfants était effacé. Il n'y avait plus que Hamish, chaud, solide et rien qu'à elle. Elle s'aperçut à peine qu'il l'étendait sous lui. En revanche, elle avait parfaitement conscience du long corps sur le sien, de la façon dont les hanches de Hamish épousaient son ventre. Elle sentait son sexe contre le sien, tandis qu'il pesait de tout son poids sur elle.

Maintenant, c'était lui qui occupait la position dominante et elle aimait cela. Elle voulait plus. Elle avait besoin de plus… Besoin que leurs peaux se touchent et qu'il la pénètre.

Comme s'il avait lu en elle, Hamish glissa les mains sous son T-shirt et l'en débarrassa. Il se mit ensuite à caresser ses seins tandis que sa bouche explorait son corps. Les ongles enfoncés dans le dos de son tourmenteur, Lola gémissait de plaisir.

Il déposa une pluie de baisers sur sa nuque, puis il prit les pointes de ses seins entre ses lèvres.

— Oui…

Il tira sur la ceinture du minishort de Lola, et elle en fit autant sur son boxer, jusqu'à ce qu'ils soient tous deux totalement nus.

Il se redressa pour prendre le sachet qu'il déchira, puis il déroula le préservatif sur son sexe dressé avant de revenir vers Lola. Elle cessa de respirer lorsqu'il s'enfonça en elle, puissant et dur.

Lola s'enflamma aussitôt, telle une torche.

— Seigneur ! Oui ! répéta-t-elle. Juste comme ça…

Et il lui donna ce qu'elle réclamait, étouffant ses cris de sa bouche pendant qu'il allait et venait lentement en elle, diffusant une lave brûlante dans ses veines…

L'esprit vide, elle ne songeait à rien d'autre qu'à ces bras qui l'emprisonnaient, à cette large poitrine contre la sienne. Il y avait aussi l'odeur de Hamish, mâle et excitante, qui lui emplissait les narines.

Quand l'orgasme explosa en elle, Lola s'arracha à la bouche de Hamish, pour s'abandonner aux vagues de plaisir qui la submergeaient. Il accentua le rythme, entraînant Lola toujours plus haut.

Agrippés l'un à l'autre, ils revinrent sur terre bien longtemps plus tard, comblés et hors d'haleine.

Lola n'avait même pas réalisé qu'elle glissait dans le sommeil. Quand Hamish s'écarta, elle marmonna une protestation. Il la fit taire d'un baiser, et elle se rendormit aussitôt. Quelque part, au fin fond de son esprit embrumé, elle se dit qu'elle devait regagner sa chambre.

Mais elle était trop bien pour bouger.

Vraiment très, très bien.

3.

Trois mois plus tard.

Devant la porte de Lola, Hamish ne savait pas trop comment elle allait le recevoir. Bien sûr, ils avaient eu l'occasion de discuter, ces dernières semaines, depuis que Grace avait décidé de le loger pendant son stage de deux mois dans l'appartement qu'elle partageait avec Lola.

Mais ils ne s'étaient pas revus depuis cette fameuse nuit.

Et il n'était pas certain que cette cohabitation soit une bonne idée. Il avait dit à Lola qu'il pouvait habiter ailleurs. Il craignait que sa sœur n'ait insisté auprès d'elle, parce qu'elle se sentait coupable d'emménager avec Marcus.

Evidemment, le partage du loyer, pendant ces six semaines, permettrait à Lola de trouver une nouvelle colocataire.

Grace ignorait ce qui s'était passé entre eux, à moins que Lola ne le lui ait dit, mais Hamish en doutait. Si elle avait été au courant, sa sœur n'aurait pas mis autant de zèle à organiser cet arrangement… Et surtout, elle lui aurait posé beaucoup de questions !

Lola lui avait juré qu'elle ne voyait aucun inconvénient à partager temporairement l'appartement avec lui. En ce qui le concernait, c'était aussi la meilleure solution.

Sauf que… Il y avait cette entente sexuelle parfaite, entre eux. Combien de fois avait-il pensé à Lola, les trois derniers mois ? Combien de fois avait-il eu envie de l'appeler ou de lui envoyer des SMS un peu grivois ? Combien de fois, enfin, Lola avait-elle hanté ses rêves ?

Il se réveillait parfois en plein milieu de la nuit, tourmenté par un désir brûlant.

« De simples colocataires. »

Il avait insisté là-dessus, lorsqu'ils avaient envisagé cette cohabitation.

« C'est inscrit dans le contrat », avait-elle plaisanté.

Et il avait été d'accord. Après tout, cela ne semblait pas trop difficile, à plusieurs centaines de kilomètres de distance. Mais maintenant qu'il se trouvait devant la porte l'imminence de leurs retrouvailles le rendait nerveux.

Où était le gars de la campagne capable d'attraper du bétail au lasso, de monter à cheval, de réparer une clôture ou n'importe quel moteur ?

Où était l'ambulancier qui procédait à une réanimation cardio-pulmonaire, stabilisait la victime d'un accident au milieu de nulle part et la perfusait, agrippé à la carcasse d'une voiture telle une chauve-souris, le tout en moins d'une heure ?

Il devait donc pouvoir maintenir une relation purement platonique avec sa future colocataire, qu'il désirait comme un fou.

Parce qu'il était un adulte responsable, bon sang !

Le cœur battant, il perçut un bruit de pas dès qu'il eut frappé à la porte qui s'ouvrit brusquement. Quand Lola parut, vêtue de son uniforme, Hamish se demanda si elle revenait de l'hôpital ou si elle allait partir. Malgré lui, son corps enregistrait le moindre détail : les yeux verts magnifiques, les boucles blondes réunies en une natte, sur sa nuque, tout comme le soir où il l'avait retrouvée dans ce bar.

Soudain, il se rappela combien elle l'avait ému, ce soir-là. Il avait sincèrement voulu la réconforter, la décharger du fardeau qui pesait sur ses épaules.

Il avait voulu la faire sourire.

Et justement elle lui souriait à cet instant. Il cligna les paupières et revint à l'instant présent. Lola arborait la même expression que lorsqu'ils avaient fait connaissance : amicale et ouverte. Le genre d'expression réservé au frère d'une meilleure amie ou à un nouveau colocataire.

Comme s'ils étaient des copains… Des potes !

Comme s'il ne l'avait jamais possédée.

Il était clair qu'elle avait mis cet épisode de côté.

— Salut, toi, dit-elle en se dressant sur la pointe des pieds pour déposer un baiser sur sa joue.

Comme une sœur.

Le geste avait beau être platonique, Hamish sentit que son corps la reconnaissait, douce, chaude et parfumée. Il dut refouler l'envie de l'attirer contre lui pour l'embrasser vraiment.

Elle recula d'un pas et lui adressa de nouveau son sourire amical. Il se força à se détendre et à le lui rendre, appuyé nonchalamment au chambranle de la porte.

Elle désigna du menton son vieux sac à dos.

— C'est tout ce que tu as apporté ?

— Je te rappelle que je ne suis qu'un gars de la campagne. J'ai peu de besoins.

Elle s'écarta pour le laisser entrer.

— Si tu le dis… Entre.

Elle lui fit visiter l'appartement, bien qu'il y soit déjà venu. Apparemment, rien n'avait changé, et le canapé siégeait toujours dans la salle de séjour. Hamish se demanda comment il pourrait s'asseoir dessus sans être submergé par des flash-backs érotiques.

— Et voilà la chambre de Grace.

Lola était passée devant une porte qui devait être celle de sa propre chambre. Bien sûr, Hamish n'y était pas entré lors de son précédent séjour, mais cela ne les avait pas empêchés de…

— Fais comme chez toi, dit Lola. Tu as des placards

et pas mal de prises électriques, si tu veux installer une télé ou autre chose ici.

Hamish regarda autour de lui. Tout était parfaitement propre, comme on pouvait s'y attendre de la part de sa sœur. On aurait pu effectuer une appendicectomie sur le matelas, mais ce n'était pas vraiment à cela qu'il pensait, à cet instant précis.

Lola fixait le lit massif, comme si elle songeait à la même chose que lui.

— Il y a des draps, des oreillers, des couvertures et tout ce dont tu peux avoir besoin dans la penderie du couloir.

— Merci.

Hamish posa son sac sur le lit, un geste qui sembla arracher Lola à sa rêverie.

— La visite est terminée, dit-elle.

Hamish la suivit dans la cuisine.

— Désolée, dit Lola en prenant son sac et ses clés sur le comptoir, mais je dois m'en aller ou je vais être en retard au boulot.

— Pas de problème.

Inconsciemment, il avait espéré qu'elle serait là pendant le week-end, pour l'aider à s'installer, ce qui était ridicule. À trente ans, il n'avait pas besoin qu'on lui tienne la main.

— Je suis certain de pouvoir me trouver une occupation, ajouta-t-il. Tu rentres à quelle heure ?

Elle sortit de son sac des lunettes de soleil qu'elle posa sur le haut de son crâne.

— Vers 22 heures, si tout est calme à l'hôpital. Tu as de quoi manger, dans le frigo, mais il y a un supermarché tout près, si tu veux autre chose. Grace et moi, on partageait les frais, mais on s'en occupera plus tard.

Hamish hocha la tête.

— Je dîne chez Grace et Marcus, ce soir, dans leur nouvel appartement. Je rentrerai sans doute à peu près à la même heure.

— Oh… Très bien. Mais ne te sens pas obligé d'être à

la maison à cause de moi. Je suis habituée à être seule et ça ne me gêne pas.

Lola était visiblement très indépendante, mais sous cette apparence de femme forte, il devinait quelqu'un de vulnérable.

— Pas question que je rate ma première soirée dans mon nouveau chez-moi.

— Ah bon… Eh bien, à plus tard, alors.

Elle évita de passer près de lui en quittant la chambre.

Intéressant.

Quelques secondes plus tard, il entendit la porte d'entrée se refermer derrière elle. Pendant des semaines, il s'était imaginé ces retrouvailles, mais il n'avait pas envisagé que Lola déguerpisse vingt minutes après son arrivée.

Cela devait bien dire quelque chose, non ?

Hamish leva les yeux au ciel lorsqu'il comprit où son cerveau l'entraînait.

Calme-toi, idiot ! Cela n'arrivera pas.

Lola était soulagée de devoir partir au travail. Elle cesserait peut-être de penser à Hamish ! Elle ne s'était pas attendue à cet afflux d'émotions, lorsqu'elle l'avait vu sur le pas de la porte.

En fait, elle s'était réjouie de le revoir. En plus d'être un amant hors pair, il était sympa et drôle. Plusieurs mois après son départ, elle s'était surprise à sourire au souvenir du mot qu'il lui avait laissé après son départ :

« Tu dormais si bien que je n'ai pas voulu te réveiller.
Je rentre chez moi.
Merci pour cette nuit inoubliable.

Hamish. »

Il avait dessiné un visage souriant à côté de son prénom. Lola avait serré le message contre son cœur en riant, secrètement flattée.

Bien entendu, elle savait qu'après cela ils allaient être un peu gênés, le premier jour, mais elle pensait que cette gêne se dissiperait vite.

Elle s'était trompée.

Son apparition sur le seuil de l'appartement – grand, fort et plus viril qu'aucun homme n'aurait dû avoir le droit de l'être – avait déclenché comme une onde de choc en elle.

C'était comme si on lui avait chuchoté à l'oreille : *c'est le bon.*

Elle avait été prise de panique. Bon sang ! Pour commencer, elle ne croyait pas qu'un seul être sur terre vous correspondait. Statistiquement, il y avait davantage de chances pour qu'il y en ait plusieurs, dans ce vaste monde…

Ensuite, certaines personnes n'étaient pas destinées à s'engager, et elle faisait partie de cette catégorie, tout comme sa grand-tante May. Cette célibataire de soixante-quinze ans n'avait jamais éprouvé le besoin de trouver son âme sœur. Pourtant, Lola ne connaissait personne d'aussi satisfait de la vie qu'il avait mené.

Enfin, si Lola changeait de personnalité et se mettait en quête de l'homme de sa vie, celui-ci ne serait certainement pas un gars de la campagne.

Jamais.

Elle avait quitté sa petite ville de province pour cette raison. Pour ne pas vivre avec un type qui se contenterait de passer sa vie là où il était né. Et c'était bien pour cette raison que sa réaction face à Hamish Gibson était aussi déconcertante.

Il ne pouvait pas être le bon, pour elle.

Non. Il l'attirait juste… physiquement.

Mais elle ne comptait pas réitérer l'expérience.

Par bonheur, son travail suffirait à lui occuper l'esprit.

Emma Green avait vingt-trois ans et elle souffrait d'insuffisance cardiaque aiguë. Dès sa naissance, elle avait présenté des troubles cardio-vasculaires. Elle avait subi plusieurs opérations et des traitements lourds. Malheureusement, une maladie bénigne avait aggravé son état et dilaté le muscle cardiaque de façon dangereuse.

Hospitalisée aux urgences, elle avait fait un arrêt cardiaque, et on l'avait transférée aux soins intensifs dans un état critique. Le service bourdonnait d'activité. Il y avait les remèdes à donner, les prises de sang à faire. La ventilation de la patiente ainsi que son traitement étaient vérifiés et ajustés minute par minute.

De plus, les spécialistes se bousculaient au chevet d'Emma. Ils réclamaient des soins supplémentaires, prenant à Lola un temps précieux qu'elle n'avait pas, exigeant tous que leurs prescriptions soient prioritaires. Il y avait des cardiologues, des pneumologues, des radiologues, des pharmaciens, des physiothérapeutes et des assistantes sociales.

Et puis il fallait gérer la famille d'Emma. Sa maman en pleurs, son père stoïque et son petit ami, Barry, qui passait de l'accablement à la colère, de l'espoir à la dépression.

Lola ne pouvait pas le lui reprocher. Emma disparaissait sous les tubes et les tuyaux. Elle était sous respirateur artificiel, et son visage était gonflé, tout comme le reste de son corps, à cause d'une augmentation du liquide interstitiel due à l'aggravation de son problème cardiaque.

Lola savait combien les proches pouvaient être affectés par l'apparence des patients, mais elle y était habituée.

Cela faisait partie de son travail.

— Vous pouvez lui parler, dit-elle à Barry.

Les parents étaient partis se reposer et, pour la première fois, le jeune homme était seul avec Emma. Il était assis près de la fenêtre, immobile.

Il leva les yeux vers Lola et secoua la tête.

— J'ai peur de heurter quelque chose.

Lola lui sourit.

— Il n'y a pas de problème. Je serai là pour vous

surveiller, dit-elle sur un ton léger. Je vous promets de vous écarter s'il le faut, d'accord ?

Barry émit un petit rire gêné, visiblement sceptique.

— Emma adorerait entendre votre voix, insista Lola.

— Je croyais qu'elle était sous sédatifs.

— Elle l'est, mais les patients entendent des choses, même inconscients. Certains se sont réveillés d'un coma ou d'une sédation et ont répété les conversations qu'ils avaient entendues.

— Je… Je ne sais pas quoi lui dire.

Le désespoir du jeune homme touchait profondément Lola. Elle lui fit signe de s'asseoir sur la chaise que la maman occupait un instant auparavant.

— Dites-lui seulement que vous êtes là et qu'elle est bien soignée.

— D'accord, répondit Barry d'une voix tremblante.

Lola se tourna vers la patiente.

— Emma, dit-elle avec douceur, en plaçant une main sur le front de la jeune femme, Barry est là. Il va s'asseoir un moment près de vous. Barry, vous allez poser la main à la place de la mienne, d'accord ? Bien ! Maintenant, parlez-lui.

Lola s'écarta et attendit que Barry prenne confiance. Pendant un instant, il ne prononça pas un mot, et lorsqu'il se lança, sa voix était tremblante.

— Bonjour, Emsy…

Il dut s'arrêter et toussoter avant de continuer :

— Je suis là et… Je ne vais nulle part. Tu es dans de bonnes mains, et tout va bien se passer.

Lola n'en était pas certaine, malheureusement. Elle craignait que sa patiente ne s'en sorte pas, malgré tous les soins qui lui étaient prodigués. Mais les humains avaient besoin d'espoir pour affronter les épreuves, et auparavant des patients lui avaient souvent démontré qu'elle avait tort de craindre le pire.

Barry faisait ce qu'il fallait. Pour lui et pour Emma.

4.

— Alors ? Quand comptes-tu te caser ?

Hamish soupira. Après quelques verres de champagne, sa sœur se transformait en marieuse. Ils étaient assis sur le balcon de son nouvel appartement, situé dans la partie la plus résidentielle de Manly, avec vue sur le port. Marcus, qui habitait auparavant près du Kirribilli Hospital, avait déménagé quand Grace et lui avaient décidé de s'installer ensemble.

— Seigneur ! Tu ressembles à un fumeur repenti. Tu es tellement amoureuse que tu veux que tout le monde le soit.

Grace sourit à Marcus qui posa la main sur sa nuque. Hamish leva les yeux au ciel, mais il se réjouissait du bonheur de sa sœur. Sa première relation amoureuse avait été un fiasco, et cela faisait du bien de la savoir heureuse.

— Tu as trente ans, Hamish, et tu ne vas pas rajeunir. Il doit bien avoir une femme qui te plaît, à Toowoomba.

— Je ne vais pas m'engager dans une relation alors que j'espère passer quelques années à travailler dans les régions rurales, après mon stage.

Récemment, on avait refusé à Hamish son transfert dans une agence éloignée de l'ouest parce qu'il n'avait pas les qualifications nécessaires. C'était ce qui l'avait poussé à poursuivre sa formation à Sydney.

— Je peux difficilement entamer une relation avec une femme, alors que je risque de me retrouver au milieu de nulle part d'un moment à l'autre.

Grace prit un air exaspéré.

— Elle voudra peut-être t'accompagner.

Malgré lui, Hamish pensa à Lola. Il ne pouvait pas l'imaginer dans une petite ville de campagne.

— Je ne sais pas si tu es au courant, Hamish Gibson, reprit sa sœur, mais tu es un beau parti. Et plutôt canon, même si ça me coûte de l'admettre. Tu ne crois pas, Marcus ?

Elle sourit à son fiancé, une lueur malicieuse dans les yeux. Très pince-sans-rire, ce dernier rétorqua :

— Si. C'est justement ce que je disais à Lola, l'autre jour.

Lola.

Il semblait que l'univers tout entier s'acharnait à la lui rappeler. Il était presque certain que Marcus voulait seulement faire plaisir à Grace, mais il ne put s'empêcher de demander :

— Et elle était d'accord ?

— Bien sûr que oui ! s'exclama Grace. Lola repérerait un beau gosse au milieu d'une foule, le jour de l'an à Sydney !

— Je m'en souviendrai ce jour-là, dit imprudemment Hamish.

Quelque chose, dans sa voix, devait avoir alerté sa sœur. Plissant les yeux, elle braqua sur lui un regard sévère.

— Non, Hamish.

— Quoi ?

— Lola et toi, vous ne vous feriez pas de bien mutuellement.

Hamish joignit ses mains sur sa poitrine, comme si elle venait de le blesser.

— Pourquoi ça ?

— Parce que vous vous ressemblez trop. Vous êtes des dragueurs invétérés, vous aimez la conquête, mais pas l'engagement. Tu vas rester ici deux mois, frangin. Ça fait beaucoup de petits déjeuners embarrassants. Et je ne veux pas être piégée entre vous deux ou gâcher mon amitié avec Lola parce que tu es incapable de refréner ta libido.

Hamish jeta un coup d'œil à son futur beau-frère.

— Aide-moi, mon pote.

Marcus secoua la tête en riant.

— Tu vas devoir te débrouiller tout seul.

— Qu'est-ce que tu fais de la solidarité masculine ?

Grace jeta un coup d'œil apitoyé à son frère.

— Dans une heure, je vais entraîner mon fiancé dans notre chambre… Tu crois qu'il va se mettre de ton côté ?

Marcus fixait Grace comme si le soleil se levait et se couchait avec elle. L'espace d'un instant, Hamish ressentit une pointe de jalousie. Oui, c'était cela, qu'il voulait… Ce que sa sœur avait trouvé avec Marcus.

— D'accord, fit-il avec une grimace. Je comprends qu'il est temps pour moi de disparaître.

Il se leva, mais Grace n'en avait pas fini avec lui.

— Elle est intouchable, d'accord ?

— Je crois que Lola est capable de prendre ses décisions elle-même.

— Sous ses airs bravaches, elle est aussi sensible que n'importe quelle autre femme.

Hamish se souvenait parfaitement des cils de Lola, humides de larmes. Il se rappela sa tristesse, à cause d'un patient.

Oui, il connaissait la sensibilité de Lola.

— Lola et moi, nous sommes juste colocataires.

Contournant sa sœur, il déposa un baiser sur le sommet de sa tête.

— Merci pour le dîner.

Elle voulut se lever, mais il posa une main ferme sur son épaule.

— Je connais le chemin, merci.

— Bonne chance, pour lundi. Appelle-moi, pour me dire comment s'est passée ta première journée.

— D'accord. Bonne nuit, vous deux.

Hamish échangea une poignée de main avec Marcus, puis il sortit, content d'échapper à cet étalage de bonheur.

*
* *

En se réveillant, le dimanche matin, Lola connut cinq secondes de totale satisfaction, juste avant de se rappeler qui occupait la chambre de Grace.

Elle tourna la tête vers son réveil.

Il était 9 h 30. À cette heure-là, normalement, elle s'étirait et souriait à la perspective de cette journée de liberté.

D'habitude, elle descendait jusqu'à l'un des cafés qui bordaient l'esplanade Manly pour y déguster une tranche de pain de seigle tartinée de purée d'avocat et de feta tout en regardant les passants. Ou bien elle lisait au lit, quand elle ne regardait pas la télévision.

Mais la présence de Hamish, pendant deux mois, allait l'empêcher de paresser.

Elle fixa un instant le plafond.

Était-il levé ?

Rassemblant son courage, elle se redressa et posa ses pieds sur le sol. Elle ne pourrait pas passer les huit semaines suivantes à l'éviter comme elle l'avait fait la veille.

Sors de ta chambre et affronte-le.

Elle enfila rapidement une robe bain de soleil aux motifs floraux et aux minces bretelles. Elle défit ensuite sa tresse qu'elle avait gardée pendant la nuit pour ne pas ressembler à un épouvantail au petit matin. En revanche, elle refusait de se maquiller ou de s'apprêter pour Hamish.

Pas de fond de teint et pour seul parfum l'odeur de sa lessive !

Quand elle aperçut Hamish assis sur le balcon, devant la table, elle remplit deux verres de jus de fruit. Il se retourna et, le cœur battant, Lola s'attendit à ce qu'il lui fasse le même effet que la veille. Par bonheur, cela ne se produisit pas.

Elle sourit avec soulagement mais, en le voyant sourire, elle eut des papillons dans l'estomac. C'était quand même un progrès. D'autant qu'il était torse nu et que son short de sport moulant préservait à peine sa pudeur…

— Tu es sorti courir ? demanda-t-elle.

Se félicitant pour son calme, elle s'assit de l'autre côté de la table.

— Oui.

Il vida son verre d'un trait.

— Merci, dit-il en le reposant sur la table. J'en avais besoin.

Lola remarqua la bouteille d'eau vide, près de lui.

— Je peux t'en donner encore, dit-elle en se levant, pressée de fuir le spectacle de cette virilité.

— Non ! Je te remercie.

— Donc… Tu cours tous les matins ?

— Pas tous les matins, mais assez régulièrement. Je me suis dit que c'était une bonne façon de visiter le quartier.

— Tu es allé jusqu'à la plage ?

— J'ai couru le long de l'esplanade. C'est très différent du panorama auquel je suis habitué.

La plage se trouvait à environ cinq kilomètres, ce qui en faisait dix aller et retour. Pendant qu'elle dormait.

— Un peu plus de plage, j'imagine.

Toowoomba était situé à l'intérieur des terres, à environ une centaine de kilomètres de la mer.

— Oui, répliqua Hamish en riant. Et toi ? Tu cours ?

Ce fut au tour de Lola de rire.

— Je suis plutôt du genre à faire du yoga dans le parc.

S'il fallait absolument adopter une activité qui vous faisait transpirer et haleter, elle en connaissait de plus agréables que la course…

— J'ai vu un groupe d'adeptes.

— Oui. Il y a des séances le matin et l'après-midi, près de la plage.

Lola n'y avait pas participé depuis un certain temps. Peut-être qu'en habitant avec M. Sportif elle se sentirait suffisamment coupable pour se montrer un peu plus énergique. De toute façon, il lui faudrait trouver le moyen de se défouler, car être assise en face de Hamish lui était très pénible.

— Quels sont tes projets pour la journée ? demanda-t-elle pour amener la conversation sur un terrain plus sûr.

Hamish haussa ses larges épaules.

— Je vais jouer les touristes. Je n'en aurai plus beaucoup le temps, pendant les prochaines semaines.

— Très bonne idée. Je suppose que ce n'est pas ton premier séjour à Sydney ?

— Non, mais jusque récemment, je n'étais pas venu depuis une dizaine d'années.

Lola réprima une exclamation. Dix ans ? Est-ce qu'il était resté dans son patelin perdu, pendant tout ce temps ?

— En ce cas, il faut commencer par les classiques. Tu as vu le pont, la dernière fois, mais tu pourrais y monter.

Elle-même était montée sur le Sydney Harbour Bridge plusieurs fois. Elle adorait la poussée d'adrénaline suscitée en elle par les hauteurs. C'était ce qu'elle ressentait dans toutes les situations un peu dangereuses, comme lorsqu'elle faisait du rafting ou du saut à l'élastique.

Le frisson. L'excitation. C'était mieux que le sexe.

C'était l'une des raisons pour lesquelles elle excellait dans son métier d'infirmière, aux soins intensifs. Elle savait gérer l'adrénaline, dans les situations critiques. Ses réactions étaient plus affûtées, sa concentration plus aiguisée. Elle anticipait les ordres, sachant d'avance ce qu'on allait lui demander.

— J'adorerais monter sur le pont, dit Hamish. C'est sur ma liste, mais aujourd'hui je compte prendre le ferry à Circular Quay, voir l'opéra et me rendre à Darling House.

Lola jeta un coup d'œil au ciel bleu.

— C'est le temps idéal, pour ça. Ensuite, tu pourras te promener en ville.

Une balade facile, pour quelqu'un qui venait de parcourir dix kilomètres en courant. Quelqu'un qui avait ces jambes, ces abdominaux et cette poitrine.

Bon sang !

— Le coin favori de Grace est le quartier des Rocks. Tu y verras les anciennes cellules où on parquait les criminels. Tu pourras marcher ou monter dans un bus touristique.

— Et toi ? Quel est ton endroit préféré ?

Le ton taquin de Hamish fit battre plus vite le cœur de Lola.

— Sydney est une si belle ville que c'est difficile de choisir.

— Allons ! Tu dois bien avoir un lieu de prédilection.

— Oui, mais ce n'est pas un site touristique.

— Ah ! C'est un secret ? Encore mieux.

Lola ne put s'empêcher de lui sourire.

— C'est seulement une rue que j'adore.

— Elle a un nom ?

Lola se mit à rire. Si elle parvenait à adopter une attitude amicale pendant les deux prochains mois, sa vie serait plus facile.

— Je crois que tu devrais faire tes découvertes par toi-même.

— Je ne suis là que pour deux mois ! Combien as-tu mis de temps, pour trouver ta merveille ?

— Deux ans.

— Tu vois ! dit Hamish en se levant. J'insiste pour que tu m'y conduises, et tout de suite ! Je jure solennellement de garder ton secret sous la torture.

Lola n'avait montré son coin à personne. Elle en avait parlé à Grace et à May, mais ni l'une ni l'autre ne l'avaient vu, et elle n'avait jamais souhaité partager sa découverte avec un homme.

Pourtant, elle avait envie d'y emmener Hamish. Elle devinait qu'il appréciait la nature et qu'il comprendrait pourquoi elle aimait tellement ce lieu.

Elle ne s'y était pas encore rendue, cette saison, alors quelle meilleure occasion de le faire, en jouant les guides ? En outre, c'était une bonne façon d'occuper la journée, et cela leur donnerait l'opportunité d'établir une relation vraiment amicale.

Par la suite, ils se croiseraient dans l'appartement en fonction de leurs services respectifs, tels des bateaux dans la nuit.

— D'accord, mais uniquement parce que c'est la meilleure période de l'année pour y aller.

— Je suis encore plus intrigué. Accorde-moi un quart d'heure, que je prenne une douche.

Lola le suivit du regard, tandis qu'il traversait la salle de séjour. Elle admira ses larges épaules et s'efforça de ne pas l'imaginer en train de se déshabiller avant d'entrer dans la cabine de douche. Mais sa volonté faillit lamentablement, et elle vit l'eau savonneuse ruisseler sur son corps, sur tout son corps…

5.

Une demi-heure plus tard, Hamish suivait Lola à bord d'un ferry jaune et vert. Il prenait beaucoup de plaisir à regarder sa robe flotter autour de ses jambes et il adorait sa façon de remonter sans cesse sa bretelle droite.

Il était surpris et ravi qu'elle ait accepté cette sortie avec lui, alors qu'il s'attendait à un refus sans appel.

Qui sait, peut-être pourraient-ils devenir amis ?

— Donc, on prend le ferry ? dit-il en prenant place auprès d'elle, sur le banc.

Les cheveux lâchés sur les épaules, sa jolie robe soulevée jusqu'aux cuisses par le vent, elle incarnait le chic urbain, avec ses lunettes de soleil.

À côté, d'elle, Hamish avait l'impression d'être un vrai plouc.

— Oui. Tu n'as jamais visité le port ?

— Si, quand j'étais lycéen. Mes parents nous ont emmenés au zoo de Taronga en ferry.

Les moteurs se mirent à ronfler, et le bateau s'éloigna du quai. Lola prit une profonde inspiration.

— J'adore prendre le ferry. Nous sommes tellement chanceux, ici. Le port est magnifique, c'est le plus beau du monde.

Hamish se mit à rire.

— Tu ne serais pas légèrement partiale ?

Mais il devait admettre que c'était une belle journée. Le ciel ressemblait à un dôme d'un bleu pur, sans le moindre nuage. Le soleil étincelant projetait ses rayons d'or sur la surface de l'eau.

— Pas du tout ! Crois-moi, j'ai vu pas mal de ports, mais Sydney remporte le premier prix.

— Tu as beaucoup voyagé, si je comprends bien ?

— Oui.

— Où es-tu allée ?

Elle croisa les jambes, et Hamish s'efforça de ne pas fixer l'ourlet de la robe, qui remontait un peu plus.

— J'ai vécu pendant plusieurs années en Angleterre, après l'obtention de mon diplôme. Pour pouvoir voyager, j'ai aussi eu recours à des agences d'intérim. J'ai parcouru l'Asie, l'Europe, l'Amérique, et je suis allée dans quelques pays d'Afrique.

Hamish émit un long sifflement.

— Intrépide ! J'adore ! Tu as des lieux préférés ?

Elle n'hésita pas :

— L'Inde, pleine de contrastes. Et l'Islande, pour sa majesté. Je veux visiter le monde entier avant de mourir.

— C'est un but respectable.

— En avril prochain, je serai au Zimbabwe.

— Pour un safari ?

Lola sourit.

— En partie. Et toi ? Tu as envie de voir le monde, ou est-ce que tu fais partie de ces gens qui pensent que vivre à la campagne est le début et la fin de tout ?

Elle s'était exprimée avec une ironie qui fit ciller Hamish.

— Eh ! protesta-t-il. Ne critique pas ce que tu ne connais pas.

— J'ai habité dix-sept ans au milieu de nulle part, si tu veux savoir.

Hamish fixa Lola avec étonnement. Il n'avait jamais vu une fille aussi citadine qu'elle.

— Où ça, exactement ?

— Tu n'en as jamais entendu parler.

— Vas-y toujours, on verra.

Il était sûr qu'elle avait levé les yeux au ciel, derrière ses lunettes noires.

— Doongabi.

D'accord, elle avait raison !

— Connais pas.

— Tu me surprends ! C'est une communauté rurale située à l'ouest de Dubbo. Deux mille habitants.

— Et tu étais pressée de la quitter ?

— C'est un euphémisme.

— C'était si moche que ça ?

— Non, répliqua Lola avec un soupir. C'est une petite ville plutôt sympa. Mais quand on est un esprit libre, on a du mal à supporter une camisole de force.

— Tu sortais du lot ?

— Je voulais connaître des aventures, escalader des montagnes, faire du parachute ascensionnel, plonger dans l'océan et sauter d'un avion !

— Et c'était impossible à Doongabi.

— Exact.

— Tu n'y es jamais retournée ?

— Quelquefois, pour Noël.

— Tes parents sont encore vivants ? Ils ne te manquent pas ?

— Si. Ils vivent toujours à la ferme.

La ferme ? Hamish avait du mal à croire que Lola était née dans une ferme. Elle était comme un poisson dans l'eau, à Sydney.

— Et pour répondre à ta seconde question, reprit-elle, oui, mes parents me manquent parce que je les aime, mais ils ne m'ont jamais vraiment acceptée telle que je suis et je pense que mon départ les a soulagés, tout comme moi.

Hamish était désolé pour Lola. Il y avait des divergences dans sa propre famille, mais il avait toujours eu l'impression d'en faire partie.

— Comment ça, ils ne t'ont jamais vraiment acceptée ?

— Doongabi est le genre d'endroits où les gens vivent

de génération en génération sans jamais partir. C'est leur vie et leur choix. Enfin… Si on peut appeler ça un choix, puisqu'ils ne connaissent rien d'autre. Les femmes épousent un gars de Doongabi et elles font des bébés à Doongabi sans jamais s'aventurer plus loin ou vouloir changer des traditions séculaires.

Elle laissa échapper un gros soupir et de nouveau, Hamish compatit. Il était clair qu'elle était en proie à des sentiments mitigés.

— Et je voulais m'envoler, continua-t-elle. Alors… Ma mère en a voulu à sa tante.

— Sa tante ?

— Ma grand-tante May.

— Je vois… Celle qui t'envoie les cartes postales aimantées au frigo.

— Oui. C'est la brebis galeuse de la famille. À dix-huit ans, elle a quitté la ville en auto-stop. Elle ne s'est jamais mariée ni fixée nulle part. Elle a vécu dans le monde entier, parle une foule de langues et a vu toutes sortes de choses. J'avais cinq ans, quand j'ai reçu sa première carte.

— Et tu as su que tu voulais être comme elle.

— Non. Je savais que j'étais comme elle. Pauvre maman ! Elle ne le lui a jamais pardonné.

— Ta tante a l'air géniale.

— Elle l'est, dit Lola.

Elle fixait l'écume, dans le sillon du ferry, tandis que Hamish contemplait son profil, aussi joli que le reste.

— J'aperçois le pont, annonça-t-elle en pointant du doigt l'arc métallique. Je ne me lasse pas de cette vue.

Hamish se força à regarder dans la même direction, mais il n'en avait pas envie. Lui non plus, il ne se lasserait jamais de cette vue.

Un quart d'heure plus tard, ils débarquèrent du ferry au nord de Sydney.

— C'est à quinze minutes de marche, précisa Lola.

Hamish la suivit dans ce qui ressemblait à une rue de banlieue.

— Où sommes-nous ?

— Dans Kirribilli.

— Près de l'hôpital, alors.

— Oui. C'est quelque part par-là, du côté miteux.

Hamish se mit à rire, car ils passaient devant de belles maisons restaurées, de gros arbres noueux qui semblaient être là depuis des siècles et des voitures de luxe. Il avait du mal à croire que ce quartier résidentiel comportait un côté miteux.

À un carrefour, Lola tourna à droite.

— Tu ne veux pas me dire en quoi cette rue est spéciale ? demanda-t-il.

— Non. Tu le sauras bien assez tôt.

— Tu entretiens le mystère, c'est ça ?

Haussant les épaules, elle accéléra le pas comme si elle avait hâte d'y être. À moins qu'elle ne soit pressée de l'y amener ?

Ils dépassèrent un parc, et Hamish entrevit de nouveau le port, étincelant comme un joyau parmi les bateaux à moteur amarrés dans une marina.

— Voilà, dit-elle en tournant cette fois à gauche. C'est l'endroit que je préfère à Sydney.

Hamish découvrit une avenue bordée de jacarandas dont les branches noueuses s'enlaçaient au-dessus de leurs têtes, formant un dais mauve sur toute la longueur de la rue. Un tapis de fleurs d'un bleu violet recouvrait la chaussée.

C'était éblouissant. Il y avait des jacarandas à Toowoomba mais, ici, les arbres alignés créaient une œuvre d'art aussi naturelle qu'inattendue.

Et ce violet aveuglant ! D'ordinaire, on ne le voyait que sur les récifs de corail ou dans les forêts enchantées des livres d'enfants.

Hamish jeta un regard à Lola. Elle avait retiré ses lunettes de soleil et fixait la rue avec une attention ravie, comme si elle la voyait pour la première fois.

Se tournant vers lui, elle demanda :

— Ce n'est pas ce que tu as vu de plus beau au monde ?

Ça l'était. Elle l'était. Elle avait l'air d'une petite fille contemplant un sapin de Noël, enivrée par la magie qui vibrait dans l'air.

Et elle avait partagé cet instant avec lui.

— Oui. C'est magnifique.

Comme toi.

Elle lui sourit et l'espace de quelques secondes, il voulut l'attirer contre lui et l'embrasser. L'embrasser dans cet endroit où elle n'avait jamais amené personne, pour qu'elle se souvienne de lui chaque fois qu'elle y reviendrait.

Mais il se retint et se contenta de suggérer :

— Est-ce qu'on peut longer la rue plusieurs fois dans les deux sens ?

Elle éclata d'un rire enfantin et prit le bras qu'il lui tendait.

— Je pensais que tu ne le demanderais jamais.

Ils se turent pendant un moment, se contentant d'admirer le décor et les fleurs mauves qui tombaient autour d'eux, tels des flocons de neige. C'était comme marcher dans un pays de conte de fées. Hamish se tournait vers Lola quand des fleurs bleu-violet atterrirent dans ses cheveux.

C'était ravissant !

— Tu as des fleurs dans les cheveux.

— Toi aussi.

Se haussant sur la pointe des pieds, elle ôta les pétales tombés sur son crâne. L'espace d'un instant, leurs regards s'accrochèrent, et Hamish sentit son cœur battre plus vite. Puis elle baissa les yeux pour contempler les clochettes violettes au creux de sa paume.

— Il n'y a que la nature, pour offrir de telles couleurs, murmura-t-elle en soufflant sur les fleurs.

— Où sont les miennes ? demanda-t-elle en le fixant comme si son tour était venu de l'en débarrasser.

— Attends ! dit-il en sortant son téléphone de sa poche. J'ai besoin de faire une photo, avant.

Levant les yeux au ciel, elle acquiesça d'un signe de tête.

— Je mettrai mon véto si elle est trop moche.

Il zooma sur son visage de façon à ce qu'il se détache sur le flamboiement violet, derrière elle, puis il effectua une succession de prises rapides. Ensuite, il lui tendit son téléphone pour qu'elle fasse son choix.

— Elles sont toutes belles, dit-elle en les faisant glisser sur l'écran. Avec ce décor, c'était difficile de les rater, de toute façon.

Impossible de les rater avec elle en premier plan !

— Celle-ci, dit-elle en lui rendant l'appareil. Tu peux me l'envoyer ?

Elle avait choisi une photo prise d'un peu plus loin, mais elle arborait un grand sourire qui creusait des fossettes adorables dans ses joues. Les fleurs ornaient les boucles blondes qui frôlaient ses épaules.

— Bien sûr.

— Dis-moi, est-ce que tu as voyagé, toi aussi ?

— Oui, mais ça va te sembler ridicule, comparé à ce que tu as fait.

— Ce n'est pas une compétition !

Repensant à son premier voyage, Hamish sourit.

— J'ai fait le tour des îles grecques quand j'avais dix-neuf ans. J'ai acheté des boules à neige partout où je suis allé.

Lola ouvrit de grands yeux.

— En Grèce !

— Oui. Tu vois, les horreurs qu'on vend, dans les boutiques à touristes ? Mais je voulais rapporter quelque chose qui me rappelle cette expédition.

— Les îles grecques sont magnifiques, tu ne trouves pas ? Et les gens sont accueillants et généreux.

— Tu n'imagines pas à quel point.

— Tiens donc ! Je suppose que la gent féminine t'a accordé quelques faveurs ?

— J'ai perdu ma virginité à Santorin, dit Hamish en riant.

— Ah ! C'était une grecque, ou une touriste ?

— Elle était grecque, et c'était la fille de l'hôtelier. Elle ne parlait que très peu l'anglais et je ne savais rien dire d'autre que : « s'il vous plaît », « merci », « bonjour » et « est-ce que je pourrais avoir un peu d'ouzo ».

— Où es-tu allé, en dehors de la Grèce ?

— L'année suivante, en Europe. Quinze pays en vingt-cinq jours.

— Une fille dans chaque port ?

— Non, mais je reconnais que pendant les vacances, les femmes sont complaisantes.

— Exact.

Hamish n'avait pas envie de penser aux éventuelles liaisons de Lola, durant ses voyages, mais il enviait quiconque s'était trouvé sur son chemin au bon moment.

— Depuis, reprit-il, j'ai fait de brefs séjours à Los Angeles et à New York. L'an dernier, je suis allée en Nouvelle Zélande pour faire du ski.

— Laisse-moi deviner. Tu as acheté des boules à neige partout où tu allais ?

— Bien sûr. À cinq dollars pièce, ça vaut le coup.

— Et quel est ton endroit préféré ?

— Santorin, évidemment.

Lola leva les yeux au ciel.

— Évidemment. Quel lieu occupe la seconde place ?

— Londres. Je n'y suis resté que trois jours et je dois y retourner, parce que j'ai adoré. Et toi ? Ton endroit préféré ?

— Difficile à dire.

— Je m'en doute, mais il doit bien en avoir un qui t'a beaucoup plu ?

— L'an dernier, j'ai fait du deltaplane au-dessus d'un lac autrichien. C'était… magique. On a plané pendant longtemps. J'avais l'impression de voler et dans le lointain, je voyais les sommets enneigés.

— Pour ma part, je préfère avoir les pieds sur terre.

— Tu as peur de l'altitude ?

Le ton amusé de Lola fit battre le cœur de Hamish. Elle était différente, lorsqu'elle le taquinait. Elle ne flirtait pas vraiment, mais ses yeux verts étincelaient.

— J'ai peur de confier ma vie à quelqu'un que je ne connais pas.

— La vie est trop courte pour avoir peur de tout.

— Peut-être, mais j'ai tendance à voir tous les incidents désastreux dont sont victimes les gens qui prennent des risques inconsidérés.

— Aux soins intensifs, nous avons beaucoup de patients à qui c'est arrivé. Mais tu peux aussi te lever demain, glisser et mourir en te cognant la tête sur le trottoir. En sortant du lit, chaque jour, tu prends un risque.

— Exactement, c'est pourquoi j'ai décidé de mourir dans le mien à l'âge de quatre-vingt-seize ans, en faisant l'amour avec une belle femme.

Un petit sourire aux lèvres, Lola s'arrêta pour lever les yeux vers lui.

— En faisant l'amour ? Tu es un grand aventurier, à ce que je vois.

— Faire l'amour à quatre-vingt-seize ans est aventureux, en effet.

— D'accord, admit-elle en riant. Continuons de nous promener. Il y a un petit café génial d'où on peut regarder le port. On ne pourra peut-être pas avoir de table, mais qui ne tente rien n'a rien, non ?

Hamish haussa les sourcils.

— Si je comprends bien, tu pousses le goût du risque dans tous les domaines.

— Tu as vraiment besoin de sortir des sentiers battus, Hamish Gibson.

Hamish fit la grimace. Il avait grandi parmi les chevaux, le bétail et les tracteurs. Il n'avait rien à prouver. Mais Lola pourrait sans doute le persuader de faire n'importe quoi.

— Je commence à être tenté.

6.

Le lendemain, à 5 h 30 du matin, Lola fit le moins de bruit possible pour ne pas réveiller Hamish qui ne commençait qu'à 9 heures.

Sa tartine venait de surgir du grille-pain quand elle entendit la porte d'entrée s'ouvrir. Une minute plus tard, Hamish apparut sur le seuil de la cuisine, en nage après son jogging.

— Tu as fait du café ? Il y en a assez pour deux ? demanda-t-il.

Lola acquiesça, si troublée qu'elle dut prendre appui sur la table.

— Tu veux bien m'en servir une tasse pendant que je prends une douche rapide ?

Quand il disparut, Lola continua de fixer l'espace qu'il venait de libérer. Malgré elle, elle imagina Hamish sous la douche… puis se ressaisit aussitôt. Il ne fallait pas que ces fantasmes deviennent une habitude !

Décidée à penser à autre chose, elle se remémora la confession de Hamish, à propos de sa virginité perdue. À son sourire, elle avait deviné que ce souvenir le réjouissait, plus de dix ans après.

Était-elle folle d'être jalouse de cette femme de Santorin ? Elle-même avait perdu sa virginité au cours d'un voyage en Thaïlande, lorsqu'elle avait rencontré un routard du nom de Jeremy, un bel eurasien au délicieux accent anglais.

Mais contrairement à Hamish, elle ne se rappelait pas

tous les détails de cette expérience. Elle se demanda si Jeremy y pensait avec le même plaisir.

Elle repensa au message laissé par Hamish, trois mois auparavant. Avait-elle été inoubliable, ainsi qu'il le prétendait ?

Un quart d'heure plus tard, Hamish réapparut. Lola était assise en face de la télévision et regardait les informations. Il était superbe, dans son uniforme. Avec sa combinaison aux multiples poches, la taille entourée d'une ceinture utilitaire munie de tout le matériel dont un ambulancier pouvait avoir besoin, il avait l'air d'un aventurier. Lorsqu'il s'assit près d'elle sur le canapé – celui-là même où ils avaient fait l'amour – elle perdit le fil des informations.

Après avoir bu une gorgée de café, elle demanda :

— Cette première journée te rend nerveux ?

Il réfléchit quelques instants avant de répondre.

— Le travail ne me fait pas peur. Je sais que comparé à Sydney Toowoomba est un trou perdu, mais c'est une ville relativement grande, pour la région, et j'ai eu affaire à toutes sortes de situations. En revanche, j'ai un peu d'appréhension concernant les gens avec qui je vais travailler. Je ne connais personne…

— Si ça peut te rassurer, j'ai croisé pas mal d'ambulanciers à l'hôpital. Ils ont tous l'air très professionnels et ils semblent bien s'entendre. Ils vont presque tous au Billi's, après le travail. Vas-y, toi aussi. C'est l'endroit idéal pour déstresser.

C'était aussi l'endroit idéal pour draguer, comme il s'en apercevrait très vite. Étrangement, cette pensée lui fit mal.

— Eh bien, dit-elle en se levant, je ferais bien de me préparer.

Sans attendre sa réponse, elle prit son plateau sur la table à café et l'emporta à la cuisine. Si elle ne se dépêchait pas, elle allait être en retard.

*
* *

Dans la matinée, Lola s'occupa essentiellement d'Emma, dont l'état s'aggravait. L'œdème envahissait son corps, pesant sur ses organes. Ses conjonctives étaient gonflées et exigeaient d'être traitées pour éviter l'assèchement.

Les spécialistes envisageaient la transplantation cardiaque. La question était de savoir s'ils pourraient stabiliser suffisamment Emma pour qu'elle supporte une opération aussi lourde. Et si c'était le cas, combien de temps pourrait-elle attendre qu'un nouveau cœur soit disponible ?

Malheureusement, cela pouvait prendre des semaines, et personne n'était certain que la jeune fille tiendrait aussi longtemps.

Sa famille était rongée par l'inquiétude, et Lola avait passé une partie de la matinée à tenter de les réconforter.

Quand elle prit sa pause déjeuner, elle avait l'impression de travailler depuis une semaine. En apercevant Grace dans la cuisine de la salle du personnel, elle se sentit tout de suite beaucoup mieux.

— Salut ! Tu étais avec l'équipe médicale ? lui demanda-t-elle.

Prenant la bouilloire électrique, Lola versa de l'eau bouillante sur son sachet de thé. Bien qu'elle soit la coordinatrice de greffe rénale, Grace remplaçait souvent ses collègues en congé.

— Je sors de la réunion, au sujet d'Emma Green. C'est toi qui t'occupes d'elle ?

Lola s'appuya au comptoir.

— Oui.

— Elle ne va pas très bien, je crois ?

— Non. Son état s'aggrave, mais on ne peut pas lui administrer davantage de médicaments.

— Tu penses qu'elle se stabilisera ?

Ce n'était pas une question inhabituelle. L'instinct des infirmières expérimentées était sûr, concernant les patients.

— Eh bien… Son corps a été malmené, au cours des années, mais jusque-là, elle a tenu. C'est visiblement une battante, mais… je ne suis pas sûre. Ils vont la mettre sur la liste ?

Lola savait que les médecins ne se fondaient pas sur l'instinct des infirmières pour prendre une décision, mais si Emma se stabilisait, il lui faudrait absolument une transplantation cardiaque.

Grace avala une gorgée de thé.

— L'équipe en discute en ce moment.

— Tant mieux ! Je croise les doigts.

Elles se turent pendant quelques minutes.

— Hamish m'a dit que tu lui avais fait voir les jacarandas, hier.

Le ton neutre de son amie n'abusa pas Lola qui fut instantanément sur ses gardes.

— C'est vrai.

— Je pensais que c'était un secret ?

— Non, puisque je t'en ai parlé ! protesta Lola.

Grace la fixa par-dessus le bord de sa tasse.

— Il retournera à Toowoomba, Lola.

— Je sais.

— Et ensuite il sera affecté dans une zone rurale.

— Je sais.

— Et je te rappelle que tu n'as pas l'intention de te fixer quelque part.

— Je sais.

C'était vrai. Elle avait encore des pays à visiter, des gens à rencontrer. Elle ne le ferait pas si elle suivait Hamish dans son patelin perdu.

— Lola ?

Elle connaissait cette inflexion, dans la voix de son amie. Ce redoutable mélange de soupçon et de compassion…

— Je t'ai dit que j'étais au courant, Grace, calme-toi. Il voulait connaître mon coin préféré à Sydney, et je me suis dit qu'un gars de la campagne apprécierait sans doute la nature.

Grace l'observait attentivement.

— Mais tu l'as accompagné.

— Je n'y étais pas encore allée, cette année. Je me suis dit que ce serait… poli de ma part.

Hochant lentement la tête, Grace sembla se détendre, comme si elle était parvenue à une conclusion logique.

— Vous avez couché ensemble.

Ce n'était pas une question. Au prix d'un gros effort, Lola soutint sans ciller le regard inquisiteur de son amie.

— Ne sois pas idiote ! Il est là depuis deux nuits !

— Exact. Pas cette fois… La dernière fois.

Aïe ! Grace aurait pu faire carrière dans la police.

— Comme si c'était possible ! C'est ton frère.

Grace écarta l'objection d'un geste.

— Ce n'est pas la question. Ce qui m'embête, c'est que tout en vous ressemblant beaucoup, tous les deux, vous avez des buts complètement différents. Ça signifie que ça va mal se passer et que je me retrouverai entre mon frère et toi.

Lola admira ce don de synthèse.

— Nous ne sommes pas ensemble, Grace.

Ce qui était presque vrai.

— Lola ?

L'espace d'une seconde, l'apparition de la surveillante des soins intensifs soulagea Lola, du moins jusqu'à ce que l'inquiétude prenne le dessus.

— Emma ?

— Ne t'inquiète pas, elle va bien. J'ai juste pensé que tu voudrais savoir que le Dr Wright va parler à sa famille, maintenant.

Posant sa tasse sur la table, Lola se leva d'un bond.

— Désolée, Grace, je dois partir.

— C'est bon, vas-y. Je passerai me présenter aux proches d'Emma, en fin d'après-midi.

— D'accord. Merci.

***

Assise sur le balcon, Lola sirotait un verre de vin quand la porte d'entrée s'ouvrit. Immédiatement, son cœur battit plus vite, ce qu'elle se reprocha. D'habitude, la présence d'un ex ne l'affectait pas à ce point !

Les spéculations de Grace à leur propos ne l'aidaient pas. Elle aurait dû savoir que son amie lisait en elle comme dans un livre ouvert, ce qui impliquait qu'elle n'allait pas tarder à avoir une petite explication avec son frère.

Il fallait anticiper la tempête, et non la subir…

En dépit du fait que les pas de Hamish se rapprochaient, Lola se força à ne pas bouger, les pieds posés sur la rambarde. Au moins, ils n'étaient plus douloureux, après cette longue journée passée auprès d'Emma. Un long bain chaud les avait soulagés.

— Salut !

— Salut, répliqua Lola en plaquant un sourire sur son visage.

Il la rejoignit sur le balcon et frôla du regard ses jambes avant de se détourner rapidement.

— Comment s'est passée cette journée d'introduction ?

Il émit un petit rire tout en retirant sa ceinture utilitaire, qu'il posa sur la table.

— Disons que je suis pressé d'être sur le terrain.

Lola hocha la tête avec compréhension. Ces premiers jours de formation étaient nécessaires, mais bien ennuyeux. Il fallait endurer des discours sur les procédures, et ce n'était pas toujours drôle.

Hamish tira sa chaise près de la sienne. Une fois assis, il posa à son tour les pieds sur la rambarde. Son pantalon se tendit sur ses cuisses puissantes lorsqu'il croisa les jambes. Lola concentra son attention sur les pins du parc, de l'autre côté de la rue.

— J'ai fait la connaissance de mon équipière, reprit Hamish. Elle s'appelle Jenny Bell et elle a l'air bien. Tu la connais ?

— Oui. C'est une excellente ambulancière, spécialiste des soins intensifs. Une des meilleures.

— Tant mieux. Et toi ? Comment ça s'est passé, aujourd'hui ?

Lola avala une gorgée de vin, bien résolue à chasser Emma de son esprit.

— Je n'ai pas cessé de courir.

— Puisque je suis resté assis toute la journée, je peux m'occuper du dîner.

— Tu cuisines ?

— Je me débrouille.

— C'est bon à savoir, mais on peut se faire livrer des plats, ce soir, suggéra Lola en prenant le menu posé sur la table.

Il lui prit le dépliant des mains.

— Se faire livrer, c'est ça ?

— Oui ! répliqua-t-elle en riant. Dans une grande ville, ça existe. Tu choisis, puis tu vas sur ton application et tu commandes. Ensuite, une gentille personne t'apporte ton repas chez toi.

— Ça me plaît assez.

Ils choisirent des pâtes et du pain à l'ail, puis Lola s'occupa de la commande.

— Nous devrions être servis dans une demi-heure.

— Parfait, dit Hamish en se levant. Je vais prendre une douche.

Lola ferma les yeux dans l'espoir de chasser les images érotiques qui l'assaillaient.

Au moins, elle savait ce qui pourrait l'aider :

— Avant que tu y ailles…

Il s'immobilisa.

— Oui ?

— Je sais que nous ne devions plus en parler, mais…

Deux sourcils auburn se dressèrent.

— Mais ?

— Ta sœur sait que nous…

— Tu le lui as dit ? la coupa-t-il.

— Bien sûr que non ! Elle l'a deviné.

— Je vois. Elle est comme un chien sur son os, maintenant !

— J'ai nié. Je lui ai dit qu'il n'y avait rien entre nous, mais je suppose qu'elle va t'en parler et j'ai pensé qu'il valait mieux te prévenir.

— J'ai manqué un appel d'elle, aujourd'hui. Elle m'a laissé un message me demandant de la contacter très vite.

— C'est certainement pour ça.

— Elle a toujours été du genre casse-pieds.

Lola se mit à rire.

— Comme je te l'ai dit, j'ai nié, mais je suis à peu près sûre qu'elle ne m'a pas crue. Désolée si tu subis une attaque en règle.

— Ne t'inquiète pas. Je sais gérer ce genre de situation.

Selon l'expérience de Lola, les hommes avaient toujours tendance à sous-estimer la ténacité d'une femme, quand elle avait une idée en tête, mais c'était une affaire entre sa sœur et lui. Pour être honnête, Lola était plutôt contente de s'être libérée de ce secret.

— Très bien, dit Hamish. Je vais prendre ma douche.

Lola ne le regarda pas s'éloigner. Elle fixait l'alignement des pins qui se profilaient sur un ciel d'un mauve velouté. Était-il vraiment obligé d'annoncer son intention de prendre une douche ?

Il aurait pu se rendre dans la salle de bains sans l'en informer tout le temps !

Du même coup, il lui imposait des images dérangeantes de nudité et de peau mouillée.

Ces deux mois allaient être très longs.

7.

Quelques semaines plus tard, Hamish déjeunait dans l'ambulance garée à l'ombre d'un arbre. Il faisait horriblement chaud, ce jour-là.

Il faisait défiler des photos sur son téléphone pour montrer à Jenny les parcs d'engraissement de ses parents, à Toowoomba. Il tomba par hasard sur celle qu'il avait prise de Lola, des fleurs de jacarandas dans les cheveux, et il ne put réprimer un sourire.

Depuis, la cohabitation était devenue beaucoup plus facile. Plus de flirt ni d'étreinte sur le canapé – bien qu'il n'ait pas dit non – mais une relation amicale qui lui permettrait de quitter Sydney sans avoir le cœur brisé.

Plus il connaissait Lola, plus il se persuadait qu'elle était citadine jusqu'à la pointe de ses jolis pieds. Jamais elle ne le suivrait à la campagne.

Un appel radio l'arracha à ses pensées. Jenny posa son sandwich.

— Boucle ta ceinture, dit-elle en déclenchant la sirène. On y va.

Hamish éteignit son téléphone et se concentra sur ce qui les attendait, tandis qu'ils roulaient dans les rues de Sydney.

Douze minutes plus tard, ils parvinrent chez un homme de cinquante-six ans, du nom de Robert, qui venait de faire un infarctus. Il n'avait plus de pouls et ne respirait plus.

C'était le second incident cardiaque de la journée, sans

doute à cause de la vague de chaleur qui s'était abattue sur la ville.

Deux ambulanciers étaient déjà sur les lieux depuis six minutes et procédaient à une réanimation cardio-pulmonaire.

Jenny intuba le patient et resta au niveau de sa tête pour lui administrer de l'oxygène grâce à un ballon insufflateur pendant que l'une des ambulancières poursuivait le massage cardiaque. L'autre posait une perfusion. Hamish s'occupait des médicaments et du défibrillateur, déjà connecté à leur arrivée.

Après avoir administré de l'adrénaline au patient, il s'essuya le front avec son avant-bras. Il faisait horriblement chaud, dans cette petite maison de la proche banlieue.

— Il faut le choquer encore, dit-il.

Jenny pressa plusieurs fois le ballon avant de s'écarter du corps comme les autres.

— On dégage ! lança Hamish avant de presser le bouton.

Le corps du patient sursauta légèrement, et tous les yeux se tournèrent vers l'écran du moniteur.

Hamish laissa échapper un soupir de soulagement, quand le tracé reprit un cours régulier.

— C'est bon, annonça-t-il.

C'était inutile, puisque tout le monde savait lire un électrocardiogramme.

— D'accord, dit Jenny. On le met sur le brancard et on l'emmène au Kirribilli Hospital.

Après une réanimation cardio-pulmonaire, l'état des patients restait instable, et Robert devait être hospitalisé en urgence. Vingt minutes plus tard, ils amenaient leur patient aux urgences. Hamish écouta Jenny faire un rapport rapide pour l'équipe médicale. Lola avait raison : c'était une excellente ambulancière.

Et dans leur métier, il en fallait !

Ils venaient de se rasseoir dans l'ambulance, lorsqu'ils reçurent un nouvel appel concernant un éventuel infarctus.

— Pas de repos pour les braves, commenta Jenny en actionnant la sirène.

Plus tard, dans la soirée, Hamish regagna l'appartement. Il faisait encore chaud dehors, mais une douce brise venant de l'océan rafraîchissait les pièces.

Lola avait ouvert toutes les fenêtres. Elle se trouvait dans la cuisine et dansait, des écouteurs sur les oreilles. Adossée au comptoir, elle lui tournait le dos, une bouteille de bière dans une main et des baguettes dans l'autre. Apparemment, elle terminait un plat acheté chez un traiteur chinois.

Elle avait pris une douche. Ses cheveux étaient humides, et elle portait une robe courte qui lui arrivait à mi-cuisses.

Un vrai plaisir pour les yeux, après une longue journée !

S'appuyant au chambranle de la porte, il lança :

— Tu sembles bien enjouée, aujourd'hui.

Elle sursauta avant de se tourner vers lui.

— Bon sang, Hamish, tu m'as fait une de ces peurs !

Elle porta la main qui tenait la bouteille à sa poitrine. La température de Hamish monta d'un cran quand ce geste pressa le tissu entre ses seins, en en soulignant les pointes.

Il détourna le regard.

— Ta patiente va mieux ?

Lola lui avait parlé de la jeune femme qui attendait une transplantation cardiaque, et il savait combien elle s'était attachée à cette famille.

— Oui. Elle a toujours besoin d'un cœur, bien sûr, mais…

Hamish hocha la tête. Il espérait une issue favorable, même si cela impliquait qu'une autre famille vivrait un cauchemar.

— Tu bois de la bière ? s'étonna-t-il.

Jusqu'à maintenant, il ne l'avait vue boire que du vin.

— C'est parce que je regarde *Piège de cristal*, ce soir.

— Et cela exige de la bière ? demanda Hamish en riant.

Elle leva les yeux au ciel.

— Tu crois que Bruce Willis boit du sauvignon blanc ?

— Non.

Ils se sourirent, et Hamish dut réprimer l'envie de s'approcher d'elle pour la prendre dans ses bras et l'embrasser.

— Je croyais qu'on n'avait plus de bière ? dit-il.

— Je suis passée chez le caviste, en rentrant.

Hamish fit la grimace.

— Un caviste ? Cet endroit est plus grand qu'un stade de foot. Je n'ai jamais vu autant de choix.

— Ah oui, c'est vrai ! répliqua Lola en souriant. Dans ton coin, on n'y est pas habitué.

Hamish éclata de rire.

— Toowoomba n'est pas vraiment un bled ! C'est une ville d'une taille décente.

— Mais tu comptes bien t'installer dans un trou perdu, non ?

— Et j'en suis ravi. Ce genre de poste n'est pas souvent disponible parce que, une fois qu'ils l'ont, les gens ne veulent plus le quitter.

— Si tu le dis.

— En plus, c'est un défi professionnel intéressant. Je serai seul. La station d'ambulances la plus proche se trouve à deux cents kilomètres.

— Affreux !

— Pas du tout ! J'aurai l'appui des médecins volants, mais je vais acquérir une autonomie et des compétences qui feront de moi un meilleur ambulancier.

— Je crois que je deviendrais folle. J'ai besoin de travailler en équipe. J'apprécie mes collègues, j'adore leur compagnie et je détesterais me retrouver isolée.

Hamish haussa les épaules.

— Je ne ferai pas forcément cela toute ma vie.

L'avis de Lola l'affectait plus qu'il ne l'aurait dû…

Elle le fixa comme s'il était fou, puis elle but une gorgée de bière.

— Chacun ses goûts. Tu te joins à moi, ce soir ?

— Pour regarder *Piège de cristal* ? Bien sûr. Je vais juste prendre une douche.

— D'accord. Je m'occupe des pop-corn.

Lola regarda Hamish partir. Seigneur ! Ce type prenait plus de douches qu'une adolescente !

Ce qui l'entraînait sur un terrain où elle ne voulait pas aller. Pour se distraire, elle prépara les pop-corn et sortit deux bouteilles de bière du réfrigérateur, jetant au passage un regard sur la dernière carte postale de May, qui se trouvait en Mongolie.

Elle venait d'introduire le DVD dans le lecteur, quand Hamish réapparut, vêtu d'un T-shirt et d'un short large de basketteur.

La tentation incarnée !

Lola dut se répéter qu'une relation ne les mènerait nulle part, qu'ils avaient des vies différentes et des projets différents.

Les lampes étaient éteintes, mais l'écran de télévision diffusait une lueur qui soulignait la mâchoire de Hamish, ombrée par une barbe naissante. Il sentait la noix de coco, et son déodorant rappelait à Lola l'odeur des montagnes et des pins.

Comment un homme réussissait-il à sentir à la fois la plage et les montagnes ?

— Une bière ? proposa-t-elle en lui tendant une bouteille.

— Tu lis dans mes pensées.

Ils trinquèrent, puis il s'assit près d'elle sur le canapé, un saladier rempli de pop-corn posé entre eux.

— Tu peux y aller, dit-il.

Lola appuya sur le bouton lecture, se persuadant qu'elle était capable de rester assise près de lui, à l'endroit même où ils avaient fait l'amour quelques mois auparavant, pour regarder un film en sa compagnie, comme si rien ne s'était jamais passé entre eux.

Après deux heures très agréables, Lola regretta que la soirée se termine. Du temps où elle partageait l'appartement avec Grace, elles regardaient leur film en silence, mais Hamish était un spectateur bien plus actif. Il ne cessait de commenter l'intrigue ou le jeu des acteurs, mimant certaines scènes ou en improvisant de meilleures.

Ils avaient aussi eu une discussion très sérieuse au sujet de *Piège de cristal* et, quand Lola avait osé suggérer que c'était une comédie romantique, Hamish s'était indigné.

— Merci beaucoup d'avoir partagé avec moi cette vision originale, dit-il quand Lola éteignit le lecteur. Tu te trompes, bien entendu, mais c'est un éclairage intéressant.

Tout en riant, Lola lui jeta un pop-corn à la figure. C'était un geste spontané qu'elle regretta dès qu'elle vit une lueur taquine s'allumer dans les yeux de Hamish.

— C'est comme ça que tu veux jouer, hein ?

Plongeant à son tour la main dans le saladier, il prit une grosse poignée de pop-corn et la brandit au-dessus de la tête de Lola.

— Hamish ! Tu ne vas pas faire ça !

Se contentant de sourire, il ouvrit la main, et une pluie de grains soufflés s'abattit sur elle, comme de la neige. Il en prit un dans ses cheveux et le mangea, la défiant du regard.

— Très bien, dit-elle en remplissant cette fois ses deux mains de pop-corn. Tu l'auras voulu.

Le rire de Hamish ne fit que l'encourager. Il était prêt au combat, mais visiblement pas à ce qu'elle tire le haut de son T-shirt pour déverser le maïs contre sa peau.

— D'accord, dit-il. Maintenant, c'est la guerre.

À son tour, il saisit le devant de sa robe d'une main et le saladier de l'autre. Poussant un cri perçant, Lola recula et essaya de se dégager, mais il était plus grand, plus fort et plus déterminé qu'elle. La clouant sur le canapé, il fourra une poignée de pop-corn sous sa robe.

Elle rit à son tour quand les grains chatouillèrent sa peau, mais tenta de nouveau de lui échapper.

— Non, non, dit-il en lui emprisonnant les mains au-dessus de sa tête.

Ils haletaient et riaient tous les deux, aussi fallut-il un moment à Lola pour comprendre qu'elle était bel et bien piégée par les hanches de Hamish, qui bloquaient les siennes, tandis qu'une cuisse puissante s'était introduite entre ses jambes.

Il sembla s'en apercevoir en même temps qu'elle et, cette fois, la lueur moqueuse qui faisait briller ses yeux se mua en feu ardent.

Leurs regards se retinrent, et Lola sentit son cœur bondir dans sa poitrine. Le désir se mit à gronder, entre ses jambes, là où était logé le genou de Hamish. Elle ne put réprimer l'envie d'onduler légèrement contre lui.

— Lola, murmura Hamish avant de se baisser pour l'embrasser.

Elle s'enflamma aussitôt. Sitôt libérées, ses mains se posèrent sur la nuque de Hamish, et elle crut voir des étincelles, tandis qu'elle fondait sous sa bouche. Elle avait chaud… bien trop chaud… et son cœur battait trop vite. Trop de vêtements les séparaient, elle le voulait nu contre elle et en elle, allant et venant tout en criant son prénom.

Elle tira sur la ceinture du short de Hamish. Quand ses doigts frôlèrent son sexe durci, elle laissa échapper une exclamation triomphante et se mit à le caresser à travers le tissu. Hamish gémit et cessa de l'embrasser pour poser son front sur sa gorge, là où son pouls battait follement.

Son sexe était dur dans sa main. Comme elle le pressait légèrement, il laissa échapper un juron.

C'était ce qu'elle voulait.

Elle glissa la main sous la ceinture du short, mais avant

qu'elle atteigne son objectif, une grande main s'empara de son poignet.

— Attends.

Il haleta contre son cou et se souleva de quelques centimètres, sans lâcher son poignet.

— Tu es certaine que c'est ce que tu veux ?

De nouveau, il plongea dans les yeux de Lola qui comprit qu'il se maîtrisait aussi difficilement qu'elle.

— Parce que si on continue comme ça, reprit-il, on va faire l'amour sur ce canapé comme la première fois, et ensuite, pas question de redevenir de simples colocataires.

Les mots pénétrèrent lentement jusque dans le cerveau embrumé de Lola. Ce fut comme une douche glacée.

Mais c'était ce dont elle avait besoin.

Hochant la tête, elle dégagea son poignet de la main d'Hamish. Quelle mouche l'avait piquée ?

— Tu as raison, bien sûr. Je suis désolée… Je…

Elle s'interrompit, car elle n'avait aucune explication valable pour ce qui venait de se passer.

— Ne t'en fais pas pour ça, tout va bien.

Il bascula sur le côté, puis glissa sur le sol et s'assit, le dos contre le canapé.

— Non, tout ne va pas bien, dit-elle d'une voix hachée. Il va falloir qu'on en parle.

— D'accord.

Il ne se tourna pas vers elle. Elle aurait pourtant voulu qu'il la regarde et… *Seigneur !* Elle brûlait de le toucher.

Mais elle se retint.

— Ça ne marcherait pas entre nous, dit-elle, même si on s'entend très bien, sexuellement parlant. Nous avons des boulots, des vies et des projets différents.

— Je sais.

— Nous avons failli déraper, mais si nous voulons que notre cohabitation se poursuive, il faut en rester là.

Hamish hocha la tête avant de se lever. Il baissa les yeux

vers elle mais dans cette demi-pénombre elle n'aurait su dire ce qu'ils exprimaient.

— Tu as raison, dit-il.

Lola voulut lui prendre la main, mais il recula légèrement, et elle eut l'impression qu'il la giflait.

— Désolée, murmura-t-elle une fois de plus.

— Moi aussi.

Lorsqu'il s'éloigna, les grains de maïs soufflés crissèrent sous ses pieds.

8.

Au début du mois de décembre, la température monta encore, et les jours s'allongèrent. Le sapin de Noël avait fait son apparition dans l'appartement. Hamish vivait à Sydney depuis cinq semaines et il venait de commencer son premier service de nuit. Cela ne le gênait pas outre mesure, sauf que Lola avait les mêmes horaires, si bien qu'ils étaient à la maison toute la journée.

La tentation était encore plus forte parce que, la nuit, ils étaient censés dormir. Mais rester couché alors que le soleil brillait dehors lui semblait totalement décadent.

Comme de faire l'amour dans la journée.

Ce qui n'arrivait pas, d'ailleurs.

Lola avait raison : tous deux s'orientaient dans des directions opposées. Mais cela ne l'aidait pas pour autant à trouver le sommeil, quand Lola était de l'autre côté du couloir.

Et quand il reprenait le travail, il était si fatigué qu'il avait du mal à aligner deux pensées cohérentes. C'était pourquoi il n'était pas pressé de rentrer quelques heures plus tard pour revivre le même calvaire. Mais c'était sa troisième nuit, et il espérait être suffisamment épuisé pour dormir, malgré la présence de Lola dans la chambre voisine.

À 2 heures du matin, Hamish fut arraché à ses pensées par un grésillement venant de la radio.

— Bon sang ! grommela Jenny. J'ai l'impression qu'on n'aura jamais l'occasion de boire un café.

Elle cessa de protester en comprenant la gravité de l'appel. Il y avait eu une explosion dans une boîte de nuit, sur Kings Cross. On était samedi soir, et il s'agissait d'un des clubs les plus anciens du quartier.

— Nous avons de nombreuses victimes, disait la voix. Code 1, s'il vous plaît.

Code 1. Gyrophare et sirène.

— On y va, dit Jenny.

Douze minutes plus tard, ils se trouvaient sur les lieux de l'explosion. Hamish n'avait jamais vu un tel spectacle. Véhicules d'urgence, voitures de police et camions de pompiers se succédaient dans une cacophonie de sirènes. Bien entendu, il y avait aussi un grand nombre d'ambulances, certaines spécialisées dans les soins intensifs. La zone avait été bouclée, et une douzaine de pompiers combattait les flammes qui jaillissaient par les fenêtres de l'étage supérieur.

D'autres sauveteurs entraient et sortaient du rez-de-chaussée, évacuant les victimes dont ils protégeaient les visages avec des masques. La fumée avait d'ailleurs envahi l'atmosphère, piquant les yeux de Hamish et l'empêchant de respirer correctement.

Leurs sacs à la main, Jenny et lui rejoignirent le policier qui coordonnait les opérations.

— Un engin explosif est à l'origine de l'incendie, leur dit-il, mais nous n'en serons certains qu'après. La déflagration a tué plusieurs personnes sur le coup et mis le feu à l'étage. La panique a causé une ruée sur le balcon, qui s'est effondré sous le poids des gens qui tentaient de s'enfuir. La boîte était bondée, puisque nous comptons au moins deux cents clients.

Hamish regarda autour de lui. Les victimes évacuées

étaient regroupées de l'autre côté de la route. Debout ou assises, elles fixaient le bâtiment d'un air hagard. Leurs visages étaient maculés de sang, leurs vêtements déchirés. Certaines pleuraient à gros sanglots, d'autres en silence, plongées dans le désespoir. Des gens tentaient de franchir le barrage pour aller chercher leurs amis.

Un incendie volontaire ?

Quelqu'un avait fait ça délibérément ?

— Allez sur l'aire de triage, leur dit le policier. Plusieurs patients portent déjà l'étiquette rouge, et d'autres arrivent tout le temps.

Tous les blessés portaient une couleur. Verte pour ceux qui pouvaient marcher, jaune pour ceux dont l'état était stable mais nécessitaient une surveillance, blanche pour les blessures sans gravité ne requérant pas une assistance médicale.

Et noire pour les morts.

La rouge identifiait les patients qui ne survivraient pas sans soins immédiats mais pouvaient encore être sauvés.

En proie à une poussée d'adrénaline, Hamish descendit la rue derrière Jenny. Ils passèrent devant un espace visiblement transformé en morgue. Une bâche avait été dressée pour le soustraire aux caméras de télévision en quête de scoop macabre. Il n'avait pas besoin de regarder pour savoir qu'au moins une douzaine de corps gisaient sous les draps et portaient l'étiquette noire.

Il se détourna, se focalisant sur la tâche qui l'attendait et sur les personnes qu'il pouvait aider. Il devait canaliser son énergie et l'utiliser à bon escient, et non la consumer en une rage inutile.

Plusieurs ambulanciers se trouvaient déjà sur la zone de triage. Jenny se présenta, ainsi que Hamish, à la responsable qui assurait la liaison entre les équipes. Celle-ci leur indiqua une section où travaillaient déjà deux autres ambulanciers spécialisés en soins intensifs.

Ils se mirent à traiter sans relâche les patients porteurs

d'une étiquette rouge, dégageant des voies respiratoires, stoppant des hémorragies, soignant des brûlures, posant des perfusions ou administrant des remèdes.

En deux heures, Hamish intuba quatre jeunes gens d'une vingtaine d'années et les fit transporter dans divers hôpitaux.

Deux blessés étaient morts, en dépit de ses efforts incessants.

Une jeune fille portant une écharpe indiquant « dix-huit ans aujourd'hui » allait hanter ses rêves, il le savait déjà. Sa robe était mauve, comme les fleurs de jacarandas dans les cheveux de Lola, sauf qu'elle était maculée de rouge.

— Aidez-moi ! lui avait-elle dit en braquant sur lui des yeux écarquillés par la peur.

C'était juste avant que le sang afflue dans sa gorge. Elle avait toussé et craché avant de perdre conscience. Hamish avait désespérément tenté d'endiguer l'hémorragie, de la stabiliser pour qu'elle soit emmenée à l'hôpital, mais il avait été incapable de la sauver.

Il ne connaissait même pas son nom.

— Celui-ci est le dernier, fit une voix, derrière lui.

Hamish, qui était en train d'intuber un blessé, leva les yeux. Il fut surpris de constater que le jour se levait. Focalisé sur sa tâche, il avait oublié tout ce qui l'entourait, et ne s'était pas aperçu que la fumée s'était dissipée et que les sirènes avaient cessé de hurler.

Deux secouristes, un homme et la femme qui avait parlé, posèrent par terre un brancard sur lequel se trouvait un homme maigre dont le visage était dissimulé par un masque à oxygène. Il portait aussi un collier cervical et un moniteur portable bipait près de sa tête.

Hamish adressa un signe à l'équipe qui devait emporter son patient.

— Merci, leur dit-il, lorsqu'ils l'emmenèrent vers l'ambulance, sur un brancard.

Il se tourna ensuite vers un autre blessé.

— Il respire, dit la femme. Son pouls est à cinquante-huit. Il est inconscient mais les constantes sont bonnes.

La lenteur du pouls était inquiétante.

— Il était à côté des débris du balcon.

L'homme semblait bizarrement indemne, mais Hamish était dans le métier depuis assez longtemps pour savoir qu'il pouvait souffrir de dommages internes.

Ôtant ses gants, il en enfila une paire neuve et s'agenouilla, ignorant les écorchures qu'il s'était faites aux genoux tout au long de la nuit.

— Vous connaissez son nom ?

— Wesley. On a trouvé son permis de conduire, dans son portefeuille.

— Merci.

Comme les deux secouristes s'éloignaient, Hamish lança :

— Il y a beaucoup de victimes ?

— Vingt-six, répondit la femme.

Hamish ferma les yeux pendant quelques secondes. L'image d'une robe mauve flottait dans son esprit. Ce Noël allait être terrible pour un grand nombre de familles, en ville.

— Wesley, dit-il d'une voix ferme en se tournant vers son patient.

Il procéda rapidement à une friction sternale, sans obtenir aucune réaction.

— Wesley, répéta-t-il un peu plus fort tout en braquant sa lampe stylo sur les yeux de l'homme.

Ils étaient fixes, dilatés, et ne réagissaient pas à la lumière.

Jenny s'accroupit près de Hamish.

— C'est moche ?

— Oui. Glasgow à trois. Pas de réaction à la lumière. Pupilles dilatées et fixes.

— D'accord. On le perfuse, on l'intube et on l'emmène à l'hôpital. Ce gars a rendez-vous avec un neurochirurgien.

Jenny ne croyait pas qu'une trépanation aurait une issue favorable. Ils ignoraient depuis combien de temps Wesley était dans cet état. Si l'intervention avait eu lieu juste après le traumatisme, il aurait eu une chance de s'en sortir, mais il était probablement trop tard.

Il y avait des chances pour que l'hémorragie cérébrale ait été causée par le choc qu'avait subi son crâne, quand il avait heurté le sol. Le déficit neurologique était sévère.

Mais Hamish savait que parfois, les gens pouvaient vous surprendre. Il voulait croire que cet homme qui persistait à respirer serait sauvé.

Après ce qui venait de se passer, ils avaient bien besoin d'un miracle de Noël.

Quand Hamish poussa les portes des soins intensifs, Lola ne fut pas surprise. Normalement, les ambulanciers confiaient leurs patients aux urgences qui les transféraient en soins intensifs. Mais quand quelqu'un était déjà intubé, on gagnait du temps en sautant la première étape.

Elle fut soulagée de le voir, non qu'elle l'ait cru en danger, mais elle connaissait son empathie. D'après ce qu'elle avait entendu dire, elle imaginait le carnage dont il avait dû être témoin.

Des douzaines de corps brisés et brûlés.

Des jeunes gens venus pour s'amuser, si peu de temps avant Noël.

— Box 12, dit-elle.

L'équipe avait été prévenue de leur arrivée un quart d'heure plus tôt, aussi avait-on eu le temps d'organiser la réception d'un blessé victime d'un traumatisme cérébral.

Deux infirmières, deux médecins – un interne des soins intensifs et un autre spécialisé en neurologie – prirent le relais tout en écoutant le rapport méthodique de Hamish. Le patient fut mis sous respirateur, on lui administra du sérum physiologique et des sédatifs.

L'interne des soins intensifs posa un cathéter artériel, pendant que Hamish répondait aux dernières questions. Lorsqu'il eut terminé, la perfusion artérielle était en place, et ils avaient un tracé de la tension sur l'écran. Le pouls était dangereusement ralenti. Le médecin avait ponctionné une artère pour qu'on procède à une gazométrie et remis la seringue à Lola qui, de son côté, remplissait des tubes provenant d'un autre prélèvement et destinés au laboratoire.

— Allez prendre un café ! lança-t-elle à Hamish et Jenny par-dessus son épaule, tout en se dirigeant vers la pièce où se trouvait l'analyseur des gaz du sang.

Jenny connaissait la salle de repos, et ils semblaient tous les deux avoir bien besoin d'un petit remontant.

Lola enfonçait la seringue dans la machine, quand Hamish surgit à son côté.

— Salut !

Il sentait la fumée et avait une mine affreuse.

Le cœur serré, Lola lui sourit.

— Salut.

Elle saisit ensuite les résultats sur l'ordinateur. Hamish la regardait en silence, tandis qu'elle attendait un bip de l'appareil pour retirer la seringue.

— Tu vas bien ? demanda-t-elle.

Elle eut le temps de l'observer pendant que la machine imprimait les résultats.

— Oui. Je suis juste un peu fatigué.

— C'était comment ?

Il ne répondit pas tout de suite.

— Affreux.

Ne sachant que dire pour le réconforter, Lola tendit la main pour lui presser légèrement le bras.

— Va prendre ton café. Je crois qu'il reste quelques biscuits dans la salle de repos. Tu as l'air d'avoir besoin d'un peu de douceur.

Il émit un petit rire.

— Tu sembles crevée, toi aussi.

C'était un euphémisme. Il était près de 6 heures, et

Lola n'avait pris aucune pause, pas même pour aller aux toilettes. Elle avait mal aux pieds et aux reins, son estomac gargouillait, et une douleur lancinante s'était logée derrière ses yeux.

La nuit avait été d'autant plus difficile que l'état d'Emma s'était subitement aggravé. En début de soirée, sa tension était montée, et il avait fallu plusieurs heures pour la ramener à la normale. Elle allait bien, maintenant, mais il était une fois de plus évident qu'une transplantation cardiaque était nécessaire.

Dans une heure et demie, Lola pourrait rentrer chez elle, et ils prendraient tous un repos bien mérité.

La machine se mit à cracher plusieurs feuilles que Lola prit aussitôt pour les étudier.

— C'est comment ? demanda Hamish.

— Pas formidable. Le niveau de dioxyde de carbone est trop haut.

Ce qui devait augmenter la pression intracrânienne.

— Je vais remettre les résultats au médecin, dit Lola. Je rentrerai sans doute assez tard à la maison. Il y a énormément de nettoyage à faire et du matériel à renouveler pour l'équipe de jour.

— Je ne pense pas rentrer tôt, moi non plus, répondit Hamish. Jenny m'a vaguement parlé d'un debriefing informel avec le boss, avant de partir.

— D'accord. Maintenant, va boire ton café.

— Oui, madame.

9.

Lola ne dormait pas depuis longtemps sur le canapé quand la porte d'entrée s'ouvrit.

Jetant un coup d'œil au poste de télévision, elle constata qu'il était 10 heures du matin.

— Hamish ?

— Désolé, je ne voulais pas te réveiller. Je te croyais au lit. Qu'est-ce que tu fais ici ?

Désorientée, Lola chercha la raison de sa présence dans la salle de séjour.

— Je… J'attendais que tu rentres.

Hamish apparut de l'autre côté de la table basse et posa son sac à dos par terre.

— Pardon, je ne pensais pas que… Le débrief a duré un bout de temps. Tu n'étais pas obligée de m'attendre.

Lola haussa les épaules. Est-ce qu'il s'imaginait qu'elle aurait pu se coucher sitôt rentrée, après les événements dont il avait été témoin ? Elle devait s'assurer qu'il allait bien. Ce n'était pas parce qu'ils n'étaient pas amants qu'ils ne se souciaient pas l'un de l'autre.

— C'est bon.

Elle venait de réaliser qu'il était en short et que ses cheveux étaient humides.

— Tu as pris une douche au boulot ?

— Oui. Je sentais trop la fumée. Même mes cheveux.

Il frotta ses cuisses de ses paumes, ce qui attira l'attention de Lola sur ses poils blonds et sur ses genoux écorchés.

— Ils te font mal ?

— Un peu. Comment va Wesley ?

Lola s'attendait à cette question. Elle aurait voulu avoir de meilleures nouvelles à lui transmettre.

— Il sortait du scan, quand je suis partie.

— C'était moche ?

— Divers traumatismes cérébraux et un œdème. Ils le préparaient pour le bloc.

— Je comprends.

Il gagna la cuisine, et elle entendit la porte du réfrigérateur s'ouvrir.

— Tu veux une bière ?

— Non merci !

Jamais Lola ne l'avait vu boire une bière à 10 heures du matin. Il réapparut sur le seuil de la pièce, puis il but à longues gorgées.

— À la télévision, ils disent que l'engin explosif a été installé par un ancien employé mécontent, dit-elle.

— Oui, c'est ce que j'ai entendu, moi aussi. Le nombre des victimes est monté à trente-quatre.

Il se dirigea vers le balcon et s'arrêta devant la porte-fenêtre qu'elle avait ouverte plus tôt. Lola se taisait, attendant qu'il s'exprime s'il en avait envie.

— Tu veux en parler ?

— Non.

Mais quelques secondes plus tard il se tourna vers elle, cherchant son regard.

— Je n'arrête pas de me demander comment ce type justifie son acte. D'accord, il était très en colère contre son patron. Il aurait pu rentrer chez lui et enfoncer son poing dans le mur, mais pourquoi avoir tué tant d'innocents ?

— Je n'en sais rien. J'ignore pourquoi certaines personnes commettent des crimes aussi horribles, Hamish, mais je remercie le ciel qu'il y ait des gens comme toi. Des gens qui viennent en aide aux autres quand tout le monde prend la fuite. Il y aurait eu davantage de morts, la nuit dernière, sans vous tous.

— Oui.

Rejetant la tête en arrière, Hamish vida sa bouteille.

— Je crois que je vais me coucher, maintenant.

— Bien dit ! Tu as l'air mort de fatigue.

Hamish titubait, et ses yeux étaient rouges. Elle aurait parié qu'ils le démangeaient autant que les siens. De petites rides qu'elle n'avait jamais remarquées auparavant s'étaient creusées au coin de ses paupières, et sa mâchoire était aussi serrée qu'un piège d'acier.

— Dit la femme qui porte encore la marque d'un coussin sur la joue et qui est coiffée comme un épouvantail.

Lola laissa échapper une exclamation avant de sourire. Elle enfonça les doigts dans ses boucles pour les discipliner, mais c'était sans espoir. Elle devait être affreuse, alors qu'il était beau à croquer.

Même épuisé, ce type était plus sexy que la loi n'aurait dû l'y autoriser.

— Ton sens de l'humour m'a l'air un peu rouillé, lui aussi, répliqua-t-elle.

— On est dans un sale état, tous les deux. Quelquefois, on aurait bien besoin d'un petit congé.

Mais pour l'instant, ils manquaient surtout de sommeil. Voyant qu'il ne bougeait pas, Lola se décida à se lever.

— Eh bien, je vais emporter mon affreuse tignasse au lit. Bonne nuit.

Elle ne le regarda pas avant de quitter la pièce, pour ne pas faire quelque chose de stupide, comme de le serrer dans ses bras Une fois dans sa chambre, elle referma la porte, laissant la tentation de l'autre côté.

Hamish se réveilla à 14 heures pour la dixième fois au moins. Sa chambre était exposée de telle sorte qu'elle était ensoleillée presque toute la journée. Les rideaux n'auraient pas filtré la lumière d'une bougie, et encore moins le soleil de décembre. Habituellement, cela ne le gênait pas, et il aurait pu dormir comme une bûche, après un service de nuit.

Mais le dernier n'était pas comme les autres.

La forte poussée d'adrénaline qui l'avait aidé à tenir debout l'avait ensuite laissé complètement vidé, effrayé. Il n'arrêtait pas de penser à tous ces gamins qu'il avait aidés et à tous ces corps sous les draps. Et lorsqu'il parvenait à s'endormir, une jeune fille en robe mauve venait hanter ses rêves.

Il était toujours épuisé, mais trop lâche pour fermer les yeux. De toute façon, il faisait trop chaud pour dormir, bien que le ventilateur tourne à plein régime.

Pourtant, il avait besoin de dormir. Il ne serait d'aucune utilité s'il allait travailler dans cet état.

Se forçant à fermer les yeux, il roula sur le côté, puis s'empara d'un oreiller et le posa sur sa tête en laissant échapper un cri.

— Hamish ?

Il sursauta et écarta l'oreiller. Lola entrait dans sa chambre, sa nuisette la couvrant du cou jusqu'aux genoux, mais moulant tout ce qu'il y avait entre les deux. Il était presque certain qu'elle ne portait rien en dessous.

Super.

— Lola ?

— Tu vas bien ?

Elle se tenait à l'extrémité du lit, les sourcils froncés et les bras croisés sur sa poitrine.

— Oui, dit-il en se mettant sur le dos pour fixer le plafond. Je n'arrive pas à dormir, c'est tout. Tu étais embusquée derrière ma porte ?

— Sûrement pas ! J'allais boire un verre d'eau et j'ai entendu un bruit. J'ai pensé que quelque chose n'allait pas.

Hamish émit un petit rire. Lola s'imaginait qu'il pleurait dans son lit !

— Je n'arrive pas à dormir, expliqua-t-il. Ce ventilateur

est complètement inefficace. Dans mon trou perdu, on a la clim.

— Grace et moi, nous avons emménagé en plein hiver. Et d'habitude les ventilateurs suffisaient.

— Comment tu fais pour trouver le sommeil, après des nuits comme celle-là ?

— Il fait plus frais dans ma chambre. Grace voulait que je la prenne parce qu'elle ne travaille jamais la nuit. Mais il m'est souvent arrivé de me lever pour prendre une douche froide.

Hamish réprima un grognement.

— Tu en as rêvé ?

D'elle, nue dans son lit ? C'était certainement ce qui allait se passer, dorénavant, mais il savait qu'elle ne parlait pas de cela.

— Oui.

— Tu veux qu'on en parle ?

— Non.

Tout ce qu'il voulait, c'était l'attirer sur son lit, lui retirer sa nuisette, se perdre en elle et tout oublier l'espace un moment.

— J'ai juste besoin de dormir, reprit-il, mais c'est impossible quand il fait 40 degrés !

Lola se tut longtemps, et il sentit une sorte de tension s'installer dans son ventre. Soulevant la tête, il regretta aussitôt de l'avoir fait. La façon dont elle le regardait mit le feu dans le bas de ses reins.

— Quoi ? fit-il d'une voix enrouée.

— Je peux t'aider.

Hamish aurait juré que son cœur avait cessé de battre pendant une ou deux secondes. Qu'est-ce qu'elle suggérait ? Lui apporter un verre d'eau glacée ?

— Qu'est-ce que tu proposes ?

— Il fait plus frais dans ma chambre et faire l'amour est le meilleur des somnifères, sans compter que cela peut induire une amnésie temporaire. Qu'est-ce que tu en penses ?

Hamish battit des paupières. Qu'est-ce qu'elle croyait ?

Il devait refuser, sachant combien la situation serait délicate dès que les limites qu'ils s'étaient fixées seraient franchies. Mais il aurait menti en prétendant ne pas en mourir d'envie !

Elle lui offrait l'apaisement et l'oubli dont il avait besoin mais il n'y avait pas que cela… Il voulait entendre ses petits cris de plaisir, ses halètements, la façon dont elle prononçait son prénom.

Jamais il n'avait désiré aucune femme comme il la désirait. Son cœur bondissait dans sa poitrine rien qu'à la pensée de la tenir dans ses bras.

— Alors ? demanda-t-elle en avançant d'un pas.

Elle avait visiblement pris son silence pour un refus.

— On s'est dit qu'il ne fallait pas le faire, continua-t-elle, et on a tenu bon, jusqu'à maintenant. Mais nos métiers sont… Quelquefois, on a besoin d'évacuer le trop-plein d'émotions. Laisse-moi faire ça pour toi. Permets-moi d'être là pour toi, comme tu l'as été cette nuit où j'avais besoin de réconfort. À moins que tu sois trop crevé ?

— Trop fatigué pour faire l'amour ?

— C'est une éventualité.

Hamish repoussa le drap, révélant à quel point il était fatigué.

— Ce n'est pas mon cas.

Quand elle baissa les yeux sur son érection, Hamish eut l'impression qu'elle le caressait.

— Je vois, dit-elle. Qu'est-ce qu'on attend, alors ?

Hamish bondit hors de son lit et la prit par la main. Son cœur battait à tout rompre, quand ils franchirent le couloir. La dernière fois qu'ils avaient fait l'amour, c'était en pleine nuit, et c'était aussi spontané qu'inattendu.

Cette fois, c'était au grand jour et prémédité.

Lola ouvrit la porte de sa chambre. Des stores occultants bloquaient la lumière et grâce au ventilateur, la température était nettement plus basse que chez Hamish.

— Bon sang ! s'écria-t-il. J'étouffais dans le désert pendant que tu hibernais dans une grotte.

— Je croyais que vous, les gars de la campagne, vous supportiez bien la chaleur, répliqua Lola en riant.

Hamish sourit, tandis qu'elle fouillait dans un tiroir de sa table de chevet. Comme elle se penchait en avant, sa nuisette remonta sur l'arrière de ses cuisses, et Hamish ne se priva pas d'admirer le spectacle.

Ayant trouvé ce qu'elle cherchait, elle se retourna et jeta le petit sachet sur le lit. Elle tira ensuite sur la ceinture qui maintenait sa nuisette en place. Le vêtement s'entrouvrit, révélant le sillon qui séparait ses seins, son ventre et un slip en dentelle.

La bouche de Hamish s'assécha d'un coup.

— Tu ne veux pas approcher ? demanda-t-elle.

Brûlant d'envie de glisser ses doigts sous le fin tissu, il ne se fit pas prier. Mais il voulait encore plus l'embrasser jusqu'à ce qu'ils ne puissent plus respirer ni l'un ni l'autre.

Prenant le visage de Lola entre ses mains, il plongea dans ses yeux. Il y cherchait de la pitié, mais il n'y vit que douceur et empathie… ainsi que du désir. Lorsqu'il frôla ses lèvres de son pouce, elle laissa échapper un gémissement.

— Tu es si belle ! murmura-t-il en se penchant lentement vers elle.

Dès que leurs bouches se rencontrèrent, il ressentit une poussée d'adrénaline qui le galvanisa, et leur baiser se mua en une longue exploration qui les laissa tous les deux pantelants et excités.

Lorsqu'il s'écarta, les lèvres de Lola étaient rouges et humides. Posant les mains sur ses épaules, Hamish écarta les pans de la nuisette qui glissa le long de son corps pour ne former qu'une petite tache de couleur, à ses pieds.

Hamish retint son souffle à la vue des seins ronds, aux pointes dressées. Quittant les épaules de Lola, ses doigts frôlèrent sa gorge offerte, puis ses mamelons, qu'il prit aux creux de ses paumes.

— Hamish, souffla-t-elle.

Vacillant légèrement, elle ferma les yeux, tandis qu'il l'embrassait en caressant ses seins jusqu'à ce qu'elle se cambre et presse ses cuisses contre les siennes.

Il recula d'un pas pour s'accroupir devant elle et lui ôter son slip de dentelle. Il leva les yeux vers Lola lorsqu'elle s'en débarrassa du bout du pied. Elle enfonça ses doigts dans ses cheveux pendant qu'il déposait un baiser sur chacune de ses cuisses, respirant avec délice l'odeur de son désir.

Il remonta lentement, frôlant de ses lèvres les hanches de Lola, puis son nombril, le dessous de ses seins et son cou avant de revenir à sa bouche. Il l'attira ensuite contre lui.

— Hum…, murmura-t-il. C'est bon.

— Ce serait encore mieux si tu étais nu, toi aussi, dit-elle d'une voix enrouée.

Hamish ne se le fit pas dire deux fois. Il ôta rapidement son boxer et se tint devant elle, le sexe dressé.

— Oh ! oui ! C'est beaucoup mieux !

Hamish ferma les yeux lorsqu'elle fit courir ses doigts sur sa verge. Une décharge électrique courut le long de sa colonne vertébrale, et son cœur se mit à résonner comme un gong dans sa poitrine.

Lorsqu'elle referma la main sur son sexe, il ouvrit les yeux.

— Assez ! dit-il en lui prenant le poignet. Je ne suis pas sûr de tenir encore longtemps et je veux jouir en toi.

Hamish s'étendit sur le lit et l'attira contre lui, ravi qu'elle choisisse de le chevaucher. Il adora ensuite la façon dont elle sortit le préservatif de son sachet et le déroula le long de son pénis. Elle gémit sourdement lorsqu'il caressa ses seins qui dansaient au-dessus de lui.

Il agrippa les hanches de Lola. Elle était magnifique, quand elle dirigeait les opérations, ses boucles blondes tombant sur son visage rosi par l'excitation. Prenant son sexe dans sa main, elle le souleva et le guida jusqu'à l'orée de son intimité.

— Tu ressembles à une déesse.

— Tu peux m'appeler Aphrodite.

Il ne la quitta pas des yeux pendant qu'il s'enfonçait en elle, guettant le plaisir sur son visage. Dépourvue de toute inhibition, elle lui appartenait.

— Maintenant tu es Aphrodite.

Il se mit à bouger, et elle bougea avec lui, les doigts enfoncés dans les cheveux de Hamish, ondulant comme une danseuse du ventre.

Les reins parcourus par des vagues de plaisir, Hamish sentit que l'orgasme n'était pas loin. Voulant qu'elle jouisse en même temps que lui, il glissa les doigts entre les jambes de Lola et atteignit son clitoris. Elle poussa un cri lorsqu'il le caressa, et ce fut comme si tout son corps était parcouru par un choc électrique.

— Hamish !

Il s'enfonça davantage en elle, tandis qu'elle resserrait ses muscles intimes autour de lui. Soudain, leurs mouvements se firent saccadés, et le plaisir les emporta dans un même cri.

Quand ce fut fini, Lola se laissa aller contre lui et ses boucles se répandirent sur sa poitrine. Elle était brûlante, mais c'était sans importance puisqu'il l'était aussi.

Lorsqu'elle roula sur le côté, Hamish laissa échapper un grognement de frustration. Mais en tournant la tête vers elle, il vit qu'elle souriait, visiblement comblée.

— Si je comprends bien, dit-elle, la première fois, ce n'était pas un coup de chance.

— Je suis sûr du contraire, répliqua-t-il en riant.

Comme lui, elle devait savoir que c'était spécial, entre eux. Il n'avait jamais éprouvé une harmonie aussi parfaite avec une autre femme.

Il ferma les yeux, se délectant de cette pensée. Le ventilateur diffusait un air frais qui séchait son corps humide de sueur. Il s'abandonna une seconde à l'épuisement avant de sortir de sa torpeur pour se débarrasser du préservatif. Lola dormait déjà, ses boucles blondes éparpillées sur l'oreiller, un léger sourire aux lèvres. Il s'allongea près d'elle. Il n'avait jamais envisagé de retourner dans son propre lit. Ce n'était peut-être que pour un soir, mais il était bien décidé à faire durer le plaisir le plus longtemps possible.

Il allait bien dormir auprès de Lola.

Il se préoccuperait du reste plus tard.

10.

Durant son dernier service de nuit, Lola fut chargée de veiller sur Emma. L'état de la jeune femme était stable, mais elle avait toujours désespérément besoin d'un cœur. Cela faisait six semaines qu'elle était sur liste d'attente, maintenant, et elle ne tarderait sans doute pas à décompenser, malgré tous les efforts de l'équipe médicale.

C'était tragique à n'importe quel âge, mais ça l'était encore plus à vingt-trois ans.

Mais pour l'instant Emma tenait le coup, et Lola se surprit en train de penser à Hamish. Ils avaient dormi dans le même lit trois jours d'affilée, et elle comptait bien qu'il y en ait un quatrième.

Ils n'en avaient pas parlé, cela s'était fait tout seul. Le lendemain matin, quand ils étaient rentrés, il lui avait semblé tout naturel de rejoindre Hamish sous la douche, de le savonner, de laisser ses mains errer sur son corps jusqu'à ce qu'il la prenne contre la paroi. Il s'était retiré juste avant l'orgasme parce qu'ils n'avaient pensé ni l'un ni l'autre à aller chercher un préservatif.

Ensuite, il l'avait soulevée dans ses bras et l'avait déposée sur le lit de Lola. Leur peau humide rafraîchie par le ventilateur, ils avaient sombré dans le sommeil. Au cours de la journée, ils s'étaient réveillés deux fois pour faire l'amour à moitié endormis.

Lola n'avait jamais éprouvé une telle attirance pour un

homme. Pour elle, faire l'amour était une activité sympathique, rien de plus.

Mais ces derniers temps, elle avait compris qu'il y avait une certaine différence entre un plaisir agréable et un feu d'artifice.

— Salut.

Lola venait de nettoyer la canule de trachéotomie d'Emma. Levant les yeux, elle vit Grace qui s'approchait d'elle. Chaque fois qu'elle apercevait son amie, elle ne pouvait s'empêcher de se sentir coupable.

— Salut.

Tout en se répétant intérieurement qu'elle n'avait rien fait de mal, elle rougit. Hamish était un adulte. Il n'avait pas à consulter sa sœur pour avoir la permission de coucher avec elle. Mais, en admettant que Grace n'y voie aucun inconvénient, elle voudrait certainement être au courant.

Ce n'était peut-être pas l'un des dix commandements, mais la phrase « tu ne coucheras pas avec le frère de ta meilleure amie sans lui en parler » était gravée dans la mémoire collective féminine.

Par bonheur, la chambre où se trouvait Emma était peu éclairée. Elle sourit, bien décidée à se comporter normalement.

— Comment ça va ? demanda-t-elle à Grace.

Ce n'était pas une question de pure forme. Elle savait que Wesley avait été déclaré en état de mort cérébrale et que ses parents avaient généreusement accepté un prélèvement d'organes pour sauver d'autres patients.

Et c'était le travail de Grace de tout coordonner. Elle devait s'assurer que les examens avaient été effectués correctement et que les protocoles étaient respectés. Il lui fallait aussi contacter les autres équipes et les hôpitaux dont certains patients attendaient une greffe, afin d'orchestrer la répartition qui aurait lieu dans quelques heures. En cette circonstance, ce serait aussi à Grace de s'occuper de la famille de Wesley.

— Tu vas bien ? insista Lola.

Elle savait combien il était difficile de parler avec des parents désorientés et affligés, qui cherchaient des réponses qu'on ne pouvait leur donner. C'était épuisant, sur le plan émotionnel. Il fallait être forte pour eux, et cela exigeait une immense empathie. Parfois, il fallait faire face à un afflux de chagrin et de colère.

— Je vais bien, assura Grace avec une petite grimace.

Il y eut un bref silence. Elles savaient toutes les deux que la mort de Wesley était une tragédie, mais qu'elle sauverait la vie d'autres personnes.

La transplantation d'organes était vraiment une formidable avancée médicale, pourtant on ne pouvait pas oublier le revers de la médaille.

— Tout est réglé ? demanda Lola en ôtant ses gants.

Grace émit un petit rire signifiant qu'elle n'était pas près de rentrer chez elle.

— Disons que ça avance, mais j'ai une bonne nouvelle pour toi, dit-elle en faisant signe à Lola de la rejoindre à l'extrémité du lit.

Lola ôta ses lunettes protectrices et se lava les mains à l'évier le plus proche, puis elle s'approcha de Grace, qui se tenait près de l'ordinateur.

— J'ai pensé que tu apprécierais d'être la première à le savoir, chuchota Grace. Wesley est compatible avec Emma, et c'est elle qui aura son cœur.

Lola fixa un instant son amie avec incrédulité. Cette possibilité l'avait effleurée, mais elle l'avait écartée, sachant qu'il y avait peu de chances pour que cela arrive. Elle n'avait vu qu'une seule fois un donneur et un receveur accueillis dans un même service.

— Pour de bon ?

— Pour de bon, dit Grace avec un grand sourire. On avertit les proches d'Emma en ce moment même.

La poitrine de Lola se gonfla de joie.

Emma va avoir un nouveau cœur.

— C'est… une nouvelle merveilleuse !

Elle embrassa Grace, non seulement parce qu'elle était heureuse, mais parce que son amie en avait probablement besoin, après tout ce qu'elle avait dû gérer et ce qui lui restait encore à faire.

Soudain, il lui vint à l'esprit que d'ordinaire, les dons d'organes étaient anonymes. Or, les familles des patients qui se trouvaient en soins intensifs discutaient souvent ensemble. Elles parlaient de ceux et de celles qu'elles aimaient, des bons et des mauvais jours, des progrès et des rechutes.

Parfois, elles devenaient même très proches, surtout quand les malades étaient là depuis longtemps, comme Emma.

Six semaines après la greffe, on donnait aux parents du donneur quelques informations très générales sur l'état du receveur. Mais les deux familles ne se rencontraient jamais, et leur identité était confidentielle.

L'anonymat était appliqué, sans dérogation possible.

— Est-ce que les familles de Wesley et d'Emma se sont croisées ? demanda Lola.

— Non, apparemment. Celle de Wesley est encore abasourdie par ce drame et elle ne communique avec personne. Et celle d'Emma s'est absentée pour une réunion familiale. Avec un peu de chance, il n'y aura pas de confrontation.

— Croisons les doigts. Tu vas assister les proches de Wesley ?

— Oui, après que les prélèvements auront été faits.

Lola hocha la tête. Grace allait vivre une nuit éprouvante.

— Ce n'est pas le travail de l'assistant ou de l'assistante sociale de garde ?

— Si. Quelqu'un viendra, mais comme c'est moi qui me suis chargée de la procédure depuis le début, je veux assurer une certaine continuité et répondre à leurs questions, s'ils en ont.

— Bien sûr.

Le téléphone de Grace sonna. Elle le sortit de sa poche et lut le message qui lui était adressé.

— C'est le coordinateur d'Adelaïde. J'y vais.

— À plus tard, alors, dit Lola.

Après le départ de son amie, elle jeta un coup d'œil à Emma et sourit avant de retourner au travail. La nuit allait encore être longue.

Lola était mentalement épuisée lorsqu'elle rentra dans l'appartement, huit heures plus tard, mais son corps grillait d'impatience.

Depuis que Hamish et elle avaient enfreint les règles de la colocation, leur désir mutuel ne faisait que croître.

Lola savait qu'elle allait devoir lui annoncer la mort de Wesley, mais cette perspective ne parvenait pas à la calmer. Hamish continuait d'espérer que son patient s'en sortirait, bien que les mauvaises nouvelles se soient succédé depuis le début. Chaque matin, il posait des questions à Lola, qui lui disait ce qu'elle savait.

Le décès de Wesley ne surprendrait sans doute pas Hamish, mais il le chagrinerait.

— Salut, toi.

Comme il était beau ! Appuyé au comptoir de la cuisine, une brique de jus d'orange dans la main, il venait visiblement de prendre une douche. Ses cheveux étaient humides et, pour tout vêtement, il n'avait qu'une serviette qui lui ceignait la taille.

— J'espérais que tu serais encore au lit, dit-elle.

Il haussa nonchalamment les épaules.

— Je suis sorti courir.

— Bien sûr.

Lola se jeta en riant dans ses bras. Il lui caressa le dos tandis qu'elle soupirait de plaisir. Par bonheur, il faisait un peu moins chaud depuis la veille, et elle pouvait se serrer contre lui sans se liquéfier littéralement. Quand elle pressa sa joue contre la poitrine nue de Hamish, elle entendit les battements réguliers de son cœur, à la fois rassurants et excitants. Lorsqu'il voulut s'écarter, elle le retint.

— Lola ? Tout va bien ?

Levant les yeux, elle vit qu'il fronçait les sourcils. Comment en était-elle venue à chérir ce visage en si peu de temps ?

— Lola, dit-il en lui prenant les bras pour la secouer gentiment, qu'est-ce qu'il y a ?

— C'est Wesley.

Il se tut pendant un instant, mais elle devina qu'il savait ce qu'elle allait dire.

— Ah…

— Il a été diagnostiqué en mort cérébrale juste avant que je commence mon service.

— C'était sans doute inévitable.

— C'est quand même triste.

Lola se blottit de nouveau contre Hamish, espérant que leur étreinte le réconforterait un peu. Il l'enveloppa de ses bras et posa son menton sur le haut de son crâne.

— Sa famille est d'accord pour un don d'organes ? demanda-t-il.

— Oui, répliqua Lola en s'écartant pour le regarder.

— C'est fantastique !

Lola arbora un large sourire.

— Et devine quoi ?

— Quoi ?

— Devine qui va avoir son cœur.

Il réagit presque aussitôt.

— Ta patiente ?

— Oui. Elle est au bloc, en ce moment.

— Quelle bonne nouvelle !

— La meilleure.

Hamish embrassa Lola avec passion, et elle fondit comme elle le faisait toujours. L'odeur de pain et de noix de coco remplit ses narines et enivra ses sens. Les mains de Hamish électrisaient sa peau partout où elles se posaient et elle sentit la puissance de son érection contre son ventre.

Lorsqu'il s'écarta d'elle, elle protesta.

— Hum…, dit-il. Tu m'as manqué, la nuit dernière.

— J'ai trois jours de congé, maintenant.

— Qu'est-ce qu'on pourrait bien faire ?

— Euh… Il y a les achats de Noël.

— C'est une éventualité.

Lola fit semblant de réfléchir.

— On pourrait faire une balade sur une plage et trouver un joli coin pour pique-niquer.

— Pourquoi pas ? Pour ma part, j'envisageais plutôt une activité d'intérieur.

— Oh ! oui ! s'exclama-t-elle en fermant les yeux. Qu'est-ce que tu as en tête, exactement ?

— Quelque chose qui n'exige aucun vêtement pour les trois jours à venir.

Quelque part, au fin fond de son cerveau, Lola savait qu'elle devait refuser son invitation. Maintenant qu'ils ne travaillaient plus la nuit, ils auraient dû reprendre leur relation antérieure. Elle était déjà dangereusement attachée à Hamish et, s'ils jouaient les nudistes pendant trois jours, cela ne ferait que s'aggraver.

Oui, mais elle avait envie de lui.

Et cette perspective lui plaisait vraiment beaucoup.

Elle oublia toute prudence. C'était Noël, non ? Elle sourit à Hamish en tirant sur le nœud qui retenait la serviette sur ses hanches.

— Je crois que les vêtements sont superflus, tu as raison.

La serviette tomba par terre, révélant le sexe dressé de son compagnon.

— Je crois que… je devrais prendre une douche.

Elle l'embrassa très vite avant de lui échapper. Elle défit un à un les boutons de son chemisier tout en reculant lentement, puis elle l'entrouvrit pour qu'il puisse jeter un coup d'œil à son soutien-gorge de dentelle.

— Rejoins-moi, si tu veux…

Sur ces mots, elle tourna les talons et courut vers la salle de bains.

11.

Quand Lola arriva de bonne heure à l'hôpital, après son congé, Emma était encore sous respirateur, mais elle pouvait respirer seule et serait bientôt extubée.

Son état s'était considérablement amélioré. Sa pression artérielle était bonne, son rythme cardiaque excellent, ses analyses sanguines normales, et il n'y avait aucun signe de rejet. On lui avait enlevé tous ses drains, et la cicatrice était rose et saine.

Dès que Lola entra dans sa chambre, le regard de la jeune patiente s'éclaira. Elle tendit le bras pour lui prendre la main, qu'elle serra légèrement.

— Elle vous reconnaît, dit Barry.

— Vous semblez en pleine forme, Emma, dit Lola en souriant.

Emma lui rendit son sourire, puis elle pointa du doigt la sonde d'intubation.

— Dehors ! parvint-elle à articuler.

Lola se mit à rire.

— Je vous promets que ça ne va plus tarder.

— Je te l'avais dit, Emsy, dit Barry en déposant un baiser sur le front de sa fiancée. C'est pour bientôt. Vous pensez qu'elle sera à la maison pour Noël, Lola ?

— Ce n'est que dans une semaine, alors on peut toujours l'espérer, mais…

— Tu entends ça, Emma ? s'exclama Barry, radieux. Tu sortiras bientôt d'ici.

— Peut-être, insista Lola. N'oubliez pas qu'ici les décisions sont prises au jour le jour.

Elle ne voulait pas jouer les rabat-joie, mais Emma n'avait pas subi toutes ces épreuves pour qu'on se montre imprudent en fin de parcours.

— On sait, on sait, répliqua Barry.

Mais au ton du jeune homme, Lola devina qu'il avait déjà programmé le retour d'Emma chez elle.

Quelques jours avant Noël, Hamish se trouvait à l'arrière d'une cathédrale bondée, vêtu de son uniforme. Avant de venir à Sydney, il avait imaginé différents scénarios, mais une cérémonie à la mémoire des victimes d'une explosion n'en faisait pas partie.

Lola était à son côté, tandis que le maire évoquait les événements tragiques qui avaient eu lieu cette nuit-là et comment, grâce aux efforts des services d'urgence, de nombreuses vies avaient été sauvées.

Mal à l'aise, Hamish tira sur le col de sa chemise. L'atmosphère était étouffante, et ces compliments ne faisaient qu'accroître sa gêne.

Comme tous les autres, il n'avait fait que son travail, celui pour lequel il était payé. Et s'entendre qualifier d'ange ou de héros l'embarrassait au plus haut point.

Une pression sur sa jambe le rasséréna. Il sourit à Lola, dont la main était posée sur sa cuisse. Il avait passé de longues heures dans ses bras, tentant d'oublier ce carnage, mais aujourd'hui c'était difficile.

Jenny était assise de l'autre côté, raide, les lèvres pincées. Elle lui adressa un sourire contraint quand le prêtre commença à énoncer les noms des victimes.

L'assistance se leva.

Hamish savait maintenant que la jeune fille à la robe mauve s'appelait Abigail. Il l'avait appris en regardant la télévision.

Lola glissa sa main dans la sienne quand une première bougie fut allumée. Heureusement qu'elle était là ! Elle avait été son havre de paix, elle lui était devenue vitale – comme l'oxygène et le soleil – et la perspective de la quitter dans quelques semaines lui ravageait le cœur.

Parce qu'il était tombé amoureux d'elle.

Il avait trente ans et il était amoureux pour la première fois de sa vie… Il lui sembla qu'une lumière éblouissante se déversait par les vitraux de la cathédrale.

La célébration se termina un quart d'heure plus tard, et Hamish put enfin respirer. Jenny s'éloigna pour discuter avec des connaissances pendant qu'ils retrouvaient l'air frais et le soleil. Grace, au premier rang avec la famille de Wesley, leur adressa un signe. Aussitôt, Lola lâcha la main de Hamish.

Frustré, ce dernier embrassa sa sœur sur la joue puis suivit les deux jeunes femmes qui se joignirent à un groupe d'infirmières. Tout ce qu'il voulait, c'était rentrer à l'appartement avec Lola, la déshabiller, se perdre en elle et lui dire avec son corps ce qu'il ne pouvait lui dire avec des mots. Pas encore, en tout cas. Pas avant qu'il trouve le moyen de ne pas la perdre quand il lui révélerait ses sentiments.

Du moins, si c'était possible.

— Tu vas bien ? lui demanda-t-elle à voix basse.

Il lui adressa un sourire rassurant.

— Oui.

Un infirmier du nom de Jay se frotta les mains.

— Si on allait boire un verre au Billi's ?

Les autres acquiescèrent aussitôt, y compris Grace et Lola.

— Et toi, Hamish ? demanda Jay.

Non, il n'avait pas envie d'évoquer ce drame en détail, ce qui ne manquerait pas d'arriver. Il voulait juste rester seul avec la femme qu'il aimait.

Mais Lola avait déjà accepté d'aller au bar et, où qu'elle soit, il resterait auprès d'elle… Même s'il fallait faire semblant de n'être qu'un ami parmi d'autres.

— Euh… Bien sûr.

Il jeta un coup d'œil à Lola et lui sourit. Mais elle plissa les yeux, et il aurait juré qu'elle était en train de chercher un prétexte pour s'éclipser.

— Tout bien réfléchi, dit-elle, j'ai mes achats de Noël à faire. C'est mon seul jour de congé avant les fêtes et…

Elle refusait l'invitation de ses amis à cause de lui. Hamish l'aurait volontiers prise dans ses bras pour l'embrasser à en perdre le souffle. Mieux encore, il voulait couvrir son corps avec le sien et l'aimer de toutes ses forces.

De tout son cœur.

— C'est une bonne idée, dit-il avec une désinvolture feinte.

Il espérait juste que sa sœur n'entendait pas les battements précipités de son cœur. Les yeux de Grace allèrent de son frère à Lola.

— Tu veux faire du shopping au lieu de boire un verre ?

— Pour être honnête, répliqua-t-il avec un haussement d'épaules, je ne crois pas être de très bonne compagnie, ce soir.

— Oh ! Bien sûr… Je comprends.

L'expression cynique de Grace se mua en sollicitude. Hamish se sentit aussitôt coupable. Il ne voulait pas inquiéter sa sœur, mais il avait dit ce qu'il fallait pour être seul avec Lola.

— Ne la laisse pas te traîner dans une librairie, continua Grace, ou tu seras coincé pendant deux heures devant le rayon voyages !

Tout le monde se mit à rire, y compris Lola. Tous deux firent ensuite leurs adieux et s'éclipsèrent.

— Merci, murmura Hamish tandis qu'ils se dirigeaient vers le parking. Je n'avais vraiment pas envie de faire des mondanités, ce soir.

— Je sais.

Hamish retint sa respiration. C'était tout simple, mais vrai. Elle savait, et il l'aimait pour cette raison.

***

D'habitude, Lola travaillait le jour de Noël. C'était une bonne excuse pour ne pas aller à Doongabi. Elle passait la journée avec des gens qu'elle appréciait, à faire ce qu'elle aimait, au lieu de se trouver parmi ses proches qui auraient voulu qu'elle soit différente, dans un lieu où elle se sentait claustrophobe.

Mais aujourd'hui c'était différent.

S'éveiller dans les bras d'un homme comme Hamish était différent.

Être caressée, embrassée par ses lèvres gourmandes, jouir avec lui, transpirant de désir dans la chaleur du mois de décembre, crier en même temps et atterrir en douceur ensuite…

C'était différent.

Après s'être levés, Lola et Hamish prirent leur douche ensemble. Ils s'embrassèrent à perdre haleine et, les jambes nouées autour de sa taille, elle le sentit s'enfoncer et jouir, le nez dans son cou, tandis qu'elle criait son nom.

Ensuite, ils ouvrirent leurs cadeaux.

Il n'y en avait que quelques-uns, sous le sapin. Ceux de Grace et de Marcus étaient les plus gros. Lola leur avait acheté des peignoirs de bain assortis et des petits cadeaux humoristiques, tous de qualité, qui avaient coûté une petite fortune. Ils devaient venir déjeuner, et Lola avait hâte de voir leurs têtes, quand ils les déballeraient.

Hamish lui avait aussi acheté un présent, qui se trouvait près de celui que Lola lui réservait.

Rien de spécial… Une boule à neige avec l'opéra et le Harbour Bridge plantés au milieu. Peut-être sourirait-il chaque fois qu'il la regarderait, comme il avait souri en évoquant la fille de l'hôtelier, à Santorin.

Elle ignorait ce que Hamish lui offrait, mais selon son expérience, les hommes faisaient rarement des cadeaux à leurs proches, et encore moins aux femmes avec qui ils ne faisaient que… coucher.

Mais elle se refusait à chercher une explication. Hamish repartait pour Toowoomba le 3 janvier, ce qui signifiait qu'il ne leur restait qu'une semaine.

Pourquoi chercher à définir une relation qui ne les mènerait nulle part ?

Vêtue d'un short et d'un débardeur rouge qui portait l'inscription : « Cher Père Noël, j'ai été très vilaine », elle leur servit à tous les deux un verre de jus d'orange.

— Qu'est-ce que tu dirais de déballer nos cadeaux sur le balcon ? suggéra-t-elle.

Debout derrière elle, Hamish l'enveloppa de ses bras. Comme il ne portait qu'un boxer, sa peau nue glissa contre celle de Lola, ses cuisses puissantes se collèrent aux siennes, et il se pencha pour embrasser sa nuque.

Lola laissa échapper un gémissement de plaisir.

— Je prends les paquets, dit-il.

Lola le suivit dehors avec les boissons. Elle s'assit en face de lui, la meilleure place pour l'observer, et posa les verres sur la table.

Hamish le vida à moitié.

— Les dames d'abord, dit-il en lui donnant son cadeau.

Lola mourait de curiosité, mais elle se sentait aussi bizarrement anxieuse.

— Non. Les invités d'abord. S'il te plaît, Hamish !

Il feignit de soupirer, mais il sourit et déchira le papier. L'éclat de rire qui suivit fut la récompense que Lola espérait. Il se mit à secouer la boule et suivit des yeux les flocons qui tournoyaient autour des fameux monuments de Sydney.

— C'est génial !

— Ça te plaît ?

— Tu rigoles ? Tu sais que je suis dingue de ces machins pour touristes. C'est parfait !

— C'est moi qui ai gagné, alors ?

— Je crois que oui, dit-il en agitant la boule. Je l'adore. Et maintenant, c'est ton tour.

— D'accord.

Souriante, elle prit le paquet et tira sur l'emballage, soudain maladroite. Elle vit une boîte de carton entourée de ruban adhésif par quelqu'un qui devait avoir des actions dans l'entreprise qui le produisait.

Elle leva les yeux vers lui.

— Tu n'en aurais pas mis un peu trop ?

Il se mit à rire pendant qu'elle tirait sur le ruban.

— C'est fragile. J'ai sans doute voulu le protéger.

Fragile ? Qu'est-ce que ça pouvait être ?

Après une minute de déballage laborieux, Lola put enfin soulever le couvercle. Elle vit un objet enveloppé dans du papier bulle fixé avec encore du ruban. Il lui fallut une minute ou deux de plus pour découvrir le plus joli bibelot de verre qu'elle avait jamais vu.

C'était un jacaranda en fleurs. Le tronc noueux et les branches fourchues étaient transparents. En revanche, les fleurs, parfaitement ressemblantes, étaient d'un bleu-violet irisé. Suspendues aux branches, elles formaient une mousse mauve parmi laquelle se détachait chaque bourgeon, telle une larme colorée.

Battant des paupières, Lola le déposa délicatement sur la table. Cet arbre était d'une beauté à couper le souffle. C'était un cadeau fragile, féminin et surtout très personnel. Elle savait déjà qu'elle l'emporterait partout, où qu'elle aille.

Elle leva les yeux vers Hamish. Personne ne lui avait jamais rien offert d'aussi exquis.

— Je… Je ne sais pas quoi dire. C'est ravissant !

Ravissant était un mot un peu suranné, mais il convenait parfaitement à cet objet charmant.

Mieux encore, ce cadeau dénotait une grande délicatesse de la part de celui qui le lui offrait. Seule une personne qui la connaissait très bien pouvait comprendre ce que signifierait ce présent pour elle. Le fait qu'il s'agisse de

Hamish aurait dû la faire fuir à toutes jambes, mais elle avait juste envie de se précipiter dans ses bras.

— Tu aimes ?

— C'est… superbe. Je l'adore.

— Ce qui signifie que c'est moi qui ai gagné !

— Oui, répliqua-t-elle en riant.

Elle se rembrunit en suivant des yeux le dessin gracieux des branches.

— Mon Dieu ! s'écria-t-elle. Quand je pense que je t'ai offert une boule à neige de base…

Prenant la boule, il la serra contre son cœur.

— N'insulte pas ma boule à neige !

Lola éclata de rire. Il n'y avait pas de comparaison entre les deux cadeaux, mais il semblait comblé.

— Tu veux que je te montre comment je célèbre Noël dans la chambre ? suggéra-t-il.

Les narines de Lola palpitèrent.

— Je crois que tu l'as déjà fait ce matin… Deux fois.

— Juste un échauffement. Une troisième fois s'impose.

Lola secoua la tête avec regret.

— Je dois m'occuper du déjeuner et j'ai un gâteau à faire. Ta sœur sera là dans trois heures, et mieux vaut que nous n'ayons pas l'air d'avoir passé la matinée à folâtrer sur un matelas quand elle arrivera.

— Je me tiendrai bien, promis. De toute façon, elle n'a d'yeux que pour Marcus, ces temps-ci.

En effet, Grace était totalement absorbée par son fiancé. Mais les femmes amoureuses ont aussi un radar pour reconnaître les autres…

— Lola Fraser, si tu ne vas pas tout de suite dans la cuisine, je considérerai que c'est une invitation inconsciente à ce que je te bascule sur mon épaule avant de te jeter sur ton lit pour te faire subir les derniers outrages.

Le cœur de Lola bondit dans sa poitrine.

— C'est une promesse ? répondit-elle en courant vers la cuisine, suivie par l'éclat de rire de Hamish.

12.

Les deux hommes avaient insisté pour débarrasser après le repas de Noël, aussi Lola et Grace s'installèrent-elles sur le balcon. Il y faisait chaud, après plusieurs heures d'ensoleillement, mais la brise marine rafraîchissait un peu l'atmosphère.

— C'est très joli ! s'exclama Grace en prenant le jacaranda. Tandis qu'elle le faisait tourner dans ses mains, le soleil se refléta dans les fleurs et projeta des étincelles mauves sur la surface de la table de verre.

— Oui, dit Lola. Hamish me l'a offert pour Noël.

Tout d'abord, elle ne s'aperçut pas que Grace s'était figée. Ce n'est que lorsque son amie répondit que Lola prit conscience de la situation.

— Hamish t'a fait ce cadeau ?

Le ton alerta Lola qui jeta un coup d'œil inquiet en direction de Grace.

— Oui.

Grace fixa le jacaranda de verre pendant un instant, puis elle le reposa sur la table.

— Je vois.

— Tu vois quoi ?

— Il y a un truc entre vous, non ?

Lola savait que Grace avait eu des soupçons, mais elle n'imaginait pas qu'un cadeau de Noël déclencherait l'inquisition. D'autant plus que Hamish et elle s'étaient comportés en copains pendant tout le déjeuner.

— Ce serait idiot, commença-t-elle. Il repart à Toowoomba dans une semaine.

— Je vous ai observés, ces dernières heures. Vous avez fait ce que vous pouviez pour prouver que vous n'êtes que des potes, mais ça ne marche pas.

Bon sang ! Lola se creusa l'esprit, en quête d'une réponse rapide.

— Je crois que tu projettes, Grace. Ce n'est pas parce que tu es amoureuse que tout le monde l'est aussi.

Grace arbora un sourire suffisant, à la fois inquiétant et agaçant.

— Tu crois que je suis tellement absorbée par ma vie sentimentale que je deviens aveugle ? Aujourd'hui, il était clair que vous couchez ensemble.

Bon sang de bonsoir !

— Clair ?

— Bien sûr. Pour commencer, il y a la façon dont vous vous regardez chaque fois que vous pensez ne pas être observés. Vos yeux sont pleins d'étoiles. Et même si je n'avais rien vu, je le saurais à cause de ça !

Grace tendit la main pour prendre le jacaranda.

— Ce n'est qu'un cadeau de Noël.

— Ne joue pas à la plus maligne avec moi, Lola. Ce n'est pas que cela !

— Hamish me remercie juste pour… mon hospitalité pendant deux mois, c'est tout.

— Dans ce genre de situation, n'importe quel type t'aurait offert un ustensile de cuisine ou un bon d'achat dans un magasin d'électroménager. Les colocataires mâles font des cadeaux pratiques et impersonnels, ils ne vous donnent pas ce genre d'objet, délicat, fragile, beau et… chargé de sens. Ils ne penseraient jamais à une œuvre d'art représentant un lieu que tu aimes. J'ajoute qu'il s'agit d'un lieu qui fait partie de votre histoire commune.

Lola s'agita sur son siège. Elle avait été si touchée par la beauté de ce verre soufflé, par sa perfection, qu'elle n'avait pas pensé qu'il pouvait avoir une signification plus profonde.

Ou peut-être n'avait-elle pas voulu la voir.

— C'est le présent d'un homme qui t'aime, Lola. Mon frère est amoureux de toi.

— Non ! C'est ridicule ! C'est juste un mec attentionné.

Grace secoua lentement la tête.

— Crois-moi, je le connais. C'est mon frère, et je l'aime, mais il est plutôt du genre à offrir des trucs superficiels.

Lola pensa au T-shirt qu'il avait donné à Grace et à son penchant pour les boules à neige. Grace avait-elle raison ? À cette idée, elle eut une poussée d'adrénaline. Elle savait que Hamish l'aimait bien, même beaucoup, et c'était réciproque. Ils s'entendaient bien, et entre les draps c'était magique.

Mais cela ne devait durer que deux mois. C'était juste… pour s'amuser.

Des yeux pleins d'étoiles ! Oui, le sexe pouvait faire cet effet.

— Mais il repart dans une semaine ! répéta-t-elle.

L'expression de Grace était bienveillante, mais grave.

— Oui. Le cœur brisé, probablement.

Lola fixa le jacaranda. Ce n'était pas ainsi que les choses devaient se passer, et Hamish le savait sûrement. Grace se trompait.

Dès que Grace et Marcus seraient partis, elle l'interrogerait. Il nierait, et ils riraient tous les deux de la sottise de sa sœur.

Bien sûr, ils pourraient cesser de coucher ensemble.

— Vous voulez encore du champagne, mesdames ?

La voix joviale de Marcus sauva Lola d'un début de panique. Son regard croisa brièvement celui de Grace, puis elle se retourna et sourit.

— Oui, merci.

Hamish était là, lui aussi, et les étoiles dans ses yeux

étincelaient si fort que ce fut comme si elle prenait un coup de poing dans l'estomac.

Elle se tourna très vite vers Grace, dont la moue signifiait clairement : « je te l'avais dit ! »

Ça ne pouvait pas être vrai !

Elle s'arrangerait pour que ça ne le soit pas !

Deux heures plus tard, Hamish faisait la vaisselle debout devant l'évier, quand Lola le rejoignit après avoir raccompagné leurs invités à la porte.

— Ils sont partis, ou ils se font un câlin dans ma chambre ? lança-t-il par-dessus son épaule. Ils ne se quittent pas du regard un instant.

Le faible sourire de Lola n'atteignit pas ses yeux. Croisant les bras sur sa poitrine, elle resta sur le seuil.

— C'est exactement ce que Grace dit de nous.

Hamish se figea une seconde avant de se tourner vers Lola qui semblait très sérieuse. En fait, elle l'était depuis les deux dernières heures.

— Elle sait ?

— Oui.

— Tu le lui as dit ?

— Non. Elle l'a deviné.

— Impossible ! Je me suis très bien tenu, aujourd'hui.

La plaisanterie ne parut pas détendre Lola.

— C'est à cause de ton cadeau de Noël.

— L'arbre ?

— Selon elle, c'est la preuve que tu es amoureux de moi.

Lola s'exprimait d'une voix douce, mais son ton accusateur et son regard grave blessèrent Hamish.

Grace avait-elle saboté toutes ses chances avec Lola ?

— Est-ce que c'est vrai ?

— Lola, je…

— Je lui ai dit que c'était ridicule.

Elle lui tendait une perche. Il pouvait la saisir et tenter

de sauver ce qui pouvait l'être. Il passerait une dernière semaine avec Lola, et ensuite ils poursuivraient éventuellement leur relation à distance.

Mais il l'aimait trop pour se déshonorer en le niant.

— C'est vrai, je suis tombé amoureux de toi.

Finalement, il était soulagé de l'avoir dit. Jusqu'à maintenant, il n'avait pas compris que ce poids pesait sur sa poitrine.

Mais Lola semblait soudain accablée, et il lut sur son visage toute une gamme d'émotions : d'abord le choc, puis l'incrédulité et enfin la colère.

— Mais ce n'est pas ce qui était convenu !

— Je sais.

— Nous ne voulons pas les mêmes choses.

— Je sais.

— C'est juste… du sexe, Hamish.

— Non.

Elle pinça les lèvres.

— En tout cas, ça l'est pour moi.

Sous le coup de la frustration, Hamish fit quelques pas vers elle.

— S'il te plaît, ne te mens pas à toi-même. On ne se connaît pas depuis longtemps, mais tu m'as parlé de ta famille, de ta tante May, tu m'as accueilli dans ton lit jour après jour et nuit après nuit, tu m'as même emmené dans ton coin secret. Un endroit où tu n'avais jamais emmené personne d'autre. Alors ne prétends pas que nous sommes juste de bons partenaires au lit, parce que c'est ridicule et nous le savons tous les deux.

À la fin de sa tirade, Hamish était essoufflé, mais il n'en avait pas encore terminé. Franchissant la distance qui les séparait encore, il posa ses mains sur les bras de Lola.

— Et je crois que tu as des sentiments pour moi, conclut-il.

Lola en resta bouche bée. Se dégageant de son emprise, elle se mit à arpenter la cuisine de long en large.

— Maintenant, c'est toi qui es ridicule ! finit-elle par lancer.

Cette réaction véhémente choqua Hamish. S'il n'avait pas été certain de leurs sentiments mutuels, il se serait avoué vaincu.

— Est-ce que ce serait si terrible que ça, si nous étions amoureux l'un de l'autre ? demanda-t-il.

Elle s'arrêta pour le foudroyer du regard.

— Et comment penses-tu que ça pourrait marcher ?

— Je ne sais pas… Je n'y ai pas vraiment réfléchi.

Elle émit un ricanement.

— Eh bien, c'est le moment ! Tu comptes faire des allers et retours entre ici et Toowoomba, ou le trou perdu où tu seras ?

— Je ne sais pas.

— Ou bien, tu vas t'installer à Sydney ?

Il faillit dire que c'était impossible. C'était un endroit formidable à visiter, mais il deviendrait fou s'il devait y vivre de façon permanente.

— Oui, affirma-t-il pourtant. Je pourrais emménager ici.

— Et renoncer à tous tes rêves ?

— Pour toi, oui. Du moins si de ton côté, tu étais prête à t'engager. Pas si tu penses me garder quelques mois et m'écarter quand la prochaine aventure t'appellera. Je ne jouerai pas ce rôle, Lola.

Lola se remit à marcher de long en large.

— Bon sang, Hamish, je ne veux pas que tu abandonnes tes rêves.

— Eh bien… Viens vivre avec moi.

Elle s'immobilisa de nouveau.

— Parfait ! Je suis censée te suivre dans ton patelin perdu !

— Pourquoi pas ?

— Parce que je ne vais pas retourner au milieu de nulle part. J'ai déjà eu mon comptant.

— Ce ne serait pas pour toujours, Lola. Deux ans, pas

plus. Et puis, ce ne serait pas pareil qu'à Doongabi. Les routes sont meilleures, il y a des aéroports régionaux. On peut vivre dans une petite ville sans y être coincé. Je n'ai pas envie de faire de toi une prisonnière. Si tu as envie de te rendre dans la cité la plus proche pour faire une semaine de shopping, c'est possible. Si tu veux aller à Sydney pour voir un ballet, ou à Melbourne pour suivre les compétitions de tennis, il n'y a pas de problème.

Lola posa ses mains sur ses hanches.

— Je pars pour le Zimbabwe en avril.

— Eh bien, je porterai tes bagages.

Cette logique parut exaspérer Lola.

— Qu'est-ce que tu fais de mon travail ?

— Les zones rurales cherchent désespérément des infirmières.

— Mais ce ne sera plus les soins intensifs. Pourquoi est-ce que je gâcherais mes compétences ?

— Ce n'est pas parce qu'il n'y a pas de soins intensifs que tu n'auras pas des patients dans un état critique de temps en temps. Il t'appartiendra de les maintenir en vie jusqu'à ce qu'ils soient emmenés dans un hôpital. Pense au défi que cela représente ! J'espère devenir un meilleur ambulancier, grâce à cette expérience. Ça pourrait être la même chose pour toi. Quand as-tu vraiment été mise à l'épreuve pour la dernière fois dans ton hôpital ? Tu es toujours entourée d'une équipe médicale et tu disposes d'un matériel de pointe.

Croisant les bras sur sa poitrine, Lola fixa Hamish un long moment. L'espace d'un instant, il crut l'avoir convaincue, mais finalement elle secoua la tête.

— La question n'est pas juste de savoir si je peux ou non vivre dans une petite ville.

— Où est le problème, alors ?

— Je ne veux pas me lier à une seule personne et, si c'était le cas, ce ne serait pas un gars de la campagne. Il faudrait qu'il soit mon âme sœur, qu'il aime voyager, pas le genre de mec qui se contente de sa petite vie provinciale avec ses boules à neige !

Les piques atteignirent leur but. Elle ne l'avait pas insulté, mais elle insinuait que parce qu'il avait moins voyagé qu'elle, il manquait d'audace et d'ambition. Se sentir ainsi jugé le blessa terriblement.

Qu'elle le veuille ou non, elle avait des sentiments pour lui. Des sentiments qui lui faisaient peur…

— Je crois au contraire que tu veux rencontrer quelqu'un avec qui t'engager, tout comme tu n'as pas envie de parcourir le monde toute ta vie.

— C'est la chose la plus absurde que j'aie jamais entendue !

Plus elle s'enferrait, plus Hamish était convaincu d'avoir raison.

— Je n'ai jamais prétendu être autre chose qu'un gars de la campagne, comme tu dis. Si tu ne voulais vraiment pas de moi, pourquoi es-tu revenue me chercher ? Et ensuite pourquoi ça a continué, entre nous ? Qu'est-ce que c'était ?

Lola inspira profondément avant de répondre :

— Une erreur.

Hamish n'aurait jamais cru que deux petits mots puissent faire autant mal. Si elle avait crié, il aurait pu croire qu'elle le disait dans l'excitation du moment, mais elle était calme et elle le regardait droit dans les yeux, sans ciller.

L'espace de quelques secondes, il fut incapable de parler. Quant à lui, quoi qu'il se passe par la suite, il ne qualifierait jamais leur liaison d'erreur. Il y penserait avec tendresse, sans regret.

Mais pour l'instant, ce rejet l'anéantissait.

Il hocha lentement la tête.

— Très bien. Je crois que je vais m'en aller et habiter chez Grace, à partir de ce soir.

Il ne pouvait pas rester. Soit ils continueraient de s'affronter, soit la dispute se terminerait au lit parce que le sexe semblait être leur seule façon de gérer leurs émotions.

Or il ne voulait ni de l'un, ni de l'autre.

Les sourcils froncés, Lola ouvrit la bouche. Pendant une seconde, Hamish crut qu'elle allait retirer tout ce qu'elle venait de dire, mais elle pinça les lèvres et redressa le menton.

— C'est la meilleure solution.

— Je te souhaite un joyeux Noël, Lola…

13.

Il était 21 heures, le même soir, quand le téléphone sonna. Lola savait qui l'appelait avant même de décrocher. Sa tante May l'appelait toujours le matin de Noël et là où elle était, dans les Pyrénées, il était 6 heures.

— Joyeux Noël, ma chérie !

La voix de sa tante n'était plus aussi jeune qu'autrefois, mais elle exprimait une joie de vivre qui n'appartenait qu'à elle.

Lola faillit fondre en larmes. Elle dut s'éclaircir la voix avant de répondre :

— Joyeux Noël, tante May. Tu skies toujours ?

Comme chaque fois qu'elle se trouvait dans un nouveau lieu, sa tante se lança dans une description enthousiaste. Contente d'être distraite, Lola se contenta d'émettre des sons approbateurs, mais elle était tellement préoccupée qu'elle perdait parfois le fil de la conversation.

Depuis le départ de Hamish, quelques heures auparavant, elle n'avait pu penser à rien d'autre. Cette bonne journée s'était terminée de façon lamentable.

Tout ça à cause de Grace !

Et elle en voulait aussi à Hamish d'avoir confirmé les affirmations de sa sœur. Il leur restait une semaine. À cet instant, ils auraient pu être au lit, profitant de leurs derniers jours ensemble.

Mais il avait fallu qu'il lui déclare sa flamme et prétende qu'elle avait des sentiments pour lui. Elle admettait qu'il y avait quelque chose de spécial, entre eux, mais ça ne pouvait pas être de l'amour !

— Je n'ai pas fait une piste noire depuis longtemps, dit-elle, mais j'en aurais bien envie.

— C'est comme remonter sur un vélo, rétorqua sa tante en riant. Ça me fait penser que je n'ai pas fait de bicyclette depuis un moment, moi non plus. Mais peu importe… Je me suis liée avec deux veufs superbes, alors je ne suis pas seule.

La vieille dame lui parla des deux gentlemen en question avec l'irrévérence dont elle était coutumière et qui faisait toujours rire Lola aux larmes. Sauf ce soir. Parce qu'elle ne cessait de penser à Hamish et à la façon abominable dont elle l'avait traité.

D'accord, sa déclaration d'amour l'avait choquée, mais il ne méritait pas qu'on lui dise qu'il manquait d'ambition. Et, si elle avait fait quelques erreurs par le passé, elle pouvait affirmer qu'aucune n'avait été aussi agréable qu'Hamish.

— Bon, ma chérie, est-ce que tu vas me dire ce qui te tourmente ?

— Quoi ? Rien du tout, voyons ! Je suis juste un peu fatiguée.

— Lola Gwendoline Fraser, depuis quand penses-tu pouvoir tromper ta vieille tante May ? Est-ce que par hasard, ça aurait un rapport avec ce garçon qui habite chez toi ? Comment s'appelle-t-il, déjà ?

— Hamish.

— C'est ça. Le frère de Grace.

— Oui.

— Et tu es amoureuse de lui.

Les larmes brouillèrent la vision de Lola.

— Non. Je ne le connais que depuis deux mois.

Il y eut un bref silence.

— Tu lui as montré tes jacarandas, je crois ?

Lola commençait à regretter d'en avoir parlé à May et à Grace.

— Oui, mais je suis comme toi, une nomade. Nous voyageons, nous ne tombons pas amoureuses.

— N'importe quoi ! Je n'ai mis que deux minutes pour tomber amoureuse de Donny.

Lola sursauta, prise de court par cette révélation inattendue.

— Donny ?

— Le grand amour de ma vie.

— Qu'est-ce que… J'ignorais qu'il y avait eu quelqu'un.

— Eh bien… C'était il y a longtemps.

Le ton mélancolique de sa tante serra encore davantage le cœur meurtri de Lola.

— Que s'est-il passé ?

Il y eut un bref silence.

— J'avais dix-sept ans et je travaillais à la mercerie de Doongabi, quand ce jeune policier s'est installé en ville. Il avait trente ans, mais quand tu sais, tu sais. Je suis tombée follement amoureuse.

La différence d'âge était importante, même à l'époque. Est-ce que la famille s'était opposée à cette union, ou bien…

— Et ce n'était pas réciproque ?

Lola avait vu des photos de May adolescente. Elle était d'une beauté éblouissante.

— Oh ! il m'aimait aussi ! C'était merveilleux !

May soupira avant de reprendre :

— Mais il était marié. Il avait une épouse et deux filles qui l'ont rejoint quelque temps plus tard. La veille de leur arrivée, je suis partie. Si j'étais restée, j'avais peur de ne pas pouvoir rompre. J'aurais compromis la réputation de ma famille et peut-être brisé un ménage par pur égoïsme.

Une grosse boule se logea dans la gorge de Lola.

— Je suis désolée.

May toussota.

— Comme je te l'ai dit, c'était il y a longtemps.

— Il est encore…

— Non. Il est mort depuis dix ans. Mais tu sais…

J'échangerais tout ce que j'ai fait, tous les pays que j'ai visités, contre une vie passée avec lui.

— Quoi ?

— Bien sûr, j'ai eu quelques amants, j'en ai même aimé certains, mais pas comme Donny. Il a toujours été l'homme de ma vie.

— Mais tu as vécu des expériences fantastiques !

— C'est vrai. J'ai eu beaucoup de chance.

Lola eut soudain l'impression d'être la plus âgée des deux.

— Tu as visité tellement de pays ! Vu tant de choses ! Ta vie a été si bien remplie !

— C'est faux, ma chérie. C'était une demi-vie. Il m'a toujours manqué quelque chose, alors je t'en prie, ne fais pas la même erreur. Si cet homme t'aime et si tu l'aimes, comme je le crois, ne laisse pas passer ta chance.

Lola était trop estomaquée pour répondre.

— Lola ? Promets-le-moi.

Surprise par l'urgence qui faisait vibrer la voix de May, Lola eut la chair de poule.

— Je te le promets.

Le lendemain, Lola se réjouit de reprendre le travail. Au moins, à l'hôpital, elle savait où elle en était et ce qu'on attendait d'elle.

On ne lui demandait pas plus que ce qu'elle pouvait donner…

— Lola, Emma est transférée en médecine générale à 11 heures. Tu peux t'assurer que tout est en règle ?

— Bien sûr.

Depuis la transplantation, tout s'était bien passé, et ce transfert réjouissait profondément Lola. En deux mois, tout le personnel des soins intensifs s'était d'ailleurs attaché à Emma et à sa famille.

— Bonjour, dit Lola en s'approchant du lit d'Emma pour relayer l'infirmière de nuit.

Le bruit des moniteurs et de toutes les machines qui entouraient encore le lit d'Emma l'emportait sur la cacophonie qui régnait dans le cerveau de Lola et la réconfortait.

— Bonjour, Lola.

La voix d'Emma était encore enrouée, mais elle arborait un large sourire. Elle avait perdu du poids et était aussi fragile qu'un chaton, mais ses yeux brillants dirent à Lola tout ce qu'elle avait besoin de savoir. Emma était forte, c'était une battante, et elle allait s'en sortir.

— Nous allons vous préparer à quitter le service, dit-elle à la jeune femme.

— Merveilleux !

Le petit sparadrap blanc qui recouvrait l'incision de la trachéotomie, presque cicatrisée, se froissa avec ses mouvements de cou. Le rapport de l'infirmière de nuit fut bref, comparé à ceux des semaines précédentes.

Après avoir vérifié comme d'habitude le bon fonctionnement de tous les équipements d'urgence, Lola demanda :

— Vous avez bien dormi, Emma ?

— Merveilleusement bien.

Lola se mit à rire.

— On aurait dû me prévenir que je devrais porter des lunettes de soleil pour me protéger contre l'éclat de votre sourire.

— Je suis contente de m'en aller !

Lola prit une mine faussement désespérée.

— Personne ne veut rester chez nous, je me demande bien pourquoi.

— Je reviendrai vous voir.

— J'y compte bien.

Lola ausculta sa patiente.

— Vous voulez savoir ce que j'ai eu, pour Noël ? demanda Emma quand Lola ôta les embouts du stéthoscope de ses oreilles. En dehors de mon nouveau cœur, je veux dire.

— Je brûle d'impatience !

Levant la main gauche, Emma agita les doigts et du

même coup le saturomètre, placé à l'extrémité de son index. La courbe de saturation en oxygène devint un peu anarchique, mais Lola fixait le diamant qui brillait à l'annulaire d'Emma.

— Barry m'a demandée en mariage, et j'ai dit oui.

Lola cligna des yeux. Apparemment, le monde entier se liguait contre elle.

— Mince ! s'exclama-t-elle. Il a cambriolé une banque ?

— Je n'ai pas osé le lui demander.

— Je suis très heureuse pour vous. Si quelqu'un mérite le bonheur, c'est bien vous.

Emma contemplait sa bague.

— Et moi qui voulais ne jamais me marier !

Lola enfilait une paire de gants pour ôter le cathéter artériel du poignet d'Emma.

— Ah bon ?

— Oui. Barry et moi, on ne sort ensemble que depuis dix mois, et il me l'a demandé deux fois, mais j'ai toujours pensé que je n'étais pas une bonne affaire, pour un mec. Pourquoi infliger une femme avec un cœur malade à quelqu'un que je suis censée aimer ? Mieux valait pour lui qu'il puisse s'en aller quand les choses s'aggraveraient.

— Je vois.

— Mais impossible de me débarrasser de Barry, continua Emma avec un sourire. Il était bien décidé à ne pas bouger. Il voulait me montrer qu'il serait là pour le meilleur et pour le pire.

— Il est venu tous les jours, Emma.

— Je sais. Mais même avec mon nouveau cœur… Le risque de complications est réel, je crois. Il y a les rejets, les infections, les problèmes liés aux médicaments. Et combien de temps, avant que j'aie besoin d'un autre cœur ? Mais quand il m'a demandé de l'épouser, hier matin, j'ai oublié tout ça. Il n'y avait plus que l'amour qui comptait.

Une grosse boule s'était formée dans la gorge de Lola.

N'était-ce pas exactement ce que tante May lui avait dit, la veille ?

— Bien sûr, continuait Emma, ma vie sera peut-être plus courte que celle des filles de mon âge, et le parcours ne sera pas de tout repos. Mais personne n'est certain de vivre longtemps, après tout. Je ne connais pas mon donneur, mais lui ou elle ignorait que la mort le ou la surprendrait aussi soudainement, j'imagine.

Lola hocha la tête. C'était un miracle, s'ils avaient eu un donneur et un receveur dans le même service et que chacun ait ignoré la présence de l'autre.

— Je sais mieux que personne que la vie est courte, dit Emma, mais pourquoi n'en profiterais-je pas pleinement ? Je veux aimer, partager mon existence avec quelqu'un. Je dois à mon donneur de ne pas vivre une demi-vie.

Une demi-vie… Exactement ce qu'avait dit May.

— Je comprends tout à fait, affirma Lola. Vous méritez le meilleur, Emma, et je suis sûre que c'est ce que votre donneur aurait souhaité.

Emma sourit et lui prit la main.

— Vous aussi, Lola… Comme toutes les infirmières ! Vous êtes un ange.

— Je n'ai pas eu le temps de mettre mon auréole, ce matin, répliqua Lola. Et maintenant si on s'occupait de vous sortir d'ici ?

14.

Plus tard, dans l'après-midi, on frappa à la porte de Lola.

— J'arrive !

Le cœur battant, elle alla ouvrir. Était-ce Hamish ? Il venait peut-être chercher ses affaires, s'il avait l'intention de rester chez Grace jusqu'à son départ.

Mais en ce cas il aurait utilisé sa clé, à moins qu'il ne veuille pas entrer sans être invité après leur dispute de la veille.

Ce n'était pas Hamish, mais deux policiers, un homme et une femme, vêtus de leurs uniformes bleus.

— Je peux vous aider ? demanda-t-elle.

— Vous êtes mademoiselle Fraser ? demanda la femme.

— Oui.

— Vous êtes bien la plus proche parente de May Fraser ?

Lola eut soudain la chair de poule.

— C'est ma grand-tante ? Elle a un problème ?

Sa tante avait-elle fait une chute ? Elle avait pu se fracturer une jambe ou une hanche… Mais la police ne se serait pas déplacée pour cela. Et si c'était plus sérieux ? Une avalanche, peut-être ?

— Nous pouvons entrer ?

— Je vous en prie, dites-moi tout de suite de quoi il s'agit !

Lola ne remarqua pas le bref échange de regards entre les deux policiers.

— Il vaudrait mieux que nous entrions, dit gentiment l'homme.

Lola se recula machinalement pour les laisser passer. Une fois qu'ils furent assis tous les trois dans la salle de séjour, l'homme reprit la parole :

— Nous avons le regret de vous informer que votre tante May est décédée un peu plus tôt dans la journée.

Un froid glacial se déversa dans les veines de Lola.

Tante May était morte.

— Elle a… eu un accident de ski ?

— Non, dit la femme.

Lola savait combien il était difficile d'annoncer ce genre de nouvelles à des proches accablés de chagrin.

— On l'a trouvée dans son lit, reprit la policière après un bref silence. Elle n'avait pas rejoint les personnes avec qui elle devait aller sur les pistes. Elles ont alerté la direction de l'hôtel, qui a envoyé un membre du personnel dans sa chambre. Elle était morte dans son sommeil.

Lola secoua la tête. Elle s'était toujours imaginé que sa tante mourrait à quatre-vingt-dix-sept ans, au cours de l'une de ses aventures.

— Mais… J'ai discuté au téléphone avec elle, hier.

C'était une remarque stupide, étant donné sa formation médicale. Elle n'ignorait pas que la mort pouvait frapper sans avertir.

— Elle allait très bien, conclut-elle. Vous êtes sûrs ?

Elle se rappela que May avait insisté pour qu'elle se donne une chance d'aimer et d'être aimée. Soudain, son message prenait un sens particulier.

Était-ce vraiment vingt-quatre heures auparavant ?

Sa tante savait-elle qu'elle ne serait bientôt plus de ce monde ?

— Oui, hélas, dit gentiment le policier. Le décès a été confirmé.

Lola hocha lentement la tête. Sa formation médicale l'amenait à faire des hypothèses. Il s'agissait sans doute d'un AVC, ou bien d'un infarctus. La mort avait peut-être été rapide et sans douleur, mais l'idée que May était partie seule lui était intolérable. Lola aurait voulu la serrer dans ses bras, la remercier de lui avoir téléphoné une dernière fois. Elle remerciait le ciel d'avoir bavardé un instant avec sa tante bien-aimée avant qu'elle s'en aille à jamais.

Même si les dernières paroles de May pesaient lourd, sur ses épaules.

Les policiers lui parlèrent des procédures et lui remirent des brochures concernant les proches décédés à l'étranger.

— Y a-t-il quelqu'un qui pourrait venir auprès de vous, maintenant ?

Hamish.

Ce fut le premier prénom qui lui vint à l'esprit, mais elle ne pouvait pas faire appel à lui et elle n'avait pas envie de s'adresser à Grace.

— Non, mais tout va bien.

— Nous n'aimons pas laisser les personnes seules, après leur avoir annoncé ce genre de nouvelles, dit le policier. Surtout à Noël.

— Ne vous inquiétez pas pour ça. Je suis infirmière et je travaille au Kirribilli, en soins intensifs. Je vais bien.

L'information sembla les détendre tous les deux.

— Je vais appeler ma mère. May est sa tante. Je vous promets que tout va bien se passer.

Mais après le départ des policiers Lola se sentit incapable de parler à sa mère. Elle lui téléphonerait... Mais plus tard. Pour l'instant, elle avait surtout besoin de s'habituer à l'idée qu'elle ne verrait plus jamais la personne qu'elle aimait le plus au monde.

Les larmes aux yeux, elle s'assit sur le canapé et remonta les genoux sous son menton. May était partie. Il n'y aurait plus d'appels à Noël, plus de cartes postales, plus de visites impromptues ni d'anecdotes fascinantes.

May n'avait pas été seulement une grand-tante excentrique, elle avait été la famille de Lola. Celle qui la comprenait, contrairement à tous les autres. Elle l'avait conseillée, elle lui avait offert son épaule pour pleurer quand la vie à Doongabi avait semblé ne jamais devoir finir et elle avait encouragé Lola à voyager.

Réalisant qu'elle pensait déjà à May au passé, Lola fut littéralement foudroyée par le chagrin. Une première larme coula sur sa joue, puis une autre.

Et le ruisseau se mua en fleuve.

Hamish se tenait devant la porte de Lola, aussi hésitant qu'il l'avait été deux mois auparavant. La veille, il était parti furieux. Depuis, il s'était calmé, mais il restait tendu. Comment pouvait-on avoir envie de secouer une femme tout en brûlant de la déshabiller et de l'embrasser jusqu'à obtenir sa reddition ?

Il ne savait même pas si elle était chez elle.

Et de toute façon, si c'était le cas, qu'allait-il lui dire ?

Hamish savait ce qu'il voulait : passer avec elle le reste de son séjour à Sydney, chez elle, dans son lit et dans sa vie.

Il voulait faire des projets avec elle, envisager un avenir commun. Ce ne serait pas facile, mais ils y parviendraient avec un peu de volonté.

Du moins, s'ils s'y engageaient tous les deux.

Mais si Lola ne le souhaitait pas ? Pourrait-il vivre avec elle une semaine de plus et prétendre accepter sa décision ?

Quoi qu'il en soit, ils devaient en discuter. Ils avaient eu tous les deux vingt-quatre heures pour se calmer. Il aurait pu rester assis à contempler sa photo, ou décider de l'affronter.

Il avait choisi la deuxième option.

Il frappa de nouveau. Voyant qu'il n'obtenait aucune réponse, il sortit sa clé de sa poche et l'introduisit dans la serrure. Il prendrait juste son sac et il s'en irait. Il lui téléphonerait plus tard et verrait s'ils pouvaient discuter.

Après avoir refermé la porte derrière, il traversa la petite entrée donnant sur la salle de séjour.

— Hamish ?

La tête de Lola jaillit au-dessus du canapé.

— Bon sang, Lola ! Tu m'as fait une de ces peurs !

— Désolée.

— J'ai frappé, mais…

À cet instant, il remarqua ses yeux rougis, son visage livide. Elle avait l'air effrayée et fragile… Rien à voir avec la Lola pleine de vie qu'il connaissait.

Est-ce qu'elle souffrait de leur rupture ?

Il fit un pas vers elle et s'arrêta, ne sachant comment il serait accueilli s'il tentait de la consoler.

— Lola ? Tu vas bien ?

Elle éclata d'un rire hystérique qui n'avait rien de rassurant.

— Tante May est morte.

Les mots tombèrent comme des pierres entre eux.

Quoi ? Sa tante May était morte ?

Oubliant leur différend, il franchit en deux enjambées la distance qui les séparait et l'attira contre lui. Elle ne protesta pas et s'abandonna à son étreinte en pleurant.

Il l'étendit sur le canapé et s'allongea près d'elle, le bras de Lola sur son ventre et sa tête sur son épaule. Fermant les yeux, il huma les effluves de son shampoing.

— Tu veux qu'on en parle ?

— Pas encore.

Il se contenta donc de la tenir tandis qu'elle pleurait, d'abord en silence, puis plus fort. Ensuite, les sanglots se calmèrent lentement, et elle put lui raconter ce qui s'était passé.

— Je suis vraiment navré, murmura Hamish en la berçant. Je sais combien ta grand-tante comptait pour toi.

— Je croyais qu'elle serait toujours là.

— Je sais, dit-il en déposant un baiser sur le crâne de Lola.

Elle se calma peu à peu, puis elle s'écarta légèrement de lui en se frottant le visage de ses deux mains.

— Excuse-moi d'avoir pleuré sur ton épaule.

Il posa une paume sur l'une de ses joues.

— Tu dois bien savoir que je veux être là pour toi.

Pour toujours, si elle était d'accord.

Elle leva vers lui de grands yeux verts humides de larmes… Et si tristes !

Elle frotta distraitement sa joue contre la main de Hamish. Aussitôt, de petites décharges électriques coururent le long de son bras, jusqu'à son cœur. De là, elles gagnèrent directement son ventre.

Son corps était un traître ! Il ne s'agissait pas de cela, mais de quelque chose de bien plus profond. Il voulait consoler Lola, pas lui faire l'amour.

Une tension étrange s'installa entre eux, comme si le monde retenait son souffle.

— Lola…

C'était un avertissement, autant pour lui que pour elle. Ils ne pouvaient pas laisser une fois de plus le désir l'emporter sur la parole. Elle était malheureuse, et il voulait lui donner davantage.

— Tu m'as manqué, la nuit dernière, chuchota-t-elle.

Il n'était qu'un homme et il l'aimait.

Elle pressa toutes ses courbes contre lui, sa bouche se rapprocha de la sienne. Leurs lèvres s'unirent, et il fut perdu.

Perdu. Emporté ! Le goût de Lola, son parfum, ses petits gémissements de plaisir l'enivraient. Glissant les doigts dans la chevelure blonde, il lui rendit son baiser. Quand leurs langues se mêlèrent, elle émit un bruit de gorge qui décupla son excitation.

Elle lui avait manqué, à lui aussi.

Durant les dernières vingt-quatre heures, il n'avait pas cessé de penser à elle, regrettant de l'avoir poussée dans ses derniers retranchements.

— Seigneur… Hamish !

Passant une jambe sur les siennes, elle l'embrassa dans le cou et tira sur sa chemise. Heureux, noyé, englouti dans les profondeurs de leur passion mutuelle, il brûlait de lui donner ce qu'elle voulait.

Ce dont elle avait besoin.

Mais quelque part, quelque chose luttait. Une unique cellule de son cerveau lui hurlait *stop, stop, stop*, lui intimant de se respecter lui-même et de respecter la femme qu'il aimait.

S'arrachant à la bouche de Lola, il parvint à articuler :

— Attends ! Arrête !

Il haleta un instant, cherchant désespérément une once de raison dans son esprit confus. Ignorant les protestations de Lola, il se redressa et se mit debout. Il gagna ensuite l'autre bout de la pièce et posa une main sur le mur, luttant pour calmer le rythme fou de son cœur et les assauts encore plus fous de sa libido.

— Je ne peux pas.

Lola émit un son qui ressemblait à un sanglot. Il se retourna vivement. Il n'y arriverait pas, si elle se remettait à pleurer !

Ce n'était pas le cas, mais elle était visiblement frustrée.

— Je suis désolé, reprit-il.

Elle passa la main sur son visage.

— J'avais juste besoin de réconfort, Hamish.

Il réprima un rire amer.

— Oui. C'est ce que nous faisons, toi et moi, quand nous éprouvons des émotions trop fortes. Nous faisons l'amour, et c'est bien le problème.

— En quoi est-ce un problème ?

Cette méconnaissance le tuait !

— C'en est un parce que nous ne parlons pas, Lola. Nous nous déshabillons et nous laissons nos corps faire la conversation. J'ai besoin de plus que cela, maintenant. Il faut que nous utilisions nos bouches pour parler.

Elle le fixa comme si elle n'arrivait pas à en croire ses oreilles.

— Je t'aime, continua-t-il. Je veux être avec toi, faire partie de ta vie. Je ne me contenterai pas d'être celui vers qui tu te tournes quand tu as besoin de te changer les idées sous les draps.

Il se tut un instant avant de reprendre :

— Tu veux que je t'aide à organiser le rapatriement de May et son enterrement ? Que je sois près de toi quand tu parleras à ta famille ? Que je te berce quand tu pleureras la nuit ? Je peux le faire. Je veux le faire. Je veux que tu t'appuies sur moi, Lola. Je veux tout ça.

Lola leva vers lui un regard impuissant.

— Je ne peux pas en discuter pour l'instant, Hamish.

Se levant à son tour, elle alla ouvrir la porte-fenêtre du balcon. Les derniers rayons du soleil dessinèrent sa silhouette.

— S'il te plaît, dit-elle, est-ce que tu peux partir ?

Hamish hocha la tête. Il venait d'ajouter un fardeau sur ses épaules en plus du chagrin qui l'accablait déjà. C'était affreux, mais bon sang, elle le rendait fou !

— Je vais chercher mes affaires et m'en aller. Je serai chez Grace jusqu'à mon départ.

— D'accord, dit-elle, le dos tourné.

Il attendit un instant, mais rien ne vint.

— Je te téléphonerai demain pour savoir comment tu vas.

Elle acquiesça en silence. Cela lui faisait mal, de la laisser ainsi, seule et abandonnée, mais un homme avisé sait choisir ses combats. Demain était un autre jour, et il était bien décidé à se battre pour Lola.

Même si cela prenait du temps.

15.

Le soir du nouvel an, Lola rentra chez elle à 22 heures. Elle posa son sac et une pile de lettres sur la table basse, puis elle alluma la télévision. Toutes les chaînes montraient les festivités qui se déroulaient à Sydney. Après en avoir choisi une, elle se rendit dans la cuisine.

Lorsqu'elle ouvrit le réfrigérateur, ses yeux tombèrent un instant sur la carte postale de May. Le cœur serré, elle la retourna pour relire la prose inimitable de sa tante. Il n'y en aurait plus jamais d'autre pour éclairer cette journée spéciale et la faire sourire.

Ces derniers jours, elle avait été très occupée par les formalités de rapatriement, ce qui du moins l'avait empêchée de penser à Hamish.

Dans quatre jours, le corps de May serait à Sydney, et Lola l'accompagnerait jusqu'à Doongabi. Elle remit la carte en place avec un soupir, puis elle prit une bouteille de vin et se remplit un verre. Elle allait s'asseoir sur le balcon et regarder les fêtards s'amuser dans le parc, de l'autre côté de la rue.

L'année avait été riche en événements, entre Emma, l'explosion de la boîte de nuit, Wesley, la mort de sa tante... Et Hamish. Depuis leur première rencontre, sur le pont, jusqu'à l'autre soir, quand il avait refusé de la réconforter.

Mais au moment où l'horloge sonnerait les douze coups de minuit, une nouvelle année commencerait. La page était encore vierge, elle devait se focaliser sur l'avenir : son voyage au Zimbabwe, un métier qu'elle aimait…

Pourquoi ne pas prendre un congé sabbatique d'un an, pour visiter davantage de pays ?

Quelqu'un devait prendre la suite de sa tante May.

Et soudain Lola se sentit très seule, ce qui ne lui était jamais arrivé auparavant. Tout ça par la faute de Hamish !

Qu'il aille au diable !

Elle alla se servir un autre verre de vin dans la cuisine et en revenant sur ses pas, elle prit la pile de lettres et la posa sur la table du balcon.

Il s'agissait essentiellement de factures et une lettre du maire, souhaitant une bonne année à ses concitoyens.

Et il y avait une carte postale de May.

Le cœur de Lola cessa un instant de battre. Les larmes aux yeux, elle fixa la montagne enneigée dont la cime émergeait des nuages.

La légende disait :

« *La beauté devrait être partagée.* »

De l'autre côté, May avait écrit :

« *Une puissante érection de la nature.*
Joyeux Noël. Affectueusement. May. »

Ensuite, elle avait dessiné un petit visage souriant qui tirait la langue. Lola éclata de rire puis elle se mit à pleurer, et sa vision se brouilla.

— Oh ! May ! murmura-t-elle en retournant la carte pour regarder la photo. Tu vas me manquer.

La montagne lui sauta au visage, tout comme l'inscription « La beauté devrait être partagée ». Elle se rappela combien sa tante avait insisté pour que l'amour l'emporte sur le goût de l'aventure.

« Ne laisse pas passer ta chance. »

Et soudain la tirade d'Emma résonna dans l'esprit de Lola : « Pourquoi est-ce que je ne profiterais pas pleinement de la vie ? Je veux aimer, partager mon existence avec quelqu'un. Je dois à mon donneur de ne pas vivre une demi-vie. »

Lola ferma les yeux. C'était ce qu'elle était en train de faire ! En privilégiant l'aventure au lieu de l'amour, elle allait se contenter d'une demi-vie.

Oui, l'amour.

Parce qu'elle aimait Hamish, en dépit de tous les efforts qu'elle avait faits pour le nier. Mais il avait réussi à gagner son cœur, et désormais elle était incapable d'envisager son existence sans lui.

Elle allait saisir sa chance… Du moins, si elle ne l'avait pas déjà complètement gâchée.

Lola se leva. Sans cesser de réfléchir à ce qu'elle allait faire ensuite, elle commanda un taxi. Elle prit la carte postale puis elle traversa la salle de séjour et, saisissant son sac au passage, elle sortit.

Elle allait dire à Hamish qu'elle l'aimait. Elle le supplierait de lui pardonner, en espérant que ce soit possible.

Un quart d'heure avant minuit, Lola arriva chez Grace. Elle savait que son amie et Marcus étaient à une soirée et que Hamish ne travaillait pas, puisqu'ils étaient censés être ensemble ce soir-là.

Elle levait la main pour frapper à la porte, lorsqu'elle s'ouvrit. Perdant l'équilibre, Lola piqua du nez et se retrouva contre la poitrine de Hamish qui tendit les bras pour la stabiliser.

— Lola ?

— Hamish…

Il sentait bon la noix de coco et les pins. Mais il s'écarta d'elle trop vite, et Lola remarqua qu'il tenait ses clés à la main.

— Tu allais sortir ?

— Oui. J'allais chez toi, dit-il en souriant.

Il l'embrassa et lorsqu'il la poussa contre la porte ouverte, Lola fondit littéralement. Poussant un gémissement sourd, elle noua ses bras autour du cou de Hamish, enivrée par son odeur virile.

— Tu m'as tellement manqué ! murmura-t-il.

Elle fut prise de vertige… Mais ils devaient d'abord discuter. Il devait entendre certaines choses, celles qu'elle avait besoin de lui dire. Et s'ils continuaient ainsi cela n'arriverait pas. Dieu seul savait combien elle avait envie de lui, mais il fallait qu'elle lui prouve d'abord qu'elle était capable de s'exprimer avec des mots, pas seulement avec son corps.

Posant une main sur la poitrine de Hamish, elle le repoussa légèrement.

— On a besoin de discuter.

— Lola, je m'en fous, dit-il avant de déposer un baiser sur sa nuque. Si tu savais à quel point…

Ses mots étaient étouffés et chauds, sur son cou. Lola eut l'impression qu'ils tournaient dans sa tête, pendant que Hamish taquinait sa peau du bout de sa langue.

— Je me suis retenu si longtemps que ça m'est égal, dorénavant, reprit-il. Tu as gagné. Je suis prêt à accepter le type de relation que tu voudras. J'ai trop besoin de toi.

De nouveau, ces paroles se bousculèrent dans l'esprit de Lola. Pourtant, elle n'en tira aucune satisfaction. Elle avait traité Hamish comme un objet sexuel, et c'était mal.

— Hamish, fit-elle en le repoussant de nouveau.

Il posa sur elle des yeux écarquillés.

— Viens… Laisse-moi te montrer combien tu m'as manqué.

Et il l'embrassa avec passion. Grisée, Lola s'agrippa à lui, sentant le sang battre dans ses seins, son ventre et entre ses jambes.

Mais c'était important. Il s'agissait de leur avenir.

Cette fois, elle le repoussa plus vigoureusement. Hamish l'attira de nouveau contre lui en grommelant.

— Tu m'as accusée de ne pas vouloir parler, dit-elle d'une voix haletante. Et tu avais raison, alors je veux qu'on s'y prenne autrement. On va discuter, et ensuite tu pourras m'emmener dans ton lit et faire avec moi ce que tu voudras.

Il plongea un instant dans ses yeux avant de sourire.

— Tout ce que je voudrai ?

Le cœur de Lola se gonfla d'amour.

— Tout.

Reculant d'un pas, il la prit par la main et la fit entrer dans l'appartement.

— D'accord. Allons sur le balcon. Je serai moins tenté de te déshabiller… Probablement.

Lola se mit à rire. Peu lui importait où ils discuteraient, pourvu qu'ils le fassent. Elle le suivit sur le balcon, d'où on pouvait voir la plage de Manly, dans le lointain. Elle entendait les cris des noceurs, qui flottaient dans la nuit embaumée.

Appuyé à la rambarde, Hamish croisa les bras sur sa poitrine, comme s'il devait se retenir de la toucher. Un petit sourire aux lèvres, Lola gardait une distance prudente.

— Vas-y, dit-il.

Elle fouilla dans la poche de son pantalon et lui tendit la carte postale de May. Il s'en empara et la fixa.

— Qu'est-ce que c'est ?

— Une carte postale de tante May.

— Oui, je m'en suis douté. Ça ne m'explique pas…

— Elle est datée du 21 décembre et elle est arrivée aujourd'hui.

Il lui jeta un coup d'œil rapide.

— Oh ! Lola !

Il fit un pas vers elle et s'arrêta.

— Tu vas bien ?

— Oui.

— Ça doit te faire un peu bizarre, non ?

— Oui… Un peu.

— Écoute… J'ai bien réfléchi. Je pourrais t'accompagner à Doongabi… Te tenir compagnie.

Il était clair que Grace avait parlé à son frère des funérailles de tante May. La proposition de Hamish toucha profondément Lola.

— Tu dois retourner travailler à Toowoomba.

— Je dois pouvoir m'arranger avec mon boss.

— Merci… J'aimerais bien, dit-elle en faisant un pas en direction de Hamish. Je souhaite présenter l'homme que j'aime à ma famille.

Posant les mains sur la rambarde, il la serra au point que ses articulations blanchirent.

— L'homme que tu aimes ?

— Oui, dit-elle, le cœur battant la chamade. Je t'aime, Hamish. Je suis désolée qu'il m'ait fallu autant de temps pour le reconnaître. J'étais aveuglée par mes propres projets et trop peureuse pour dévier du chemin que je m'étais fixé.

— Tu m'aimes.

— Oui ! La carte postale de tante May, les quelques mots qu'elle m'a dits le soir de Noël, ceux de ma patiente, celle qui a bénéficié d'une transplantation cardiaque, m'ont fait comprendre que je ne voulais pas vivre une demi-vie.

— Pour de bon ?

Les larmes montèrent aux yeux de Lola.

— Oui. Et je t'ai traité comme… un objet sexuel.

Le rire de Hamish la stoppa.

— De ce côté-là, je ne me plains pas.

— C'était génial, admit-elle en riant avec lui, mais c'était mal de ma part. Tu as toujours été beaucoup plus que ça. Tu as été le type qui me faisait rire, celui qui m'a serrée contre lui quand j'étais triste, qui a regardé *Piège de cristal* avec moi. Enfin, celui qui m'a offert le plus beau cadeau qu'on m'a jamais donné. Je me suis menti à moi-même pendant tout ce temps, en partie parce que je suis célibataire depuis si longtemps que j'ignore ce que c'est que d'être en couple.

Franchissant la distance qui les séparait encore, Hamish posa ses mains sur les hanches de Lola.

— Tu devrais te taire, maintenant, et m'embrasser.

Elle le repoussa légèrement, craignant de tout gâcher entre eux.

— Je suis sincère, Hamish, mais je ne sais pas comment nous allons nous y prendre. Nous sommes différents, nous avons des projets différents. J'ignore encore la manière dont nous allons les concilier.

Il lui sourit gentiment.

— Tu m'aimes, Lola ?

— Oui, grand Dieu !

— Tu veux être avec moi ? Je veux dire, pour toujours ?

— Oui, pour toujours.

— Bonne réponse. Tout ce qui compte, c'est que nous nous aimions. Pour le reste, nous trouverons des solutions. Il faudra sans doute faire des compromis, nous nous disputerons et nous reviendrons des centaines de fois sur les mêmes sujets. Mais tant que nous serons décidés à rester ensemble, nous surmonterons tout ça. Je te promets que tout va bien se passer, Lola.

Soudain, elle sut qu'il avait raison.

— Et maintenant, reprit-il en l'attirant contre lui, est-ce que tu vas te décider à m'embrasser, oui ou non ?

Se dressant sur la pointe des pieds, Lola noua ses bras autour du cou de l'homme qu'elle aimait, et leurs lèvres se joignirent.

Ils s'embrassaient encore quand les douze coups de minuit retentirent et que la foule se mit à hurler. La première fusée traça son sillon dans le ciel avant d'exploser, diffusant un parapluie d'étincelles rouges. Lola et Hamish s'écartèrent l'un de l'autre en riant.

— Je crois que je viens de voir des étoiles, dit Lola,

tandis qu'une cascade de couleurs ruisselait au-dessus de leurs têtes.

— Moi aussi, répondit-il. Maintenant, faisons bouger la terre.

La prenant par la main, il la conduisit dans sa chambre.

Épilogue

En ce chaud matin de novembre, une douce brise marine soufflait dans les arbres. Les fleurs de jacarandas virevoltaient avant de se poser sur le sol, formant un ravissant tapis mauve.

— Voulez-vous prendre pour femme…

La main de Lola serra celle de Hamish, et elle sourit à son futur mari, le cœur battant la chamade. C'était lui qui avait eu l'idée de célébrer leur mariage dans ce lieu qu'elle aimait tant. Si c'était possible, elle ne l'en aimait que davantage.

Cerise sur le gâteau, c'était un double mariage, puisque Grace et Marcus s'étaient joints à eux. Ils avaient déjà échangé leurs vœux et attendaient impatiemment que Lola et Hamish en fassent autant.

Vêtue d'une création de dentelle, sa magnifique chevelure rousse réunie en chignon classique, Grace était rayonnante. Très beau lui aussi dans son costume trois-pièces, Marcus n'avait d'yeux que pour elle.

Lola avait choisi une robe de style gitane en coton brodé qui semblait flotter autour d'elle, soulevée par la brise. Une guirlande de fleurs de jacarandas posée sur ses boucles blondes, lâchées sur ses épaules, constituait la touche finale.

— Bien sûr que je le veux !

L'assistance, composée d'amis et de proches qui étaient venus à Sydney pour la circonstance, rit de cette réponse énergique. Le cœur de Lola faillit exploser de bonheur.

Hamish portait un complet très chic et une chemise mauve... Il était absolument sublime ! Sa mâchoire virile était rasée de près, ses cheveux cuivrés tombaient sur son front, et ses yeux bleus étaient pleins de promesses.

L'année avait été mouvementée. Ils étaient tombés amoureux, ils s'étaient fiancés et avaient organisé leur mariage en un temps très court. Mais ainsi que tante May l'avait dit : « quand tu sais, tu sais. »

Hamish n'était pas reparti pour Toowoomba. Il était resté à Sydney pour terminer sa formation pendant que Lola était au Zimbabwe. La dernière semaine, il l'avait rejointe, et ils avaient dispersé les cendres de tante May au-dessus du fleuve Zambèze.

Le lendemain, ils partiraient pour Londres, où ils passeraient deux semaines avant de se rendre dans le Queensland occidental. Hamish y avait accepté un poste pour deux ans, et Lola devait travailler à l'hôpital local.

Et elle avait hâte de commencer.

Il lui avait fallu peu de temps de vie commune avec Hamish pour comprendre que son foyer se trouvait là où était son cœur... Et son cœur serait toujours avec lui. Ils avaient même parlé d'avoir des enfants quand ils reviendraient à Sydney.

Des enfants !

Lola avait toujours supposé qu'elle n'en aurait pas, comme sa tante May. Maintenant, elle était pressée de voir gambader autour d'elle une petite fille aux boucles blondes et un garçonnet aux cheveux cuivrés. Elle avait visité de nombreux pays, vu beaucoup de choses, mais ce qu'elle désirait par-dessus tout, aujourd'hui, c'était un foyer et une famille.

C'était officiel : elle était follement amoureuse de Hamish Gibson.

— Et voulez-vous prendre cet homme...

Le prêtre lui souriait, Grace lui souriait, sa mère lui souriait, et Hamish... Hamish lui souriait.

— Oui ! dit-elle, les yeux voilés par les larmes. Pour toujours et à jamais.

L'assistance se mit à rire, mais Hamish serra ses mains plus fort. Tandis que les fleurs de jacarandas tourbillonnaient autour de leurs têtes, elle sut qu'elle n'avait jamais rien dit de plus vrai.

Il était à elle, et elle était à lui.

Pour toujours.

Retrouvez en juin 2019,
dans votre collection

Blanche

Blanche

Pour le bonheur d'Aimée, de Sue MacKay - N°1431

Elene a fait un très long voyage pour retrouver le Dr Mattia Ricco. Mais sa détermination flanche quand elle fait face au bel Italien. Si son charme opère toujours sur elle, Elene n'est pas là pour se souvenir du baiser qu'ils ont échangé autrefois. Non, elle doit lui présenter le bébé qu'elle tient tendrement dans ses bras. Une jolie petite fille prénommée Aimée – et dont Mattia est le père…

Un héros au cœur tendre, d'Emily Forbes

Un héros. Voilà ce que représente Patrick Reeves pour Charli. Depuis qu'il l'a sauvée des décombres où elle se trouvait bloquée suite à un glissement de terrain, elle ne cesse de penser à lui. À sa voix rassurante, à sa détermination farouche à la délivrer. Mais, alors qu'elle aimerait lui ouvrir son cœur, Charli reste prudente. Elle n'est que de passage dans ces montagnes australiennes, et surtout, Patrick est le papa d'une adorable fillette qui requiert toute son attention…

Rencontre à Maple Island, de Susan Carlisle - N°1432

À Maple Island, Cody mène une vie sereine. Non seulement son travail de chirurgien le passionne, mais il peut accorder à ses deux filles l'attention qu'elles méritent. Résolu à préserver cet équilibre précieux, il redoute soudain la place que prend Stacey dans sa vie et dans son cœur. Car Cody sait qu'il doit étouffer ses sentiments naissants pour cette jolie infirmière récemment arrivée dans l'équipe, au risque de s'exposer aux déboires de l'amour…

Luciano Bianchi : prince et chirurgien, de Kate Hardy

Le prince Luciano Bianchi excelle en tant que chirurgien cardiaque. Hélas, on n'attend pas de lui qu'il opère, mais plutôt qu'il gouverne le royaume de Bordimiglia. Pour convaincre sa famille que sa place est au bloc, à sauver des vies, il propose un mariage de convenance au Dr Kelly Phillips. Sa collègue cardiologue, toute dévouée à sa carrière, n'a absolument pas le profil d'une reine et dissuadera les siens de les faire tous deux monter sur le trône. Mais quand Luciano se découvre amoureux de Kelly, il se prend à regretter cette union qui n'en a que le nom…

HARLEQUIN

Leur mission : sauver des vies.
Leur destin : trouver l'amour.

Blanche

Surprise au St. Mary's Hospital, de Lucy Rider - N°1433

Après un mariage malheureux, Dani a perdu tout intérêt pour la gent masculine. Du moins, jusqu'à sa rencontre avec Dylan St. James. Le nouveau – et très sexy – chirurgien l'attire irrémédiablement. Et comme il se trouve que Dylan est aussi son voisin, elle finit par succomber au désir, entre ses bras. Mais suite à cette aventure d'une nuit, Dani se découvre enceinte…

Séduction au bal, de Charlotte Hawkes

Maman célibataire et urgentiste, Effie tient à son indépendance. Elle accepte pourtant la proposition du Dr Talank Basu, d'être sa cavalière au bal de l'hôpital. Car il ne s'agit pas là d'un rendez-vous galant, mais plutôt d'un arrangement qui leur sera profitable à tous les deux. En s'affichant comme un couple, Effie et Talank cesseront d'être approchés par tous les cœurs esseulés. Hélas, si l'idée est bonne sur le papier, elle devient folle lorsque surgit entre eux, la passion…

Une infirmière à séduire, de Meredith Webber - N°1434

C'est dans l'espoir de se reconstruire après une rupture douloureuse qu'Annabelle décide de quitter Melbourne et d'accepter un poste d'infirmière dans un petit village du bush. Sur place, elle aura tant de travail qu'elle n'aura même pas le temps de songer aux hommes. D'ailleurs, qui pourrait-elle bien rencontrer dans cet endroit perdu ? Hélas ! À peine arrivée au dispensaire, elle se sent attirée par Nick Tempest, son patron, qui ressemble étrangement à l'homme qu'elle cherche à oublier…

Rencontre aux Fidji, d'Alison Roberts

En allant passer ses vacances aux îles Fidji, Sarah n'envisageait pas de faire une rencontre. Pourtant, à peine débarquée, elle tombe littéralement sous le charme de Ben Dawson, le séduisant médecin local, et sa fillette de quatre ans. Pour Sarah, qui n'est que de passage, tout devient soudain merveilleux… mais bouleversant.

HARLEQUIN

Leur mission : sauver des vies.
Leur destin : trouver l'amour.

HARLEQUIN
www.harlequin.fr

Blanche

La tentation du Dr Tracy Hinton, de Tina Beckett - N°1435

Tracy est désemparée. Alors qu'elle enchaîne depuis quatre ans les missions humanitaires dans tout le Brésil dans le seul but d'oublier Ben et l'échec de leur mariage, voilà qu'elle va devoir le retrouver, et lui demander son aide. Car elle a besoin d'un spécialiste pour diagnostiquer l'épidémie qui fait rage à Santa Teresa et Ben est le seul épidémiologiste de la région. Mais comment réussir à le convaincre de coopérer, si le simple fait de penser à lui la bouleverse à ce point ? Sans compter que, s'il accepte, elle devra quasiment vivre avec lui, le temps de la mission…

Le baiser d'un chirurgien, de Louisa George

Le Dr Kara Stephens est aux anges : on vient de lui confier son premier cas de chirurgie – une princesse blessée, rien que ça ! Une excellente nouvelle, ternie, cependant, par le fait qu'elle va devoir travailler avec le brillant Dr Declan Underwood, ce chirurgien irlandais avec qui elle a échangé un inoubliable baiser lors du bal de l'hôpital, quelques semaines auparavant… Kara ignorait alors tout de Declan – son statut de chirurgien renommé et surtout sa réputation de grand séducteur. Voilà justement ce qui l'inquiète, alors que le baiser de Declan lui brûle encore les lèvres…

HARLEQUIN

Leur mission : sauver des vies.
Leur destin : trouver l'amour.

HARLEQUIN
www.harlequin.fr

OFFRE DÉCOUVERTE !

Vous souhaitez découvrir nos collections ? Recevez **votre 1er colis gratuit*** **avec 2 cadeaux surprises !** Une fois votre colis de bienvenue reçu, si vous souhaitez continuer à recevoir nos livres, cela se fera automatiquement. Vous recevrez alors vos livres inédits** en avant-première.

Vous n'avez aucune obligation d'achat et cette offre est sans engagement de durée !

*1 livre offert + 2 cadeaux / 2 livres offerts pour la collection Azur + 2 cadeaux.
**Les livres Ispahan, Sagas, Hors-Série, Allegria et Best Féminins sont des réédités.

☛ COCHEZ la collection choisie et renvoyez cette page au
Service Lectrices Harlequin – CS 20008 – 59718 Lille Cedex 9 – France

Collections	Références	Prix colis France* / Belgique*
❑ **AZUR**	Z9ZFA6/Z9ZF6B	6 livres par mois 28,49€ / 30,49€
❑ **BLANCHE**	B9ZFA3/B9ZF3B	3 livres par mois 23,35€ / 25,35€
❑ **LES HISTORIQUES**	H9ZFA2/H9ZF2B	2 livres par mois 16,49€ / 18,49€
❑ **ISPAHAN**	Y9ZFA3/Y9ZF3B	3 livres tous les deux mois 23,20€ / 25,20€
❑ **HORS-SÉRIE**	C9ZFA4/C9ZF4B	4 livres tous les deux mois 31,65€ / 33,65€
❑ **PASSIONS**	R9ZFA3/R9ZF3B	3 livres par mois 24,79€ / 26,79€
❑ **SAGAS**	N9ZFA4/N9ZF4B	4 livres tous les deux mois 35,35€ / 37,35€
❑ **BLACK ROSE**	I9ZFA3/I9ZF3B	3 livres par mois 24,79€ / 26,79€
❑ **VICTORIA**	V9ZFA3/V9ZF3B	3 livres tous les deux mois 25,69€ / 27,69€
❑ **ALLEGRIA**	A9ZFA2/A9ZF2B	2 livres tous les mois 16,49€ / 18,49€
❑ **BEST FÉMININS**	E9ZFA2/E9ZF2B	2 livres tous les mois 18,55€ / 20,55€
❑ **MAGNETIC**	K9ZFA4/K9ZF4B	4 livres tous les 2 mois 29,39€ / 31,39€

N° d'abonnée Harlequin (si vous en avez un) ____________

Mme ❐ Mlle ❐ Nom : ____________

Prénom : ____________ Adresse : ____________

____

Code Postal : ______ Ville : ____________

Pays : ____________ Tél. : ____________

E-mail : ____________

Date de naissance : ____________

❐ Oui, je souhaite recevoir par e-mail les offres promotionnelles des éditions Harlequin.
❐ Oui, je souhaite recevoir par e-mail les offres promotionnelles des partenaires des éditions Harlequin.

Date limite : 31 décembre 2019. Vous recevrez votre colis environ 20 jours après réception de ce bon. Offre soumise à acceptation et réservée aux personnes majeures, résidant en France métropolitaine et Belgique, dans la limite des stocks disponibles. Prix susceptibles de modification en cours d'année. Vous pouvez demander à accéder à vos données personnelles, à les rectifier ou à les effacer. Il vous suffit de nous écrire en nous indiquant vos nom, prénom et adresse à : Service Lectrices Harlequin CS 20008 59718 LILLE Cedex 9. Service Lectrices disponible du lundi au vendredi de 8h à 18h : 01 45 82 47 47 ou 33 1 45 82 47 47 pour la Belgique.

Composé et édité par HarperCollins France.

Achevé d'imprimer en avril 2019.

BLACK PRINT

Barcelone

Dépôt légal : mai 2019.

MIXTE
Papier issu de sources responsables
FSC® C108412

Pour limiter l'empreinte environnementale de ses livres, HarperCollins France s'engage à n'utiliser que du papier fabriqué à partir de bois provenant de forêts gérées durablement et de manière responsable.

Imprimé en Espagne.